LES GRÉGOIRE

Ludovic Massé

LES GRÉGOIRE

*

Le livret de famille

FRANCE LOISIRS
123, boulevard de Grenelle, Paris

Édition du Club France Loisirs, Paris,
réalisée avec l'autorisation des Éditions P.O.L.

ISBN : 2-7242-7255-2

À Roger Martin du Gard,
son admirateur et ami.

L. M.

... Je ne me suis jamais senti grand goût pour portraire les triomphants et les glorieux de ce monde, mais bien ceux dont la plus vraie gloire est cachée...

André Gide,
Si le grain ne meurt.

1

Madame Clément Grégoire n'habite pas bien loin de chez moi. Elle est veuve. Elle vient d'atteindre soixante-quinze ans. Lorsqu'elle n'est pas trop triste, elle paraît beaucoup moins que son âge.

Je vais la voir souvent. Je n'ai pas plus de cent pas à faire. Je ne la surprends jamais. C'est ma mère.

La porte de son logement est fermée à clef, ou bien la targette est poussée, à l'intérieur. Je l'entends qui se presse. Nous ne nous embrassons pas. Nous ne nous embrassons que lorsqu'un de nous part en voyage ou en revient ; nous voyageons très peu ; nos embrassades font époque. Nous nous aimons beaucoup, malgré cela. Mais nous sommes assez rugueux.

Depuis quelque temps, nos conversations portent sur le même sujet. Mes diversions préliminaires ne la trompent point. Elle sait où je vais en venir. Ses yeux vacillent et son visage se creuse un peu plus. Alors, je cesse de ruser ; je n'ai nulle envie de jouer avec son inquiétude. Je lui rappelle posément un souvenir de son enfance, m'arrête au point obscur de ce souvenir, réclame d'elle une précision, une confirmation. J'ai le regard d'un homme qui exigerait de l'argent...

Ma mère aime les retours sur le passé et elle les redoute. Chacune de mes questions semble la contrarier. J'ai l'impression de troubler une eau calme. Il me semble aussi que je vais la forcer à se pencher sur les poussières d'un vieil album. Elle doit discerner à la fois de la tendresse et de la cruauté sur mon visage. Soudain, elle parle ; d'abord, elle a toussé pour déblayer sa gorge ; puis, elle s'anime et rougit. Une de mes erreurs la fait sursauter. Parfois, en rapprochant des dates, je fais rebondir un événement à dix ans en arrière. Elle est navrée ; elle s'incline bien bas devant les dates ; je suis obligé de la consoler. D'autres fois, son entêtement m'impressionne ; tous les calculs lui donnent raison... Et le moment arrive où je la sens délivrée de poids amers ; elle vit comme au temps où il n'y avait ni absents, ni morts…

… Elle a tout de suite trouvé le livret de famille. Il était à sa place, au fin fond d'un tiroir, sous un amas de papiers, à sa place de fondation. Je l'ai emporté.

Je ne connais pas beaucoup de choses plus émouvantes que ce vieux livret. Avec sa couverture rousse et recroquevillée comme une feuille d'automne, ses taches, ses coins usés, son air d'avoir vécu et souffert, il me serre le cœur. Mais je ne l'ai point emporté pour m'attendrir.

Je l'ouvre. La couverture résiste comme une porte qu'on n'ouvre pas souvent. Au verso, sont réglementées « les seules choses graves de la vie que M. Lepic prît au sérieux » : les naissances, les mariages et les décès. Que d'obligations dans ces quelques lignes ! Il m'avait toujours paru qu'on faisait moins d'histoires pour naître et mourir !

Il y a huit pages en tout. Les deux premières sont consacrées au mariage et au décès des époux. Le 23 février 1887, eut lieu, au hameau de Malère, le mariage de mon père, Clément Grégoire, né le 21 avril 1856, instituteur, avec ma mère, Valentine-Rose-Françoise Demonte, née le 28 septembre 1868, sans profession. Le nom des Grégoire est magistralement calligraphié ; il éclaire la page. Le nom de jeune fille de ma mère est écrit menu ; il s'efface au seuil de la vie nouvelle... La page du décès des époux est divisée en deux cases. La première est remplie. Mon père est décédé le 27 avril 1928.

Trois autres pages sont occupées par la naissance des enfants. Elles jalonnent presque mathématiquement les treize premières années du mariage de mes parents. Clément est né en 1888, Émilienne en 1890, Alice en 1893, Robert en 1897, et moi en 1900.

Un décès : celui de Robert, en novembre 1924.

Il reste des pages à remplir qui ne seront jamais remplies. Il y avait de quoi caser douze frères et sœurs. Ce n'était pas une limite, on le sent bien. À suivre... eût volontiers dit le livret.

Le voilà fermé. Il tremble dans mes mains. Il me pèse. Tout mince, il est si lourd ! Avec ses raccourcis poignants, ses arrivées et ses départs, ses essors et ses naufrages, sa brutalité, ses aurores et ses nuits, il résume toute la vie et toute la mort des miens...

2

Je suis allé deux ou trois fois au confluent de la Désix et de l'Agly, aux confins des Corbières. C'est un spectacle aussi touchant que l'accolade de la mère et de l'enfant. La Désix ne vient pas de bien loin, mais elle a mille histoires à raconter, elle est turbulente, cela fait que l'Agly est toute remuée de l'embrassade. C'est déjà un gros torrent décidé ; il a tout près de cent kilomètres à parcourir...

Cassignan est en dessous du confluent, un peu à l'écart, sur de hautes terres. Caramany et Rasiguères aussi. Tous les villages de la contrée se juchent sur des crêtes. L'Agly leur fait peur. Il n'y a guère que Latour qui ait osé s'approcher ; mais Latour est chef-lieu de canton... L'Agly leur fait peur et il les fascine. Des mas se sont approchés, au fil des siècles. L'un d'eux est venu dans une convexité limoneuse. Il fait penser à un buffle, épais et solitaire, descendu au bord du fleuve pour boire…

C'est Peiroblanc…

Depuis que mes grands-parents paternels l'ont quitté, depuis même qu'ils sont morts, Peiroblanc n'a, paraît-il, pas trop changé. Ses murs de granit blanc font encore écho à son nom de baptême. Ses fenêtres regardent la rivière. Il vit toujours dans la hantise et l'amour des eaux grondantes, ici matées par de puissants batardeaux, là captées, séduites, dérivées, éparpillées au plus secret des terres. Il conserve sa réputation d'enrichir les métayers ; il n'a changé que trois fois de mains en cent ans.

C'est là qu'est né Clément Grégoire, mon père. Enfant, c'était un sauvage petit bonhomme, toujours campé sur des buttes, et se sauvant à toutes jambes dès qu'apparaissait une personne étrangère au mas. Il était maigre, tout frêle. Ses frères « avaient tout gardé », comme on dit là-bas. L'aîné s'appelait Vincent, l'autre, François, ou encore Cisco ; c'étaient deux gaillards forts et calmes comme des bœufs. Entre eux était née Marguerite, dont l'apparition à la porte du mas faisait chavirer d'émoi le cœur des hommes.

Mon père était le dernier des Grégoire. Il était venu tard. Comme un cheveu sur la soupe. À sa naissance, il tenait à la vie par un fil. Mais on s'était mis à l'aimer ; cela fait des miracles. Tout de suite, il montra bonne tête. À huit ans, il savait écrire une lettre. Il pouvait en remontrer à la famille entière. Alors, on joignit l'admiration à l'affection. Il eut une enfance de roi. Lorsqu'il arrivait de l'école, sa mère et sa sœur le raflaient dès le portail pour l'accabler de soins, de questions et de caresses. Le soir, après le repas, cependant qu'il faisait son devoir, on ne parlait qu'en chuchotant. Lorsqu'il ouvrait le livre où était contée l'histoire de la France — une histoire qu'on vivait fiévreusement, car on était au lendemain du 2 décembre ; une histoire qu'on devait illustrer de son sang, car on était à la veille de 1870 —, l'attention devenait solennelle. Vincent et Cisco se faisaient tout petits ; la mère allégeait ses bruits de vaisselle, et le père, mâchonnant son émotion comme un vieux mors, laissait ses yeux s'embuer comme le miroir sous l'haleine...

3

Je n'ai pas connu grand-père ni grand-mère Grégoire. Grand-père mourut en 1870, trente ans avant ma naissance ; grand-mère alla jusqu'en 1890. Mais j'ai si souvent entendu parler d'eux qu'il me semble avoir sauté sur leurs genoux et éprouvé leur amour. C'étaient des paysans, fils de paysans. Leurs ascendants étaient de cette génération que la Révolution avait émancipée, que le premier Empire et la Restauration avaient replongée dans le désarroi. Ils avaient de tout temps été au service de maîtres, mais le métayage prenant avec les années une forme de moins en moins rigoureuse, ils s'estimaient assez heureux.

Grand-père était un homme sobre en tout. Il vivait sur quelques gros principes de travail et d'honnêteté. « Quand le paysan se couchera, le monde mourra », aimait-il à dire. C'est un aphorisme qu'il n'avait pas inventé, mais dont il illustrait la sagesse et la grandeur en travaillant. Il ne lambinait pas plus à table qu'au travail ; le repas lui apparaissait comme une nécessité à laquelle il se pliait sans complaisance. Enfant, mon père accompagnait souvent les hommes à Plaous ou à la Drillo, qui étaient les propriétés les plus éloignées du domaine. On tirait le déjeuner des sacs. Grand-père expédiait sa part très vite et sans volupté, et il ne manquait jamais de faire une allusion aux vertus de la sobriété. Vincent et Cisco haussaient les épaules, mais mon père est resté marqué par cet enseignement ; je l'ai rarement vu s'attarder à table, ou y prendre un plaisir excessif, encore moins être intempérant.

En gros, grand-père Grégoire était un brave homme, timide et austère. Il sortait rarement de Peiroblanc, s'interdisait toute joie, toute fantaisie, tout divertissement trop onéreux ou trop vif. Il ne se déplaçait à Cassignan, le pays de sa femme, que pour les grandes occasions, et contraint. Il employait ses dimanches à bricoler, à demi endimanché, pour ne pas indisposer grand-mère, et aussi, un peu, le Seigneur, auquel il croyait confusément, enfin pour avoir une excuse toute prête si on s'étonnait de le voir travailler « un jour comme ça ». Pour la fête patronale, il se résignait à aller perdre deux jours à Cassignan, chez ses beaux-parents. Il savait que grand-mère, sa Catoune, lui eût fait payer toute abstention ou tout marchandage d'une de ces bouderies mémorables dont certaines duraient un mois. Il se chaussait avec mille grimaces de douleur, paraissait dans la cour mal remis de ses colères, la peau rouge, l'œil irrité, un peu semblable, avec son grand chapeau aux ailes gauchies, à un goéland pris dans la tempête…

À Cassignan, la parenté emplissait la maison ; il y avait un oncle dans chaque couloir, une cousine dans chaque encoignure. Tout ce monde était vêtu de noir, et éclatait à tout propos de cet accent d'oc si aigre, si triomphal, si vain, qu'il vous fait regretter de n'être point sourd. Toutes les joies et toutes les peines de l'année et du passé étaient ressuscitées dès le premier contact, dans des clameurs de buccin, les mêmes pour la chance et la malchance, l'embonpoint et le marasme, la naissance et le deuil… Grand-père hochait la tête, sans mot dire, et le navrement et la joie se succédaient sur son visage comme un jeu de nuées et de soleil. Au repas, sa Catoune l'éperonnait de temps à autre de son coude pointu. Il touchait à tous les mets, mais très peu, comme un délicat fourvoyé. On se moquait de lui. Il souriait, le temps de détourner des plaisanteries qu'il sentait mûrir dans quelque bonne grosse caboche de cousin germain...

Lorsqu'il rentrait à Peiroblanc, il esquissait un pas de danse devant Clément ahuri. Il reprenait le coutil et le velours, la chaussette à côtes. Il s'étirait à en craquer. Il retrouvait sa langue. Il enlevait Clément à bout de bras, lui faisait toucher le ciel, ou bien il l'attirait contre lui, l'emprisonnait entre ses genoux, le lardait de coups d'index taquins dont chacun scandait les syllabes de *Madame Gargaillante* :

Ba- lla- net- te
Tou- rra- det- te
Clos- ca d'ou
Bint-y-nou... [1]

---

1. *Petite noisette - Avec amour grillée - Coque d'œuf - Vingt- et neuf - Trente, quarante - Madame Gargaillante - Un écheveau de fil- Mil !*

C'était son complice. Vincent et Cisco lui avaient échappé depuis longtemps. Quant à Marguerite, elle prenait invariablement le parti de sa mère.

Après ces jeux, Clément et grand-père se préoccupaient du bétail. Ils poussaient ensemble les lourdes portes auxquelles était crucifiée quelque carline éclatante comme une cocarde d'or, et certains jours, quelque rapace sanglant et bruissant de mouches. Les bœufs étaient toujours couchés. Il y en avait un, magnifique, au cuir mouvant et doré, qu'on appelait *lo Bisbo* : l'Évêque… Il y avait six vaches, juste ce que permettait l'étable, des bêtes blondes et roses, fleurant le lait comme des nourrices, aux yeux si larges qu'un enfant se fût baigné dedans, au regard si insistant, si humain, qu'il faisait tressaillir. Il y avait les chevaux, ahuris de silence et de paix, des veaux et des moutons que le passage des bouchers allait décimer… C'étaient de longs colloques entre les bêtes, l'homme et l'enfant : pour grand-père, sûrement une revanche…

Il n'entreprit qu'un grand voyage, le pauvre grand-père. Le premier et le dernier de sa vie. En 1870… Mon oncle Vincent, blessé à Saint-Privat, avait été hospitalisé à Lyon, mais à peine entré en convalescence, il avait contracté la variole ou toute autre peste baptisée de ce nom rassurant. Son état fut jugé si grave que la famille fut prévenue. Grand-père n'hésita pas un instant. Il se rendit auprès de son fils. Le quatrième jour après son arrivée, juste comme une améliora-tion se manifestait dans l'état de Vincent, il tomba malade à son tour. La variole l'emporta en un clin d'œil. Il n'avait pas tout à fait soixante ans.

4

Savez-vous ce que c'est faner ?

C'est une besogne exténuante. Le pré est une mer de soleil, la touffeur des foins promène ses brouillard insidieux, les faux énervent l'air. Dans cette fournaise, il me semble voir ma grand-père Catoune mener la danse du travail. Elle est grande ; elle dépasse Marguerite de la tête. Ses bras font des gestes d'homme, sa fourche luit, une poussière d'herbe bouillonne devant elle. Ses aides ont de la peine à suivre le train. Depuis l'aube, les dents des fourches se faufilent sous les andains, lèvent la fourchée, la retournent en l'aérant de petits sursauts. Une seconde par temps. De grosses gouttes de sueur roulent ; les étoffes se plaquent ; les travailleuses surgissent lentement de leurs voiles comme des statues sous la pluie. Cet endiablement va mettre quelqu'une d'entre elles sur les genoux ; c'est cela qu'on attend : que l'une d'elles renonce... Ah ! on ne connaît pas Catoune !... Midi est loin encore. La ligne des peupliers figés au bord de l'Agly a l'air d'un lointain mirage...

— Mère, reposez-vous... dit Marguerite.

— Tu veux te taire ! répond Catoune.

Elle s'est levée avant le soleil ; hier, elle s'était couchée longtemps après lui. Ce soleil de juin qui dort à peine six heures... La volaille a sauté des perchoirs à son appel. Elle a réveillé le père et le pâtre, et ces deux-là, avec leurs gros sabots, ont vite fait d'alarmer la maison. Dans la grande salle commune, où la toile humide a verni les briques, des têtes embroussaillées l'entourent. Pour Vincent, c'est le jambon et la rasade, pour Cisco, le hareng, pour le père, du café fort tout simplement. Elle sait tout par cœur. Cisco roule un mot déplaisant dans sa bouche pâteuse sans parvenir à le placer...

Cependant que dans la cour c'était mobilisation générale, que les chevaux retrouvaient le goût salé du mors, que *lo Bisbo* soupirait au timon, que les troupeaux s'ébranlaient, que la levée des fourches et des râteaux emplissait d'échos les hangars, Catoune était entrée dans les chambres, avait secoué Marguerite, enfoncé les volets, bagarré avec la literie. Des matelas avaient capitonné les fenêtres, des draps avaient pendeloqué et claqué au vent du matin ; le mas s'était montré un instant pavoisé de blancheurs véhémentes, comme un voilier en partance...

À présent, les porcs grognaient ; la volaille caquetait ; les clapiers s'agitaient. Bouillie, provende, verdure... Là-bas, aussi, chacun réclamait son plat ; il y avait les goinfres et les délicats, tout comme chez les hommes. Les bras de Catoune s'étaient noués sous le poids de seaux débordants d'eaux blêmes. Il était sept heures. La journée commençait. Marguerite avait pelé une hottée de pommes de terre et lavé les poireaux. Catoune était entrée au saloir avec un grand couteau...

Le déjeuner trottait seul maintenant. Catoune et Marguerite avaient passé des blouses rudes, empoigné les fourches. La Colomina n'était pas loin, un petit quart d'heure. Les hommes fauchaient depuis trois jours. Jusqu'aux trois quarts de midi, Catoune allait faner...

Elle rentrait avant les autres. Eux, attendaient que midi sonne et résonne au clocher de Cassignan pour relever l'échine dans le rythme de la dernière lancée, et Cisco, que la fatigue encolérait depuis un moment, ne manquait pas de dire :

— Eh bien ! vous êtes sourds ?

Alors, ils arrivaient, suants et titubants, trop las pour parler, trop forts pour se plaindre à cœur ouvert. La grande table jonchée de faïence, l'odeur d'ouillade, la verte fraîcheur des stores, la soupière fumante comme un cratère, les libéraient d'un coup de leurs fatigues, de leurs humeurs, de leurs lourdeurs d'âme. C'était à peine si on remarquait que grand-mère s'asseyait et se servait la dernière, au fin bout de la table.

L'après-midi entrait sournoisement. Cependant que les chairs assommées faisaient la sieste, grand-mère ouatait ses mouvements pour faire la vaisselle, apaiser l'appétit renaissant de la basse-cour. Elle troublait tous les sommes à l'heure dite. Et la fenaison recommençait jusqu'au soir.

Le repas du soir refaisait le miracle de la réconciliation des hommes avec eux-mêmes. Lorsque tout dormait dans les chambres, l'écurie, l'étable, la bergerie, le poulailler, lorsqu'il ne restait plus un seul pépiement égaré, lorsqu'il n'entrait plus par la fenêtre grande ouverte que le chant du torrent sur la palette du moulin, Catoune, ma grand-mère, rangeait la dernière écuelle débarbouillée par les chiens, poussait le banc banal contre le mur, et toute bourdonnante du travail de la journée, pensait au lendemain…

Avec l'aventure de cette journée, il est facile de reconstituer toute la vie de ma grand-mère Grégoire. Tant de charges eussent brisé une femme sans passion. Mais elle avait ses passions : une grande coquetterie naturelle, une fierté ombrageuse, de l'orgueil même, le goût du travail, de l'ordre, de l'autorité. Elle aimait que les siens, son domaine, son bétail, tout ce que Dieu — qu'elle invoquait à tort et à travers — avait mis sous sa garde, fussent admirés, respectés, et, je crois bien, surtout enviés… C'est ainsi qu'il était difficile de la surprendre dans une posture humiliée et qu'elle n'avouait jamais souffrir d'un effort. Elle aimait se présenter devant quiconque dans une attitude digne et volontiers imposante. Mais cela devait rarement faire réfléchir ceux qu'elle espérait toucher par ce moyen, car elle passait pour une originale et un caractère difficile.

Sauf Marguerite qui marchait sur ses traces, et Clément tant qu'il fut jeune, tous les autres membres de la famille eurent à souffrir de ces dispositions d'esprit. Elle les servait irréprochablement, mais exerçait en retour une véritable tyrannie, en matière notamment de tenue, de bienséance, de tradition. On ne lui obéissait pas toujours, grand-père pas plus que les fils. Alors, elle boudait. Cela durait un jour, une semaine, un mois... On avait pris l'habitude. Hormis Marguerite, personne ne la secourait. Elle devait bien souffrir...

5

La mort de grand-père Grégoire — comme s'il eût été le ciment qui maintenait liés les membres de la famille ; et il était sans doute ce ciment malgré son effacement et sa bonhomie — fut comme le signal d'une envolée générale. Il se trouva aussi que le bail du métayage était près d'expirer.

Vincent s'en alla le premier. Il aimait la terre, mais il voyait grand. Ce n'était pas tout à fait un Grégoire. Il rêvait d'être régisseur d'un immense domaine. À peine délivré de la guerre, il se maria et partit gérer une grosse propriété dans la vallée du Tech... Cisco ambitionnait d'être patron boulanger. C'était une résolution qui paraissait saugrenue à tous, mais dont il n'avait jamais voulu démordre. Il s'occupait sournoisement de son cas, depuis des années. Le départ de Vincent le libéra de scrupules mal exprimés. Il s'en fut dans les Charentes. Quant à Clément, mon père, il était bien trop jeune et trop obéissant pour choisir sa voie. Ce furent grand-mère et tante Marguerite qui décidèrent pour lui. Il entra au petit séminaire de Perpignan...

À l'extrême limite du bail, le 31 décembre 1871, grand-mère et Marguerite quittèrent Peiroblanc à leur tour. Elles vinrent habiter Cassignan. Durant les vingt années qui lui restaient à vivre, grand-mère ne retourna jamais voir cette maison et ces terres dont son cœur était imprégné. Elle se tourna vers la nouvelle vie qui s'offrait. Marguerite lui restait fidèle. Il était entendu depuis longtemps que rien ne les séparerait. Marguerite ne tarda pas à se mettre en ménage. Le mari était un bon garçon, patient et sans fortune. Les deux femmes l'avaient choisi ensemble. Il s'appelait Emmanuel. Je ne l'ai connu que vieux, méprisé, pourchassé d'injures, et diminué jusque dans son nom, devenu Manel...

Je le revois, le pauvre Manel, rose et souriant, voûtant l'échine sous l'averse des malédictions. Vers la fin de sa vie, il gardait les moutons et taillait des pipeaux. C'était un oncle de rêve. Il dormait seul, expatrié sous les combles. Il ronflait inexorablement. Autant il était doux et discret dans le jour, autant il était arrogant et redoutable la nuit, dans le sommeil. Les nuits d'été, les fenestrons de sa mansarde ouverts sur les étoiles, il secouait un coin de village de ses râles de machine à battre. Il était un sujet de curiosité et de frayeur, un peu comme un volcan...

Tante Marguerite, je ne l'ai connue aussi que vieille, sous le nom de Ménine : la grand-mère.

À son mariage, c'était une belle fille, aux yeux bruns et pénétrants, au nez busqué, à la démarche virile. Mon père gardait un vif souvenir des années passées auprès d'elle à Peiroblanc ; il la décrivait, marchant avec assurance sur les chemins déserts, à travers champs, enjambant les talus, secouant les arbres, jugulant les bêtes et quelquefois les gens, entêtée, lunatique, fermée, et par éclairs, offerte, un peu comme une chasseresse rustique, sans suite, ni meute, ni carquois, et qui s'ignorait jusque dans sa beauté... Tout petit, mon père l'adorait, et il en avait un peu peur. Cela devait durer toute la vie. C'est un peu les sentiments qu'elle devait inspirer à tous ceux qui l'approchèrent.

Avec grand-mère, elles préméditèrent d'un commun accord les actes les plus importants de leur vie : mariage, placements, achats et ventes de terres, héritages. À Cassignan, où elles s'installèrent définitivement et épousèrent quasiment ensemble le pauvre Manel, elles constituèrent rapidement, autour de la maison et de la propriété héritées par grand-mère, un petit domaine composé de vignes, de jardins, de pâtures et de bois. Elles vécurent là, confortablement. Elles ne devaient pas toujours se montrer équitables. Mais on les eût indignées si on le leur eût dit. Vincent et Cisco se montraient chanceux dans leur carrière... Quant à Clément, elles étaient convaincues de l'avoir mis tout ensemble sur le chemin de la grâce et du privilège...

La vocation de mon père était décidée depuis longtemps, peut-être même avant qu'il sût lire et écrire et fît preuve de dons certains. Ses parents étaient fiers de gagner leur vie avec une certaine aisance et de ne rien craindre de l'avenir, mais c'est pourtant cette notion un peu orgueilleuse de leur force, jointe à cette paradoxale ingratitude que beaucoup de paysans manifestent envers la terre dont les vertus leur paraissent payées d'efforts excessifs, qui les poussèrent à détourner mon père de leurs champs, à en faire autre chose qu'un paysan besognant et libre, l'homme qu'il eût manifestement aimé rester...

Jusqu'à quatorze ans, mon père avait mené une existence mi-studieuse, mi-ensauvagée, mais les champs l'avaient davantage marqué que les livres. Toute sa vie, il devait garder la nostalgie de la glèbe cédant voluptueusement sous le pied, du blé sapé pas à pas, de la gerbe enlacée et clouée avec des gestes de passion, de la vigne dorlotée et protégée comme un enfant délicat et prodige, des herbages mugissants, des bois peuplés de colonnes, de mystères et d'encens, des bêtes du sillon, de l'eau et du fourré, des hommes surgis du sol avec la lenteur, la rugueur, la puissance d'arbres...

Il ne résista pas. C'était encore un enfant. La vie laborieuse et austère de Peiroblanc l'avait prédisposé à l'humilité et à l'obéissance. Sa mère renouvelait pour lui, le

« dernier », le « mieux aimé », une erreur vieille comme le monde. Le promettant à une destinée singulière, elle était sûre de l' « élever » ; l'éloignant de la terre, elle était sûre de le « délivrer ». Elle espérait le voir retourner un jour auprès d'elle avec les paroles et les gestes d'une autre caste. Il était pour elle comme la fleur de l'arbre généalogique : il lui tardait de la voir s'épanouir, et qu'elle se souvînt le moins qu'elle pût de ses racines…

6

À l'époque où mon père entrait en qualité d'interne au petit séminaire de Perpignan, la petite fille qui devait être ma mère avait deux ans. Ses parents habitaient Malère, un hameau de la haute vallée de la Têt.

Malère est un de ces petits villages dont on entend dire qu'ils sont loin de partout. Pour lui, c'est une calomnie, car il est tout près du ciel. À certaines heures de la journée, l'ardoise de ses toits et l'azur ne font qu'un ; ses maisons dessinent des crans de mire lumineux sur la crête. Il est comme un morceau de ciel sur la montagne. J'y suis né, moi aussi, et d'avoir vu le jour sur ce roc qui ne reçoit d'ombre que du nuage, d'avoir été accueilli par la clameur du torrent et d'avoir reçu le baptême de ses cascades, j'éprouve une grande surprise de ne pas me sentir plus orgueilleux…

Ma mère était le dernier enfant de la famille Demonte. Ses parents ne vivaient pas exactement au hameau de Malère, mais à Buir, un écart constitué par une dizaine de maisons, à une demi-lieue du gros du hameau. C'étaient des propriétaires fort aisés. Leurs champs, leurs bois, leurs plantations d'arbres fruitiers, s'étageaient sur plusieurs hectares, dans la partie la plus fertile de la contrée, des gouffres de Tarnère aux cimes de la Mouline. Leur maison était la plus importante du hameau. Ils étaient assez jalousés. Mais, grand-père Demonte était un dur à cuire que rien n'entamait, et grand-mère était femme à ne relever, ou même à ne ressentir le pire outrage, s'il tombait d'une bouche méprisable...

Grand-père Demonte, le « padri », avait fait sept ans de service militaire et la campagne de Crimée. Il avait été gravement blessé devant Sébastopol : une balle russe, reçue à bout portant, lui avait labouré le dessus du crâne. Il portait à cet endroit une encoche large de deux doigts et profonde d'autant qu'il aimait montrer ou faire toucher aux incrédules ; il affirmait qu'à l'époque où il fut blessé, on voyait sa cervelle palpiter à cette place plus sensible et plus tendre qu'une fontanelle. Il avait reçu la médaille militaire et la pension rattachée qu'il touchait, non sans fierté, en écus, une fois l'an. Le gouvernement anglais ne s'était pas montré ingrat, lui non plus ; il l'avait décoré d'un ordre victorien au ruban barré de deux palmes sur lesquelles on lit ces deux noms de batailles brumeuses et lointaines : Inkermann, Sébastopol... J'ai souvent tourné et retourné dans mes mains d'enfant ces braves médailles dont mes parents héritèrent distraitement, et que les Anglais me pardonnent, j'ai quelquefois joué au bouchon avec la médaille de la reine Victoria, à ce jeu nettement préférable aux pièces de deux sous, et presque aussi estimable que les grands modules de bronze et de vermeil que mon père glana, tout au long d'une laborieuse carrière, dans l'enseignement et la prévoyance sociale...

Dans sa jeunesse, le « padri » passait pour une forte tête. Il avait couru l'Europe et l'Afrique. Il avait peu retenu. Cela tenait en deux itinéraires qu'il récitait à toute allure, de peur d'une défaillance de mémoire :

Lyon - Civitavecchia - Saint-Jean-Pied-de-Port - Premier congé...

Blidah - Constantinople - Sébastopol - Retour au foyer...

Comme il prononçait : *Primécongett* et *Ritourofuyé,* nous avions pris longtemps ces mots pour des noms d'étapes exotiques.

Il était illettré. Il résumait sept années d'abrutissement et d'héroïsme en quelques anecdotes où flottait, comme épaves, le souvenir d'une ville, d'un bateau, d'une tempête, d'un drapeau, d'une attaque à la baïonnette. Dans ses récits, la mort n'avait pas de place. C'était la guerre à la taille d'un enfant. Petit, râblé, d'une force herculéenne, d'un courage de gorille blessé, je me rends compte maintenant que, sa guerre en images, il avait dû l'émasculer pour nous, car il avait dû être un terrible soldat, grâce à sa vigueur, sa virilité, sa candeur, son ignorance, et son cœur fermé à la sensibilité...

Il était bavard et s'exaltait en parlant, mais il n'osait jamais aller au bout d'un juron. Lorsqu'il proférait son *ire... ra-ire...* sans toucher à Dieu, c'est qu'il était intérieurement ébranlé. Il émaillait ses discours de locutions étranges. « Comme cela d'ici à là ! » signifiait tout bonnement : Alors...

Dans cette circonstance... Pendant ce temps... Mais, s'il relevait sa main d'un coup sec, comme une douairière qui redresse son éventail sur une impertinence, et que le pouce érigé à craquer, il prononçât : « Je vous enseignerai quoi !... », il fallait se tenir sur ses gardes. Cette expression pouvait présager une amabilité aussi bien qu'un défi !

Le « padri » travaillait tout au long de l'année. C'était un vaillant. Il abattait la besogne d'une équipe. Les résistances du sol et de l'arbre l'encoléraient ; il semblait inlassablement défendre sa réputation d'homme fort... Il aimait la gageure — il avait retenu une fois un mulet rétif par les sabots de derrière —, le geste ostensible.

Les jeunesses de Malère et de Buir organisaient en commun la fête locale, mais, à cause de son éloignement, de l'exiguïté de sa placette, enfin de la modestie de sa contribution, on n'accordait à Buir qu'un passeville, un concert, des aumônes... Une année, le « padri » le prit de haut.

— Il faut leur montrer qui vous êtes ! dit-il à son grand garçon Tia, à ce moment chef de la jeunesse de Buir.

Et il lui tendit un billet de mille francs

avec lequel Buir se paya une pleine semaine de réjouissances.

Il n'oubliait jamais qu'il avait combattu dans les armées républicaines, et votait aveuglément pour les candidats de *La Dépêche de Toulouse*.

Son côté glorieux faisait le désespoir de grand-mère, la « padrine », qui n'aimait ni l'éclat ni la prodigalité. C'était la seule personne devant laquelle le « padri » devenait humble. Il la respectait. Ils vivaient en assez bon accord.

Je sais beaucoup moins de choses de la « padrine ». C'était une femme robuste, aux nerfs solides et au cœur fort. Obstinée au travail, prévoyante, elle passa sa vie à tempérer les excès des uns et des autres, à limiter les dégâts. Tia, le fils aîné, devait un jour acculer ses parents à la ruine et au désespoir. Ce fut elle qui résista avec le plus de sang-froid et d'intelligence.

Avec sa force, son poids, sa volonté, sa sérénité, elle devait traverser la vie sans laisser d'anecdote vive, mais pourtant la trace profonde... Je rêve souvent d'elle. Je n'y pense jamais qu'avec beaucoup de mélancolie et de tendresse. C'est, avec grand-père Grégoire, les deux êtres que je regrette le plus de n'avoir pas connus. J'aime profondément, douloureusement, l'image qu'on m'en a laissée et que je sais fidèle...

J'ai toujours entendu parler du frère aîné de ma mère, l'oncle Sébastien, dit Tia, avec une nuance de pitié. Cependant, c'était un colosse aux muscles grondants, à la nonchalance et à la puissance rentrée du taureau. Il devint pourtant après son mariage un fort mauvais fils, frère et père. Mais tout le monde s'accorde à expliquer sa paresse, son intempérance, l'abjection de ses dernières années d'existence, par son extrême faiblesse de caractère. Tout jeune, le « padri » l'avait gâté ; il n'avait pas laissé passer une occasion de lui montrer la force et la prospérité des Demonte. Il l'avait initié à la bravade, aux gestes vains. Il avait cru de la sorte en faire un homme... À vingt ans, l'oncle Tia ne rendait pas les services d'un mauvais valet. Mais on espérait toujours que la vie « l'arrangerait ». En attendant, il multipliait les tours de force, les fugues et les paris. Ses prouesses étaient presque toutes à fondement de vanité, rarement d'intérêt. Le « padri » prenait le parti de rire. Sans doute se reconnaissait-il dans ce garçon capable des plus coûteuses excentricités pour se faire valoir… Un jour, il volait une brebis pour régaler des camarades, mais le lendemain, il se rachetait en rossant, dans un bal public, une demi-douzaine de « royalistes » d'Olot. Tout le village s'indignait de ce que l'abreuvoir, une lave taillée qui pesait je ne sais combien de quintaux, avait, une nuit, été descellé et jeté à bas de son socle, mais il flambait d'admiration et de gratitude lorsque Tia jugulait un *brau* échappé, une mule emballée, ou partait seul à la rencontre du chien « fou »… Les jeunesses des environs raffolaient de l'oncle Tia. C'était le clou de leurs fêtes. On se déplaçait d'un peu partout pour le voir défendre, dans une baraque foraine d'Olot, l'honneur de la montagne. Domerc, le roi des bateleurs, lui serrait la main comme à un pair. L'oncle Tia tombait ses meilleurs lutteurs : Mathieu la Barrique, un phénomène qu'on mensurait avec une chaîne d'arpenteur ; Congo l'Étrangleur, un Noir au masque hideux… Dès que l'oncle Tia relevait le gant, Congo pâlissait, et Mathieu la Barrique, encore qu'inlassablement digne, avait un geste de matrone excédée. Cependant que l'oncle Tia passait derrière la toile qui servait de vestiaire pour se débarrasser de sa casquette et de son veston, Domerc venait le supplier de se montrer raisonnable, et par des prières lui enlevait une partie de ses moyens. Mais, à la première prise un peu rude, au premier contact un peu rugueux, l'oncle Tia était gagné par ses puissances endiguées. Alors, il eût fait toucher les épaules à Hercule lui-même... Après cela, il avait des affaissements d'enfant. On le menait par le bout du nez... Le « padri » riait toujours. Cela devait durer jusqu'au mariage de l'oncle Tia. La bru perdit en un clin d'œil toutes les vertus qui l'avaient fait accepter dans la famille. De souriante, elle devint revêche ; d'accommodante, intrigante et jalouse. Le « padri » accorda à son fils un véritable droit d'aînesse. Il lui donna le quart de ses biens, une part de jouissance sur le reste. Mais c'était beaucoup trop pour un garçon que rien n'épouvantait autant que le travail... Grand-mère ayant défendu sa part dans la communauté, la bru y trouva un prétexte à discorde. L'oncle Tia haussait d'abord les épaules, mais à la longue, il se laissa fléchir par les arguments de sa femme. On le vit exigeant, arrogant, menaçant, injuste. Le « padri » avait cessé de rire. Un jour, le jeune ménage quitta la maison, puis le village, pour s'installer dans la vallée. Cela n'avait l'air de rien. Ce devait pourtant être le point de départ d'une série de drames et de comédies, de vols, de chantages, de raccommodements, de trahisons, au bout desquels, trente ans plus tard, mes grands-parents devaient se trouver à peu près ruinés...

J'ai fort longtemps ignoré l'existence de tante Lisa, la seconde des trois enfants des Demonte. Sa vie reste encore enveloppée de mystère. Mes parents n'en parlaient pas souvent, ou alors ils le faisaient en termes si voilés que cela laissait dans mon esprit plus d'inquiétude que de curiosité. Le cas de tante Lisa était pourtant assez banal. Forte comme un homme, têtue et laide, elle était souvent en butte aux reproches de ses parents. Ils l'avaient attachée aux travaux les plus rebutants de la propriété et de la maison. Et sans doute, ravalée à ce rang quasi bestial, elle en était arrivée à tout haïr autour d'elle, sauf peut-être son frère Tia à qui l'apparentait une sorte de force orgueilleuse, et qu'elle aidait, m'a-t-on conté, à se tirer avec honneur des bagarres où il était engagé... À l'arrivée, dans la maison, de sa belle-sœur, elle eut, la simplette, avant tous les autres, le sentiment de ce qui se préparait. Elle fit deux ou trois scènes auxquelles on n'attacha pas d'importance, reprocha à ses parents de la déshériter au profit d'une étrangère et d'accumuler dans l'ombre une dot pour sa jeune sœur. Enfin, elle prit le parti de se rayer de la famille, et s'en alla. Elle habita Vinça, un bourg de la vallée, s'y maria, eut deux enfants. Mais, ni son mariage, ni sa maternité ne lui apportèrent de paix. La paresse et l'ivrognerie du mari étaient célèbres à dix lieues à la ronde. Alors, elle laissa là ses enfants, son mari, sa misère, et s'en fut de nouveau, mais cette fois pour ne plus reparaître. On assura qu'elle s'était embarquée à Marseille. Au fil des ans, deux ou trois noms de villes sud-américaines furent prononcés à son propos…

7

Plus encore que celle, pourtant plus lointaine, de mon père, l'enfance de Françoise-Rose-Valentine Demonte reste plongée dans un brouillard d'où il n'émerge pas grand-chose. Je crois, pourtant, que ma mère fut particulièrement gâtée. Ses parents étaient riches ; le père était faible ; la mère, déçue et meurtrie de tous côtés, tourna vers elle tout son amour et tout son espoir ; elle était le dernier enfant, le plus délicat et le plus sensible aussi ; elle ne présentait aucune de ces déformations de caractère qui rendaient les autres à certains moments insupportables. Il était naturel qu'elle ralliât les affections.

Ma mère ne parle pas volontiers de son passé. Elle est courageuse devant le présent, mais tout ce qui est devant ou derrière l'épouvante. Sa vie a été remplie de soucis et de chagrins. Elle a éprouvé quelques joies ; mais elle ne les évoque pas davantage. Elle répugne à remuer les cendres froides comme les parfums assoupis. C'est une pudeur vraie, parfois irritante, parfois touchante. C'est aussi le sentiment d'une impuissance à recréer une atmosphère ou une situation avec fidélité et honneur. Tout cela est assez complexe. Il est difficile de juger sa mère. Ce que je sais de sa jeunesse, je l'ai surtout appris par ses réactions devant certaines appréciations de mon père. Ils n'ont jamais vu la vie ni les gens de la même façon, l'un étant optimiste et volontiers superficiel et désinvolte, l'autre étant d'esprit chagrin et jugeant de ce fait de tout infiniment moins à la légère.

Je suis sûr que ma mère eut une préférence marquée, passionnée même, pour sa maman ; on peut supposer même qu'elles furent de bonne heure liées par une sorte de complicité. Le caractère excessif des hommes de la famille, la rugueur de tante Lisa, la hargne de la bru, durent les refouler, les enfermer dans une sorte de clan. Pourtant, le « padri » et l'oncle Tia lui prodiguèrent toute leur vie des marques d'affection. Les passions de ces deux hommes n'étaient dirigées contre personne, sinon contre eux-mêmes. C'étaient deux bons bougres qui blessaient leurs proches sans le vouloir et qu'on étonnait bien lorsqu'on les mettait en présence de leurs méfaits.

C'est donc surtout dans l'orbe de sa mère que la mienne grandit. À cette époque, la plupart des hameaux de montagne étaient dépourvus d'école. Ma mère était obligée de se rendre à Olot, à quatre bons kilomètres, par d'affreux chemins. Elle ne commença à fréquenter l'école qu'à partir de sa dixième année, mais le temps rigoureux, sa timidité, ses peurs, ses bobos imaginaires, lui furent autant de prétextes à s'absenter. Lorsqu'une école fut ouverte à Malère, elle avait dépassé l'âge scolaire. Par une ironie singulière, elle devait épouser en la personne de mon père le premier instituteur qui arrivait dans le village. À son mariage, elle ne savait à peu près plus lire ni écrire ; mais son union à un instituteur, la naissance d'enfants avides de savoir, et desquels, en dehors de l'école, son mari se désintéressait, la mirent dans l'obligation de réapprendre ce qu'elle avait oublié, de s'instruire, de se dépasser... Jamais ma mère ne nous avoua son ignorance ; elle avait un grand amour-propre. Elle nous donna le change autant de temps que cela fut désirable. Ce fut une gageure héroïque, et qu'elle gagna…

Jusqu'à son mariage, à dix-huit ans, elle mena sans doute une existence agréable, le gros travail de la maison incombant à sa mère et à tante Lisa, le travail des champs aux hommes. L'arrivée de la bru fit comme une ombre sur son bonheur ; cette femme haineuse et lucide lui reprochait de vivre en demoiselle en attendant sa dot. Ma mère fut un peu sauvée par son mariage.

Je possède une de ses photos à cette époque. Elle est coiffée à la catalane. Deux bandeaux émergent discrètement de la dentelle de Malines et encadrent son front lisse et blanc. Sa bouche est un peu pincée. Un petit pli ténébreux se dessine à l'aile du nez. C'est le visage que j'ai vu à ma mère, toute sa vie, devant la difficulté comme devant le plaisir, un visage expectant et augurant des suites sans complaisance ni défaillance.

Pourtant, ce n'est pas sous cet aspect fondamental que je l'imagine dans sa jeunesse. Je me la représente, fraîche, épanouie, en toilette sobre, comme le veut le goût montagnard presque toujours miraculeusement austère, occupée à coudre ou à broder, à l'angle de la fenêtre, derrière la vitre cramoisie de soleil, dans le ronron des guêpes butinant la treille et les fleurs dont la terrasse et la façade de Buir étaient envahies... Je me la représente encore, en pleins champs, le tablier gonflé de pommes, détendue, riante, participant comme à un jeu à ces cueillettes dont elle parle encore avec orgueil parce qu'elles étaient les plus importantes de la contrée... Elle est enviée par les filles du hameau, convoitée par quelque garçon en sabots. Mais elle attend une grande surprise de la vie...

Cette surprise, bon Dieu, je crois qu'elle fut aussi belle que ma mère l'avait rêvée, et que son mariage revêtit pour elle le caractère d'un immense et heureux événement.

Le « padri » ne vit pourtant pas, tout d'abord d'un bon œil, s'ébaucher une liaison entre sa fille, à peine sevrée, et ce gringalet d'instituteur, frisant la trentaine, et arrivé à Malère comme s'il fût tombé du ciel, sans bagage, sans parenté, et pour tout dire sans espérances... Il ne lui était jamais venu à l'idée de destiner sa fille à un de ces employés de l'État qu'il détestait de toute sa fibre paysanne, parce qu'ils s'habillaient comme des riches, qu'il méprisait d'autant parce que la misère assiégeait leurs foyers. Il avait une exacte conscience de sa richesse et de sa force. Il feignait de se moquer des sentiments... Il s'était renseigné ; il avait appris que mon père recevait un traitement mensuel de cinquante-sept francs... Le salaire d'un toucheur de bœufs... Avec cela, une élégance et une morgue de diplomate... Il en pouffait de colère et de dédain... Par la suite, le mariage malheureux de son fils, la désertion de tante Lisa, devaient l'incliner à moins de rigueur...

Je ne sais combien de temps dura l'idylle de mes parents, ni, étant donné les préventions du « padri », à travers quelles péripéties elle passa, mais il me semble qu'en raison de l'éloignement de Buir, elle dut revêtir pour mon père, déjà meurtri par une expérience assez longue et incertaine, comme un caractère primesautier de découverte et d'évasion. Pour rencontrer ma mère — au début peut-être seulement pour l'entrevoir —, il parcourait le long chemin jalonné de ponceaux, bordé d'arbres, d'aubépines et de ronces, qui relie les deux agglomérations. Mais la crainte de quelque rencontre — celle du « padri » ou de quelque commère — devait l'incliner à suivre les coursières que l'économie montagnarde amorce partout où elle peut griffer sur le temps et l'espace. Ces sentiers existent toujours. Il en est de farouches, creusés dans le roc, mais aussi familiers aux paysans que la marche de leur seuil ; il en est d'idylliques, à l'orée des cultures, cheminant côte à côte avec l'eau vive des ruisselets, au creux d'un vallon ravissant. L'un d'eux surgit de la verdure devant la maison de mes grands-parents. De sa fenêtre, ma mère pouvait guetter la venue de son amoureux. C'était ce sentier-là que mon père devait préférer à tous les autres...

Si je propose une telle évocation, c'est qu'il avait souvent échappé à mon père de me vanter les charmes du vallon de Buir, et aussi les risques qu'on courait à s'y aventurer après le crépuscule. Il avait gardé le souvenir et même l'effroi d'une glissade, au-dessus du gouffre de Tarnère, un soir que le brouillard traînait. Il avait eu la chance de pouvoir s'agripper à un arbuste, à la dernière seconde... Je suis passé une fois à cet endroit, avec mon père, aux environs de ma quinzième année. Il me rappela ce souvenir avec une sorte de peur mélancolique. Tout le long du chemin, il parut rêver. L'émotion creusait son visage. Il devait positivement sentir ses pas se poser dans les pas de sa jeunesse…

Le mariage de mes parents eut lieu le 23 février 1887. Ce fut un gros événement pour Malère. Il est resté un souvenir de cette journée, une photo « artistique ». Mon père portait une jaquette fortement cintrée à la taille, un pantalon tire-bouchonnant, des bottines effilées et luisantes comme des socs. Il tient un haut-de-forme au creux de son bras plié. Sa chevelure crépue bouffe et s'évapore ; sa moustache a le même aspect léger et tendre… Ma mère, le visage poupin, sourit doucement. Des gants somnolent dans sa main. Sa robe luisante, gonflée d'atours, de plis et de ruchés, s'enfuit par-derrière comme une cascade… Ils ne sont pas trop ridicules. Ils ont de la chance. Car, je le dirais…

8

De quatorze à trente ans, comment a vécu mon père ? Je serais bien en peine de l'expliquer avec assurance, encore moins avec minutie... Il est des époques de la vie qu'on n'évoque pas volontiers, soit qu'elles apparaissent comme des erreurs, soit qu'elles se dérobent jusqu'à en sembler incertaines, soit qu'elles deviennent aussi indifférentes que si elles appartenaient au passé d'un autre que soi-même... Il me semble que, de son entrée au petit séminaire de Perpignan à son arrivée comme instituteur à Malère, mon père a, de la sorte, gaspillé et comme égaré une immense partie de sa jeunesse...

Je ne sais exactement combien d'années il passa chez les Jésuites, ne m'étant jamais risqué à le questionner sur un sujet dont j'exaltais intimement le mystère, mais je crois qu'il y souffrit beaucoup. Je ne pense pas sans émotion aux combats qu'il dut livrer contre sa conscience de bon fils avant de s'en libérer. Son passage au séminaire lui avait laissé sans aucun doute le souvenir d'un mauvais rêve et comme le sentiment d'avoir couru un danger, mais cela teinté de gratitude pour tout ce qui lui avait élargi et élevé l'âme... Il avait acquis des connaissances de latin, de grec, de musique. Il avait le goût du beau, une candeur d'enfant, une répulsion congénitale pour le calcul, la précision, ce qui se pèse, se mesure, s'estime autrement que par le cœur. C'était un admirable terrain mal exploité. Probablement à l'occasion de pèlerinages, il avait fait plusieurs voyages à travers la France. Il était allé à Chartres, à Reims, à Amiens, à Rouen. Son train s'arrêtait toujours devant une cathédrale. À quarante ans de distance, il en restait impressionné. Pour lui et pour nous, Paris ne fut longtemps que Notre-Dame. Il était aussi resté frappé par l'ampleur des fleuves. Il aimait les puissances majestueuses. Plus touché par la hardiesse des flèches et la masse architecturale que par ce qu'on avait voulu leur faire exprimer d'élan et d'éternité, je crois qu'il avait jeté autour de lui des regards avides, mais profanes. La vie de

Jésus et des saints devait surtout revêtir pour lui l'aspect de performances. Enfin, je doute qu'il fût jamais entré dans cet état de réceptivité un peu stupide, dans cette bienheureuse cécité qui fait le prêtre...

Il avait dépassé la majorité lorsqu'il s'évada. Ce fut un acte probe et fort qui rappelle le courage d'agonisants refusant à leur lit de mort un apaisement mystique. Il ne garda nulle haine de ses maîtres, ni cet état d'esprit du réfractaire, libéré des contraintes, qu'on voit se retourner avec fureur contre ceux qui le claustrèrent et abusèrent de sa candeur. S'il fut voltairien, ce fut sans hargne ni ostentation. Dans tous les villages où il exerça comme instituteur, il fréquenta le curé, chaque fois que le curé fut assez dénué d'hypocrisie pour se rendre suspect à la population, laquelle avoue implicitement que la religion sans l'hypocrisie ne serait plus la religion... Renié quelque temps par sa mère et sa sœur, il se trouva à peu près seul dans la vie. Il entra dans une banque, mais sa répulsion pour les chiffres l'y rendit vite intolérable. Il devint pion dans un collège ; il surveillait d'abord des petits ; il les aimait ; sa vocation d'éducateur se dessinait. Puis, on lui confia des grands ; la plupart le dépassaient de la tête. La première fois qu'il les affronta, je ne sais quelle fantaisie l'avait pris de se présenter en costume vert, en chapeau vert, en escarpins claqués de drap vert, un peu comme le héros d'un conte de Paul Arène, il me semble bien, que son père avait condamné à se vêtir éternellement du drap d'un billard auquel il avait malencontreusement fait un accroc... Ce fut un bel éclat de rire ! Ce soufflet fit davantage méditer mon père que dix ans d'humilité...

Autant il savait être conciliant et doux, autant il savait passer à l'autorité la plus impressionnante. Son irruption dans une classe démontée ou dans un dortoir en folie ramenait instantanément le calme. On le connaissait. Il ne « signalait » jamais. Il rendait la justice lui-même. Mais on redoutait ses traits, l'ingéniosité de son verbe, la manière spirituelle avec laquelle il mettait les rieurs de son côté ; et les plus subtils, cette nuance de mépris qu'il mettait dans certaines absolutions. Il était très fier de son ascendant sur des fils de famille, souvent prétentieux et sots. Il aimait le plus grand nombre, tous ceux qui l'admettaient comme égal. Les autres, il savait les cingler où il fallait, d'une riposte imprévue où se découvraient d'un seul coup toute sa fierté et toute sa race…

Enfin, à vingt-cinq ans passés, il obtint un poste d'instituteur. Son premier contact avec l'enfance des villages fut pour lui une révélation. Un croyant s'éveillait qui devait rarement cesser de croire. Les petits l'émerveillaient. Les parents le désespéraient. Il y avait un abîme à combler entre eux. Il découvrait cela, maintenant… Partout où il passa, son ironie naturelle, son esprit, alliés à un inlassable besoin de clarté et de justice, sa franchise en un mot, devaient lui faire des ennemis. Si l'on n'a aucun goût pour le martyre, il ne fait pas bon marcher sur les traces du Christ. Mais c'est un rôle qu'on ne choisit pas…

En 1885, il fut nommé à Malère où, pour tarir un flot de doléances et de supplications, on venait de créer une école…

9

De 1887 à 1900, du mariage de mes parents à ma naissance, qui devait coïncider avec notre départ de Malère pour Sainte-Marie-d'Albère, le village où j'ai grandi, quatre enfants me précèdent, de deux en deux ans. Nous sommes tous nés dans une chambre de l'école de Malère, juchée à l'à-pic du torrent, devant le plus rauque chaos qui se puisse imaginer. Ma maison natale ne montre d'audace que de ce côté ; c'est une auberge désaffectée, au toit bas, un peu à l'écart des autres. C'est dans ce taudis mal aéré, mal éclairé, sordide, à peine libéré du relent des beuveries, que mes parents s'installèrent pour fonder un foyer.

Ma mère avait quitté non sans mélancolie sa vaste et claire maison de Buir. C'était encore une toute jeune fille. Encore qu'elle ne fût séparée de ses parents que par quelques centaines de mètres, il lui semblait s'être exilée bien loin, et elle ne pouvait s'empêcher de constater qu'elle avait troqué une situation enviée pour une presque misérable, la clarté pour l'ombre. Mais la tendresse et l'admiration qu'elle portait à mon père durent pourtant bien adoucir ses regrets et son chagrin.

Mère à dix-huit ans, cinq fois mère à trente, mal préparée tout d'abord à son rôle de ménagère et de maman, elle connut toutes sortes de misères. Elle souffrit surtout dans son amour-propre, étant sous ce rapport excessivement pointilleuse, et n'acceptant ses torts qu'à l'extrême limite des preuves et des démonstrations qu'accumulait mon père, certains jours où il ne savait se montrer ni spirituel ni charitable.

J'ai entendu conter souvent à mon père l'histoire de l'omelette que ma mère ne savait ni battre ni tourner dans la poêle, celle du lait qui montait à gros bouillons envahissants devant lesquels elle perdait la tête, celle des pâtes trop cuites, des haricots trop durs, des ragoûts brûlés, des viandes raidies... Il enjolivait ces mésaventures pour corser la confusion de ma mère lorqu'il avait une revanche à prendre ; parfois, il feignait l'indignation, et c'était très piquant pour nous qui le connaissions, gourmet des rares jours fastes et délicat d'occasion peut-être, mais avant tout, sombre, accommodant, de goûts culinaires sains et simples, sous ce rapport en tout point semblable à son père... Excédée de l'entendre raffiner, ma mère le priait alors de prendre la queue de la poêle et de faire une démonstration autrement « qu'avec la langue ». Il la prenait au mot. Et c'était le début d'autres mésaventures dont mon père affirmait ne point se souvenir — mais la mémoire de ma mère s'aiguisait d'autant : celle de l'omelette projetée à hauteur de crémaillère et allant finir dans la cendre, celle du bouillon sucré, du poulet calciné, du bœuf qui se veut saignant, du mouton qui se veut bêlant, du cochon qui se veut bien cuit, passant par tant de braisées, flambées, lardoires et fourgonnements, qu'ils en devenaient immangeables...

Ce que je sais de la vie des miens avant ma naissance est si précis, je l'ai entendu évoquer tellement de fois, avec tant d'émotion et de probité, qu'il me semble l'avoir vécu.

J'avais six mois quand j'ai quitté Malère ;

je n'y suis revenu que longtemps après, et trois ou quatre fois seulement ; et encore que tout y ait vieilli, que la plupart des maisons s'effondrent, que la mort y ait largement fauché, je le retrouve toujours. Tout reste droit dans les souvenirs qu'on m'en a légués : toutes les péripéties et les anecdotes de la vie montagnarde, scolaire et familiale, revivent dans leur cadre. Mes parents, mes frères et mes sœurs, leurs amis et leurs ennemis, ressuscitent tout au long de ces douze années de lumière et d'ombre. Celui des Grégoire que je vois le mieux, c'est Clément, l'aîné. C'est celui dont les souvenirs sont les plus vifs. C'est un privilégié. Il a eu son droit d'aînesse. Mes sœurs ont vécu dans son orbe. C'était le premier anneau de la chaîne, l'animateur. Il attirait les attentions, les compliments, les blâmes, les coups, l'honneur et la peine. La tendresse et les soins, il a dû les connaître aussi pleinement que ses sœurs et ses frères, mais c'est celui qui a surgi le plus vite de l'innocence.

Notre mère était constamment sur le qui-vive ; sans l'aide de ses parents, elle ne serait jamais venue à bout des difficultés hérissant la route, l'interminable route du mois. Elle avait vite perdu sa fraîcheur de jeune fille. Notre père restait calme en toute circonstance. Il était impassible et beau comme un roc. Il tranquillisait ma mère avec des moqueries. Aux uns et aux autres, il ne montrait son affection que dans les occasions solennelles. Il se serait jeté au feu pour nous, mais il aurait fallu que le feu se déclarât. Or, la pauvreté ne flambe pas. Tout au long de sa vie, il amortit des dettes minces, mais pesantes comme des boulets, chez l'épicier, le boulanger, le tailleur. Ce courage, des enfants ne peuvent le mesurer ni parfois même le deviner. Sa tendresse était comme le toit sur la maison : il couvrait, protégeait, de haut, avec constance et âpreté, mais avec une espèce de hauteur indifférente. Mais que survînt une grave maladie, un accident, alors, il déchaînait toute sa volonté, sa puissance d'attachement. C'était un spectacle pathétique. Il se colletait positivement avec les périls, les ombres, les ténèbres qui assiégeaient l'être en danger. La mère, les grands-parents, le médecin, les voisins, la maladie elle-même, s'effaçaient devant l'opiniâtreté, la passion avec lesquelles il apportait le salut...

Des parentes ou des amies éplorées ont

cousu jusqu'au dernier point la robe mortuaire de Clément, la mienne aussi, quinze ans plus tard. Nous sommes vivants tous les deux. C'est à notre père que nous le devons. Il aimait faire revivre ces heures cruelles, certains soirs où nous allions promener dans la campagne et qu'un besoin de confidence l'oppressait. Il contait avec concision, une émotion contenue, un vrai talent ; sa volonté et son optimisme nichaient sous les mots les plus doux, les plus attendris ; leur puissant enseignement m'a marqué pour la vie.

Voici comment il contait la miraculeuse guérison de Clément qui, à deux ans, se mourait d'une infection intestinale :

— Quand le « pauvre » Llopis (M. Llopis était le médecin d'Olot. Mon père le tenait pour un incapable, et loin de lui en tenir rigueur, il s'apitoyait sur son cas) quitta la maison, il dit aux voisins qui attendaient dans la rue : « C'est fini ! »... Je restai seul dans la chambre avec Clément. Il agonisait. Depuis quinze jours, il n'avait pas bu une goutte de lait et depuis une semaine, il n'avait pas rouvert les yeux. On lui avait tellement frotté le creux de l'estomac et fait d'applications de laudanum que la peau était devenue transparente. On voyait le dessin des viscères... Son cœur battait lentement, faiblement... On se penchait à tout moment pour surprendre la seconde où il s'arrêterait... Depuis huit jours, hors ce battement, il était aussi inerte qu'un mort... Seul avec lui, malgré Llopis, malgré la mère écrasée de chagrin, malgré les voisines qui pleuraient en cousant sa robe blanche, je ne doutais pas qu'il guérirait... Je passai la nuit à écouter son pouls, à mouiller sa bouche, à essuyer son front, à attendre un miracle... Et il se produisit au petit jour... Tout le monde dormait, assommé de fatigue et de douleur... Le temps d'un éclair, Clément ouvrit les yeux, puis il les referma... Il me sembla que le monde s'éclairait... Je me retins de crier... Je mouillai sa bouche d'un peu de lait sucré et ses lèvres eurent un mouvement. Jusqu'au réveil de la maisonnée, goutte à goutte, je lui donnai à boire...

Que de fois, dans notre vie, aux heures graves, bénéficiâmes-nous de cet optimisme à la fois candide et farouche ! À son lit de mort, alors que son vieux cœur, trop de fois éprouvé, faiblissait, et que l'asphyxie lui violaçait le visage, l'un de nous lui demandait parfois :

— Tu souffres, papa ?

— Pas du tout ! répondait-il, entre deux pénibles reprises d'haleine. J'étouffe seulement...

Et il trouvait le courage de sourire...

10

Comme beaucoup de débutants, mon père accomplissait sa tâche avec une passion excessive. L'ambition et la peur des chefs y comptaient heureusement pour peu de chose. Il acceptait à l'école des enfants à la mamelle, reculait l'âge scolaire des plus doués, retenait après la classe les retardés et les anormaux pour leur lester le goitre des rudiments qu'il croyait nécessaires à leur salut, organisait des cours du soir, des conférences, que sais-je encore... La maison grouillait toujours de monde. C'était l'école, la crèche, l'hospice, le bal, car rien n'y manquait, ni les attentions, ni la gaieté. Si j'ajoute que, durant plusieurs années, la salle de classe servit en même temps de cuisine, et que ma mère venait de temps à autre tisonner la bûche, ranimer la flamme, déchaîner la clameur de quelque friture, on aura une idée du mérite qu'eut souvent mon père à se faire entendre...

Le dimanche, il empoignait un de ces alpenstocks qu'il taillait dans le houx et vernissait au chalumeau, et s'en allait battre la montagne, jusqu'aux mas les plus lointains, pour recruter de nouveaux élèves ou secouer l'apathie de leurs parents. Au chef-lieu du canton, dans les milieux de fonctionnaires, on se moquait un peu de lui. Mais à Malère et à Buir, on en parlait la larme à l'œil. C'était la lumière de la montagne. Hélas ! il n'attirait que phalènes en sabots ! Mais c'est toujours ça... Il eut beaucoup plus de désillusions que de récompenses ; mais je ne puis m'empêcher de songer que, quelque jour, il était tombé en arrêt devant cette phrase de ce *Cousin Pons* qu'il aimait : « D'abord jamais aucun effort administratif ou scolaire ne remplacera les miracles du hasard auquel on doit les grands hommes... », et que plutôt de l'entraîner à méditer et à s'assagir, elle l'avait simplement fait sourire...

Ainsi que je l'ai dit, mon père avait le calcul en horreur, et je ne suis pas sûr qu'il ne l'ait volontiers négligé dans son enseignement. Une fois les concessions faites aux programmes et à ce monstrueux certificat d'études, attendant, dans la poussière de juillet, qu'on lui donnât des maîtres à épouvanter et des enfants à dévorer, il poussait ses élèves vers le français : la rédaction, l'élocution, le discours, la « poésie ». Les fractions et la règle de trois restaient pour beaucoup des choses mystérieuses, mais La Fontaine, Chénier, Lamartine, Musset, Hugo leur devenaient de jour en jour plus familiers, qui avec son tambour, qui avec ses sanglots, qui avec ses soupirs... Par chance, M. Brisefer, l'inspecteur de la circonscription, avait la marotte de la « poésie ». Mon père en mettait partout. Il n'était pas toujours difficile ; mais M. Brisefer l'était encore moins. Le :

C'est avec celui-là qu'il est bon de veiller ;
Ouvrez-le sur votre oreiller :
Vous verrez se lever l'aurore...

ne valait hélas ! pas seulement pour le Bonhomme, mais aussi pour Coppée et pour Sully Prudhomme, alors très à la mode.

Avant l'histoire que je vais conter, mon père n'avait aucune prévention contre Sully

Prudhomme. Ce poète sensible et tendre, à qui l'engouement et le commentaire scolaire ont porté malheur, comme à bien d'autres, ne pouvait que le toucher et le ravir. Malheureusement, M. Brisefer l'administrait à fortes doses dans toutes les écoles de son ressort. On sortait des *Épreuves* pour tomber aux *Vaines Tendresses*. De plus forts n'y eussent point résisté... Un jour, M. Brisefer, en tournée d'inspection à Malère, demanda à mon père de faire réciter un certain *Midi au village* qu'il avait fait polycopier et envoyer à tous les maîtres de sa circonscription.

Nul troupeau n'erre ni ne broute...

commença la petite fille, à la mémoire fidèle, que mon père s'était empressé de désigner pour sauver son prestige, cependant que M. Brisefer clignait voluptueusement des yeux devant ce troupeau de négations écrasées de chaleur et de poussière... Soudain, à un passage, l'inspecteur eut un haut-le-corps.

— Arrêtez ! Comment ?... Voyons... Répétez... Vous dites : *les ramiers couvrent...*

La fillette répéta avec assurance :

Les ramiers couvrent les pigeons

— Comment ! Comment ! *Les ramiers couvrent les pigeons ?* s'exclama M. Brisefer. Et se tournant vers mon père :

— Où avez-vous pris cela, Monsieur Grégoire ?

— Mais… dans votre polycopie, Monsieur l'Inspecteur…

C'était vrai. Un secrétaire distrait avait écrit *pigeons* pour *pignons* ; et maintenant, deux mille enfants de quatre-vingts communes laissaient docilement couvrir des pigeons par des ramiers…

— Vous auriez dû rectifier ! C'est une erreur évidente ! dit M. Brisefer, sarcastique.

Mais un grand travail s'était fait dans l'esprit de mon père. D'abord confus, puis amusé, enfin mortifié par le ton de son chef, il se mit à défendre l'erreur avec esprit :

— Pas si évidente que cela ! dit-il. Il n'y a pas de limite à la licence… enfin, je veux dire à la licence poétique…

— Allons, Monsieur Grégoire… soyons sérieux !

— D'ailleurs, Monsieur l'Inspecteur, ni moi, ni les enfants n'avons rien remarqué…

Pourvu que ça sonne bien, que ça soit mélodieux, les mots n'ont pas tant d'importance…

— Hein !

— … et à la réflexion, pigeon est plus beau que pignon !

Ce fut un vrai drame. Mon père ne voulut point démordre de son point de vue. Pour avoir raison de l'arrogance de M. Brisefer, il chercha chicane à Sully Prudhomme.

— S'il a vu des vols de ramiers sur les toits, il a de la chance ! dit-il. Pour ma part, je n'en ai jamais aperçu plus de deux ou trois ensemble… Et encore, dans les bois… Et toujours en hiver… Un vol de ramiers sur un village, et en été, n'est pas plus vraisemblable qu'un ramier couvrant un pigeon…

Et comme M. Brisefer, excédé, le menaçait d'un mauvais rapport s'il ne consentait pas à reconnaître ses torts, mon père redoubla d'impertinence…

Il eut son mauvais rapport. Je suis sûr, pourtant, que M. Brisefer avait à peine tourné le dos, que mon père remettait honnêtement les ramiers de Sully Prudhomme dans le droit chemin…

Mon père était passionné de musique. J'ai pu apprécier, plus tard, la sûreté et la rigueur de son goût. Mais si j'en crois les souvenirs des uns et des autres, vers la quarantaine, il se montrait en cette matière infiniment plus désinvolte, plus libre, exactement comme s'il entendait s'évader des chorals, motets et autres cantiques dont sa jeunesse avait été exclusivement nourrie.

Cette liberté s'exerçait en famille, à l'école, en société, et jusqu'à l'église où il aimait se rendre, une anthologie sous le bras, pour brasser sur l'harmonium, des heures durant, quelque rigodon ou quelque ariette. Il connaissait beaucoup de vieilles chansons populaires. Les plus naïves étaient réservées à l'usage scolaire, et telles autres, parfois lestes, ne lui échappaient que lorsqu'il se croyait sûr de ne froisser la pudeur de personne. Mais, parfois, il était tout surpris de voir ma mère lui faire les gros yeux ; et c'était à cause de quelqu'un d'entre nous qui l'écoutait avec ravissement sous la table...

Il apprenait à ses élèves des chœurs à trois et quatre voix. Il montrait une patience inlassable. Les tout-petits y participaient. Il inculquait sa partie, séparément, à chaque groupe. Lorsqu'il les réunissait pour une exécution générale, il arrivait qu'un élément d'un groupe se laissât entraîner à chanter la partie du groupe voisin et convertît, de proche en proche, tous les autres. Mon père, qui dirigeait le chœur du fond de la salle pour mieux savourer l'ensemble, accourait en renfort pour arrêter la débandade. Mais il ralliait toute la classe d'un seul coup, et le chœur à quatre voix devenait un chant à voix unique, quand ce n'était pas une cacophonie... Alors, il formait quatre paquets compacts, les parquait aux quatre coins de la salle, face au mur. On recommençait :

— Un ! deux ! *À Domrémy, près de ses bons parents...*

On voyait parfois un élève, craignant la sollicitation de la partie voisine, lever désespérément les mains comme dans un naufrage, et s'introduire les index dans les oreilles...

11

Pauvres enfants ! Ils venaient parfois de mas perdus, par des chemins à peine tracés, en sabots, à peine vêtus, lancinés par le froid et la faim, et ils trouvaient encore la force de s'intéresser au travail scolaire et souvent d'y prendre plaisir...

En qualité de hameau, Malère dépendait d'Olot. Le maire de la commune ne se préoccupait du hameau qu'aux veilles d'élection ; il promettait une école neuve, une route carrossable, des merveilles... Mais il refusait tout crédit pour quelques stères de bois que mon père s'obstinait à demander à chaque rentrée...

Dès l'automne, quand le vent du nord balayait la rue qui servait de cour de récréation, les enfants, la face bleuie, les mollets verts, se serraient aux encoignures des portes, en attendant l'heure de l'entrée à l'école. Mon père ou ma mère les prenaient en pitié et leur ouvraient la maison. En hiver, chacun portait sa bûche ; lorsqu'on faisait honte à l'un d'eux d'arriver les mains vides, il filait à l'aire la plus proche et chapardait ce qu'il pouvait trouver d'acceptable : un billot, un fléau, une ruche vide, un plant vert avec ses racines. Mon père faisait le tri, sourcilleux ou bonhomme, suivant le cas, cependant que ma mère, frissonnante d'un lever matinal, brandonnait aux quatre coins le premier amas de branches jetées en travers de l'âtre.

La classe commençait. La grande gueule noire de la cheminée engouffrait toute la chaleur. Il faisait très froid. Des toux jaillissaient de tous côtés ; des tout-petits s'étranglaient sur leur banc.

— Viens te chauffer ! disait mon père.

Un petit bonhomme, ou une fillette, écrasé d'attendrissement, de félicité et de honte, traversait la salle, venait devant la flamme, lui offrait ses mains bleuies aux doigts écartés, tirait un pied de dedans son sabot, l'offrait aussi quelques secondes en vacillant sur l'autre pied, retournait à sa place.

— M'sieur, sortir !

Un gamin sortait en courant jusqu'au fossé, les mains aux entrailles, donnant de l'épaule contre la porte ou perdant ses sabots. Quand il était petit, ou que ses doigts trop gourds ne parvenaient pas à déboutonner la culotte, il appelait au secours ; sa sœur, son frère, un plus grand, mon père même, si la leçon ne le requérait pas absolument, accouraient, le suppliaient de tenir cependant que, les bras levés, il crispait sa figure dans un effort héroïque.

Pauvres enfants et pauvre père ! L'école sans feu, ni lieux ! L'école sans cahiers, ni livres, hélas, aussi... La mairie d'Olot refusait les fournitures scolaires. Heureusement, les tableaux noirs qui ceinturaient la classe y pourvoyaient. C'étaient de longues planches grossièrement assemblées par le menuisier de Malère et que mon père avait noircies avec un enduit de sa fabrication. C'étaient les livres où on lisait, les cahiers où on écrivait le plus souvent.

Les grands achetaient leurs vrais livres et leurs vrais cahiers. Les parents de la plupart d'entre eux n'avaient pas d'argent ; dans certaines familles, on ne maniait pas vingt francs dans l'année ; d'ailleurs, il n'y avait rien à vendre, ni à acheter, dans ce hameau sans épicier, sans boulanger, sans marchand ; on faisait son pain de seigle, on vivait sur son champ, son porc, on se vêtait de hardes... Aussi, l'heure où un enfant avait besoin de livres et de cahiers était-elle sombre...

Avec ses quatre-vingts francs de traitement mensuel, mon père trouvait le moyen d'ouvrir crédit à toute la classe. Payait qui pouvait, comme il pouvait. Un cahier coûtait deux sous, un œuf deux sous. Chaque jour, des enfants arrivaient, un œuf à la main :

— M'sieur, un cahier !

Et ils posaient un œuf sur le bureau.

Les livres ne s'estimaient heureusement pas en œufs, sans quoi mes parents eussent été irrémédiablement voués à l'omelette. Ils coûtaient vingt-cinq, trente sous, une fortune ! Les parents venaient s'acquitter un beau jour « qu'ils avaient honte de tant faire attendre ce brave maître ». C'était un troc à retardement : un sac de pommes de terre, un panier de haricots, un couple de lapins, de la cochonnaille fraîche. Parfois, mon père se récriait. Il aurait bien été en peine d'estimer le bénéfice qu'il retirait de l'échange.

Lorsque Barbazé venait le payer, en argent, il restait accablé de remords tout le jour. Barbazé était un pauvre parmi les pauvres, il avait quatre enfants à l'école. Il réglait une fois l'an, et voici comment :

Un jour que les travaux des champs ne le réclamaient pas impérieusement, il bâtait son âne et, bien avant l'aube, après trois heures d'ascension, il arrivait au « Llouzé », une ardoisière de la haute montagne. Avec un pic, un palfer, un marteau, le premier venu pouvait dans la journée extraire assez d'ardoises pour couvrir sa maison. Barbazé chargeait son âne à l'éreinter. La descente était pénible et périlleuse. L'homme et la bête n'arrivaient parfois à Olot, devant l'entreprise de maçonnerie où on acceptait l'ardoise de Malère, qu'au soir tombant. Le chargement valait de trente à trente-cinq sous. Lorsque Barbazé les déposait dans la main de mon père en s'excusant de ne pouvoir mieux faire, il semblait à ce dernier, tant cet argent était lourd de ténacité et de peine, qu'il recevait en paiement un de ces pans de schiste denses et froids que Barbazé venait d'arracher à la montagne...

Les cours du soir attiraient une bonne partie des habitants du village. C'étaient de vrais cours d'adultes. Des vieux et des vieilles, qui n'avaient de leur vie franchi le seuil d'une école, y venaient. L'attrait de ces soirées était la lanterne magique.

L'attirail des projections (fourni par l'Académie de Paris !) comportait une lampe à pétrole, un réflecteur, une lentille grossissante et quelques boîtes de plaques. Sujets disparates : l'Afrique, les parasites, la guerre de Cent Ans... Mon père en était encore aux préparatifs qu'on toquait à la porte, et de partout affluait, sabotant, geignant, à la lumière incertaine de *calels*, une humanité endolorie et malodorante... Mon père avait poussé les bancs au fond de la salle, ma mère, empressée et confidentielle (car on avait fait des essais la veille, dans l'intimité...), l'avait aidé à épingler au mur un drap de lit ; il s'ingéniait maintenant à mettre la projection au point et il s'énervait un peu, car la curiosité devenait envahissante, l'atmosphère se chargeait de puanteurs de pétrole mal rectifié, de suie, d'huile consumée, de tabac, d'haleines... Enfin, un halo rond et blanc, stupide comme la première proposition d'un rébus, se promenait sur le mur. Mon père le domptait enfin, le fixait au milieu de l'écran. Il glissait la première plaque dans la rainure et, après quelques hésitations éblouies, comme des hoquets de lumière, un paysage tropical apparaissait : des hippopotames, un fleuve, un coin de forêt vierge. Mon père attendait que les exclamations s'apaisent, et, partant de ce paysage figé et morne, il déroulait l'épopée africaine, de René Caillié à Livingstone et de Brazza à Marchand, exactement comme un prestidigitateur qui tire des merveilles du vide d'un chapeau.

Après cela, surgissaient sur l'écran un pou, une puce, une tique démesurément grossis. On épiloguait sur les terrifiantes anatomies. L'exagération du grossissement laissait entendre aux spectateurs, toutes gens familiarisées avec puces, tiques et poux, que les méfaits de ces parasites étaient exagérés en proportion. Mon père sentait vivement ces subtilités. Il gardait son insistance pour d'autres sujets et laissait regarder, sans piper mot, ces pattes qui eussent retenu un bœuf, ces suçoirs qui l'eussent vidé en un clin d'œil.

Il gardait pour la fin la projection des vues en couleurs. C'était Marignan, le sacre de Reims, Versailles, un ruissellement de rois, de tiares, de brocarts. Les vieilles gens n'en finissaient pas de hocher la tête. Beaucoup sont morts qui n'ont jamais entendu parler du cinéma et pour qui ces apparitions grotesques sont restées le dernier mot du progrès humain, un des sommets de la beauté…

Extraits d'un rapport de M. Grégoire sur les œuvres postscolaires de l'école mixte du hameau de Malère-Olot :

… Le montagnard est robuste. Il a l'âme bien trempée. Je le juge apte à recevoir la semence intellectuelle avec plus de profit que le citadin à l'âme molle, débile et atrophiée…

… L'école d'Olot était ainsi devenue le dépotoir des villages environnants. L'instituteur était tout à la fois commissaire de police, garde champêtre, gendarme, père Duchêne. Il avait plus de besogne à réprimer les actes de brigandage que commettaient ses élèves sur les chemins qu'à donner l'instruction…

… Mon premier soin avait été de secouer la torpeur des adultes. Je commençai par prêter mes livres aux plus soigneux. La plupart étaient brochés et me revinrent dans un pitoyable état. J'en recousis jusqu'à cinq fois. Le goût de la lecture devint si vif que je décidai de créer une bibliothèque populaire. Mais il me fallut attendre un an avant de pouvoir réaliser cette idée…

… Dans le courant de l'hiver 1896-1897, trente-six jeunes filles, jeunes gens et hommes de Malère et Buir, réunis à l'école, acceptèrent de verser cinq sous par mois. La société élabora des statuts qu'approuva M. le Préfet. En 1898, nous avions cent six francs cinquante centimes en caisse. M. Claisse, inspecteur primaire à Prades, ne m'avait pas ménagé ses conseils, quoiqu'il ne crût pas à la réussite… Notre succès l'étonna…

… Nous achetâmes trente-sept ouvrages… De généreux donateurs nous en fournirent cinquante-cinq. Le ministère, vingt et un. Nous possédons aujourd'hui cent quinze volumes. La municipalité d'Olot, peu portée à encourager les œuvres postscolaires du hameau, et même les autres, se refusa à l'achat d'une armoire. Je pris la scie et le rabot…

… Depuis trois ans, la lecture est organisée dans plusieurs familles. Les vieux, presque tous illettrés, écoutent leurs enfants ou leurs petits-enfants leur lire de belles histoires.

... En 1897, je fis cinq conférences avec projections lumineuses. Tous les habitants du hameau, sauf deux ou trois familles éloignées, y assistèrent... Cela a donné une impulsion aux cours du soir où le nombre d'auditeurs augmente d'année en année : dix-huit adultes en 1895, trente en 1898. Malheureusement, le local scolaire est exigu : vingt-quatre mètres carrés.

... Depuis l'épidémie de phylloxéra, les propriétaires de Malère laissaient les terres en friche. Le cru des coteaux d'Olot et de Malère était un vin de table, d'une rare finesse et comparable au vin de Bordeaux (il remporta le premier prix à l'exposition régionale de Nice en 1860. Rapport de M. d'André, professeur d'agriculture à Perpignan). J'ai appris aux jeunes gens à greffer et à tailler la jeune vigne... Je ne désespère pas de les voir ressusciter leur cru glorieux...

12

En hiver, les nuits s'éternisaient. Mes parents allaient passer la veillée chez des habitants du hameau. Mais à partir de la naissance d'Émilienne, ma mère, toujours préoccupée d'un nourrisson, dut renoncer à cette distraction. Mon père emmenait Clément, chez les Asquiu ou chez les Izidrou. Ils tâtonnaient par les rues obscures, dans un froid noir. À peu de chose près, toutes les maisons et toutes les veillées de Malère se ressemblaient.

Chez les Asquiu, la cuisine était immense, la cheminée imposante comme un monument. Autour du foyer, paré de grosses pierres du torrent, des veilleurs se serraient autour des flammes sur lesquelles un chaudron rempli de pommes de terre à cochons glougloutait doucement. Sous le tablier de brique noircie, des torches de pin flambaient avec une bonne odeur de résine, et la vieille Asquiu les remplaçait lorsqu'elles finissaient de se consumer. Des ombres immenses roulaient sur les murs et le plafond...

L'arrivée du maître d'école arrêtait un moment les conversations ; c'était un silence plein de respect et d'hommage. Quelqu'un prenait Clément sur ses genoux ; il y avait parfois d'autres enfants, blottis au creux d'un giron ; toute la nuit, ils regardaient et écoutaient sans se hasarder à poser de question. De temps à autre, une main s'avançait hors du cercle, s'aventurait dans le chaudron, en retirait une pomme de terre bouillie. La peau cédait sous le pouce comme une buée. On puisait le sel dans un gros mortier posé sur la plaque. Le chaudron grondait fort par instants, et l'écume tombait sur la braise en sifflant. Alors, la main qui planait sur le chaudron se retirait vivement ; une bouche disait : « Fève ! » Et tout le cercle riait... Lorsque la colère du chaudron s'apaisait, Clément lui-même était autorisé à tenter sa chance. Mon père se moquait de lui parce qu'il choisissait les pommes de terre les plus grosses. Lui, il optait pour les toutes menues, rondes et fondantes sous la langue. Ceux dont la faim s'assoupissait suçaient un morceau de gros sel ; cela passe pour réveiller l'appétit.

On contait des histoires tout en bâfrant. Des plaisantes et des tragiques. Il était rare qu'un conte triste n'en attirât pas un plus triste encore... Le feu baissait. La vieille Asquiu, tout oreilles, négligeait son luminaire. Il y avait de l'effroi dans tous les yeux. Tout le monde avait peur de ce que contait le conteur. Le conteur avait peur de son conte, lui aussi...

Lorsque mon père et Clément retournaient à la maison, dans la nuit, des démons venaient dénouer les doigts de l'enfant, crispés dans les doigts du père...

13

Les Asquiu se fussent tués pour mes parents. Leur plus jeune fils était aveugle depuis l'âge de cinq ans. La petite vérole lui avait grêlé le visage comme d'un coup de fusil et ses yeux étaient restés blancs, taris, comme une aube sans soleil. Mon père avait multiplié les démarches pour le faire entrer aux Quinze-Vingts, et il était parvenu à ses fins.

Joseph Asquiu venait une fois l'an en vacances. On allait l'attendre à la gare d'Olot ; jusque-là, il s'était conduit seul. C'était presque un jeune homme. Il avait des mains fines, déliées, transparentes. Ses mains, c'étaient ses yeux, maintenant... Il arrivait avec sa canne, sa tablette à écrire, son poinçon à piquer le papier, de gros livres qu'on était surpris de trouver légers... Cela faisait un grand remous chez les Asquiu, chez les Grégoire, chez tout le monde enfin...

Quoique plus jeune de plusieurs années, Clément était devenu l'ami, le confident, l'aide de Joseph Asquiu. On les voyait souvent ensemble, dans les rues, les sentiers, parfois loin du village. Joseph allait, la tête haute, attentif aux bruits, aux odeurs. Il reconnaissait les gens de loin, à la manière dont ils traînaient leurs sabots. Les deux enfants s'asseyaient au soleil, non loin des ruchers. Joseph aimait ce coin vibrant de vols, odorant de fleurs champêtres. Il parlait posément, comme un sage. Il jouait parfois de l'harmonica et toute la montagne semblait l'écouter.

Le soir, après le repas, il posait un de ses gros livres sur ses genoux, feuilletait avec dextérité, identifiait des titres du bout de ses doigts. Tous ceux qui étaient dans la salle retenaient leur souffle. Il lisait : *La Mort du duc de Guise,* ou bien : *La Guerre de 70*. Un heurt à la porte, un bruit de pas sur le seuil l'arrêtaient.

— Voilà Galdric ! disait-il.

C'était le vieux Galdric, en effet. Il se figeait dans ses gros sabots pour ne pas perdre une parole du récit de la bataille de

Beaugency qu'il avait vécue... Tout Malère défilait dans la cuisine des Asquiu pour revoir « le Jousep » qui savait lire, et reconnaître les gens sans les voir. Et beaucoup d'yeux, pourtant peu enclins aux larmes, se mouillaient...

Clément assistait parfois au repas des Asquiu. Il suivait du regard tous les gestes de Joseph. Ses mains d'aristocrate avaient l'air de mains fourvoyées. Elles rampaient lentement à la recherche du gobelet, le frôlaient, se retiraient avec précaution pour chercher encore. Sa fourchette manquait plusieurs fois la pomme de terre qu'elle voulait piquer. Sa bouche s'ouvrait et se refermait sur la fourchette nue... Clément se retenait de crier : « Tu l'as manquée ! » ou bien : « Ton verre est vide ! »

Les Asquiu s'appliquaient tant qu'ils pouvaient à servir leur fils, mais ils n'avaient pas l'habitude, la plupart de leurs prévenances manquaient leur but ; par-dessus la table, ils se lançaient des regards chargés de reproche et de compassion.

L'arrivée de mon père mettait Joseph en émoi ; il l'accueillait avec un élan passionné. Ils parlaient de ses maîtres, de ses études. Joseph avait beaucoup de goût pour la musique. Il devait, quelques années plus tard, devenir un excellent organiste.

Certains jours, sa canne devant, Joseph s'en allait seul, par les sentiers escarpés, vers les champs en terrasses qui se déployaient au nord du village. Il connaissait tous les arbres, flattait leur tronc comme une encolure, leur parlait peut-être... Il savait cueillir des figues. On ne sait à quel cadran il se référait pour rentrer à l'heure, car sa cécité était si totale que le soleil de midi lui-même n'émouvait point sa paupière, mais il se montrait aussi ponctuel que s'il eût consulté une montre.

Certain lopin, planté de néfliers, l'attirait. Il n'osait s'y aventurer à pied. Il jetait un sac sur l'échine de l'âne de la maison, un âne qui savait ce que Joseph attendait de lui, et qui prenait sans coup férir le chemin des néfliers. Un jour, l'âne revint seul à Malère. Cependant que les Asquiu perdaient la tête, Clément, rebondissant comme un isard sur les rocs, arrivait aux néfliers. Joseph, assis à terre, attendait calmement qu'on vînt le chercher. L'âne s'était éloigné en broutant et ses appels n'avaient pu le retenir...

Parfois, par les fenêtres ouvertes sur les pentes et les précipices d'Oreilla, une musique lointaine entrait dans l'école. Les élèves tendaient l'oreille. Ils souriaient. Mon père venait à la fenêtre, scrutait longuement la montagne pour essayer de découvrir Joseph adossé à quelque roc et jouant de l'harmonica.

— Il se tuera ! murmurait-il sur un ton où il y avait plus d'étonnement que d'inquiétude.

Soudain, la musique cessait. Joseph apparaissait, là-haut, droit comme à la parade, au bord semblait-il de l'abîme ; on le voyait s'engager sur la pente, lentement, le front haut, glorieux de soleil, avec la gravité d'un empereur descendant les marches d'un trône, le regard fixé au loin, très loin, sur les limites de son empire...

Une année, Joseph emmena en vacances un camarade des Quinze-Vingts. Il pouvait avoir douze ans. Il avait un visage souriant, de beaux yeux noirs, vivants ; on ne pouvait croire qu'il fût aveugle. Il ne l'était d'ailleurs pas absolument ; il distinguait le jour de la nuit, les lumières vives, les clartés mouvantes, et, de très près, certaines couleurs : le blanc, le rouge, le jaune crus. Menu et vif comme un moineau, il aimait les jeux violents, courait, sautait, luttait sur la paille et les foins avec une surprenante énergie. Il roulait des garçons plus âgés que lui. Parfois, il se cognait durement ; il se retenait de pleurer et même de se plaindre, mais son visage durcissait comme certains visages d'hommes devant une injustice. Les enfants étaient tellement frappés par cette expression désespérée et fière que les jeux cessaient.

Lorsque Clément eut dix ans, Joseph entreprit de lui enseigner l'écriture des aveugles, par la méthode Braille, je crois. Mon frère trouva l'apprentissage amusant. Joseph lui laissa sa tablette d'acier à réglette, son poinçon, du papier. Tous les mois, les vieux Asquiu lui portaient à lire des lettres interminables et minutieuses, qu'il déchiffrait, des yeux, mot à mot. Joseph donnait des nouvelles de sa santé, de ses études ; il était aussi question de son linge. Enfin, il se préoccupait du travail de ses parents, du progrès de ses frères et sœurs, de l'état du rucher, de ses cochons d'Inde.

Des Grégoire aussi, cela va sans dire...

Les Izidrou, les Bêtre, les Barbeblanc, les Roumpette, les Barbazé n'éprouvaient pas moins de gratitude que les Asquiu pour mes parents. Mon père avait conduit avec succès leurs enfants au certificat d'études, certains au brevet. De temps à autre, il leur tirait une épine du pied. Ainsi, à ces malheureux Bêtre...

Le fils Bêtre était un galopin intelligent et insupportable. Premier à l'école, à la maraude, à la course, il montait ânes rétifs, mules et mulets à cru, s'envolait avec dans les ravines ; il escaladait les maisons par le dehors et tombait des cheminées sur les pot-au-feu, pinçait les filles, que sais-je encore... À quinze ans, malgré les exhortations de mon père, il cessa de fréquenter l'école. La rencontre, à Olot, dans je ne sais quelles circonstances, de la femme du notaire, le jeta dans une crise aiguë de sentimentalisme. Ne s'avisa-t-il pas de lui écrire, en belle cursive, une lettre débordante de passion où il était dit, entre autres promesses : « Ma dame, vous viendrez dans nos bois, nous irons tous deux, la main dans la main... »

La lecture de cette lettre, que le notaire d'Olot prit au tragique, déchaîna chez les Grégoire beaucoup plus d'hilarité que d'indignation. Mon père s'appliqua, non sans humour, à apaiser le notaire, et les pauvres Bêtre qui ne savaient que bégayer. Puis il conseilla au fils de se tenir tranquille et de ne plus s'attaquer, à l'avenir, aux notairesses de quarante ans...

Pauvre fils Bêtre ! Il ne devait plus s'attaquer à grand-chose... De graves désordres cardiaques lui interdirent bientôt toute fatigue, toute activité. Clément le revit, deux ou trois ans après le départ de Malère de ma famille. Il avait une vingtaine d'années. Il vivait comme à califourchon entre vie et mort. Ce n'était plus le Lovelace rustique, et à tout prendre, charmant, qui voulait « marcher la main dans la main », mais sa caricature, un fils Bêtre égrillard et cynique, froissé et jaune comme un vieux papier... Clément pouvait avoir seize ans. Il était à l'âge où on est fier de posséder une mèche blonde dans son portefeuille, et où on résiste mal à l'orgueil de la montrer... Lui, le fils Bêtre, il avait aussi des mèches à montrer, de courtes mèches brunes, rousses, noires, tout un regain frisé, qui faisait croire qu'il avait mis en coupe tous les pubis du canton...

Pauvre fils Bêtre, mort peut-être avec ces témoignages soyeux et légers sur le cœur !

14

Clément et Émilienne grandissaient. À la naissance d'Alice, le troisième enfant, le logement s'avéra insuffisant : une petite chambre, une petite cuisine, un méchant grenier, c'était peu, en effet... Mon père prit sa rame de papier grand format et fit un rapport à l'Académie... Il avait une langue, une écriture spontanées et sonores, des tournures qui enchantaient ; il savait user du mot frappant plutôt que du mot juste, le mot qui emporte l'adhésion : l'emporte-pièce... Des rapports sur l'insuffisance ou l'insalubrité des locaux affectés au personnel enseignant, ce n'était pas ce qui manquait à l'inspection académique ! On n'y prêtait attention que dans les cas désespérés, dans la mesure aussi où la politique s'en mêlait, enfin lorsque la municipalité faisait son affaire de la dépense... Or, Malère était le plus méprisé, le plus déshérité des hameaux... Mais il y avait la lettre, la cinglante, la mordante, la fière lettre d'un père de trois enfants qui exigeait une enquête immédiate... Les mots ont une balistique, une puissance de pénétration, puisqu'ils arrivèrent au cœur de l'administration. L'inspecteur d'Académie et l'inspecteur primaire vinrent un matin. Mon père leur ouvrit toutes les portes, celles des placards comprises. Après dix années de mariage, mes parents ne possédaient pas d'autres meubles que leur lit, une couchette, un berceau, une table, quatre chaises. J'ai entendu dire à mon père que les deux inspecteurs s'étaient furtivement regardés et avaient baissé les yeux devant le spectacle d'une telle indigence. L'extension du local fut demandée d'urgence. La maison s'agrandit de deux chambres et d'une nouvelle cuisine, quatre fois plus grande que l'ancienne, et qui, faute de meubles, immense, froide et nue, garda un air abandonné.

C'était à la poutre maîtresse de la cuisine que, chaque hiver, après la tuée, le « padri » venait accrocher les jambons, les saucisses et les boudins. Elle n'était pas bien haute, cette poutre, puisque, en prenant de l'élan et en sautant de toutes ses forces, Clément parvenait à fesser les jambons de claques qui endormaient ses doigts. Un jour, pour donner à mes sœurs la mesure de son agilité et de sa force, il avait frappé si fort que le jambon s'était détaché et s'était abattu dans un bruit et une poussière de catastrophe... Ma mère l'avait durement fessé ; c'était un peu son tour... Il se souvient encore qu'elle lui criait :

— Tu finiras à Cayenne ! Tu finiras à Cayenne ! cependant que mon père, l'entendant évoquer la géographie avec une telle assurance, riait aux éclats...

15

Durant les quinze années que mon père exerça à Malère, deux curés se succédèrent au hameau. Malgré la réprobation du « padri », mon père entretint d'excellents rapports avec eux. Il avait gardé un bon souvenir du premier, M. Moragas. C'était une sorte de colosse aussi imposant dans sa soutane qu'un maître pilier. Ses parents étaient vignerons en Salanque. Il semblait porter des pans de son lourd et puissant terroir à ses semelles, et, après les repas, la gloire des crus illuminait son visage. Mon père et M. Moragas n'avaient pas dû faire de grosses concessions pour s'entendre. Ils étaient tous les deux impulsifs et francs. Mais je ne crois pas me montrer malveillant en avançant que le plus miséricordieux, le plus évangélique des deux, n'était pas celui qui le devait à son ministère…

Ils faisaient ensemble des promenades dans la montagne. Je ne sais de quels sujets ils s'entretenaient, peut-être de musique, de botanique, de géologie dont mon père était féru, en tout cas, ils devaient le faire sur un ton et dans une atmosphère dépourvus de majesté, si j'en juge par cette impression que mon père rapporta un jour d'une promenade :

— C'est un homme bien simple... disait-il. Et il ne se gêne pas... Il pète tranquillement quand il en a envie... Alors, moi aussi, je pète !

Dans le village, M. Moragas ne bénéficiait pas de ce prestige ; il passait pour un drôle de caractère. Les enfants le redoutaient. Il ne craignait pas de leur tirer les oreilles, ni de leur faire honte de leur saleté. Quant aux parents, il les étrillait du haut de la chaire. Parfois, il était plus sévère que de raison, témoin cette scène que mon père eut bien de la peine à lui pardonner...

Une nuit de Noël, mon père accompagnait sur l'harmonium un de ces vieux cantiques où la Nativité est célébrée avec une gentillesse et une allégresse touchantes... L'abbé Moragas officiait. Le chœur des montagnards accentuait le rythme, et bientôt, l'harmonium traîna, malgré les efforts que mon père faisait pour retenir la galopade sur la pente de l'allégretto... Soudain, tournant vers le chœur un visage courroucé, lui imposant silence de sa main levée, l'abbé Moragas cria dans le silence :

— Nous ne sommes pas ici dans une salle de bal ! Que ceux qui veulent danser s'en aillent !

Quelle douche sur la crèche du divin enfant !

Lorsque ce curé quitta Malère, il fut remplacé par M. Bourrat, un jeune vicaire de Prades, frais émoulu de la cléricature, mince, pâle, discret, sobre, un curé d'ombres, de prières et de portes étroites... Il s'installa au presbytère avec son père, une sorte de vieux cuirassier, et sa mère, une antithèse de vieux militaire et de curé : agitée, anguleuse, pointue, fouineuse, trop polie, trop empressée, trop économe pour faire illusion plus de quarante-huit heures. Elle appelait son fils, « Monsieur le Curé », et faisait, paraît-il, mijoter longuement dans les cendres du foyer, pour le repas du soir de ce pauvre ascète, une toute petite tasse de chocolat...

Celui-là, de curé, ne pétait pas... Quelque

chose en lui intimidait comme la pudeur d'une femme. Il sentait le savon et l'eau froide. Il était loin de la terre, loin de Malère, loin de sa drôle de mère qu'il traitait comme n'importe quelle autre paroissienne, suspendu dans l'azur, à peine agité de temps en temps par les souffles terrestres, un peu comme un linge à sécher...

Mon père le prit véritablement en pitié. Ils furent aussi rapprochés par la musique. M. Bourrat possédait un superbe piano. Il fut question d'apprendre une messe célèbre. Mon père recruta aussitôt quelques jeunes filles et jeunes gens du hameau. Une première répétition eut lieu au domicile de l'abbé. Mon père « faisait la basse », et Clément ses débuts comme soprano. C'était un vilain soir où il pleuvait. M. Bourrat s'installa au piano. Cet instrument capricant, qui piquait les notes sans les soutenir, désorienta les choristes habitués aux lenteurs et aux tonnerres de l'harmonium. Leur ton baissait ou montait ; ils se sentaient abandonnés, trahis ; ils avaient l'air d'infirmes à qui on aurait retiré leurs béquilles. Le jeune curé, ses lèvres pâles crispées, avait beau piquer et repiquer chaque note d'un doigt fébrile, le chant s'enlisait, faux à crier, faux à se sauver...

On fit une deuxième tentative. Il pleuvait toujours. Les choristes laissaient des flaques dans le « salon » de la mère Bourrat. Les répétitions furent ajournées...

On ne chanta jamais la célèbre messe...

Clément fut enfant de chœur quelque temps. Mais il n'alla pas au bout de son apprentissage. Il était en butte aux plaisanteries du « padri », et mon père n'était pas homme à intervenir dans le choix de ses enfants, si jeunes fussent-ils. Au surplus, il en faisait voir de dures au curé qui préféra se séparer de lui à l'amiable plutôt que voir ses encensoirs mués en frondes et son vin de messe en piquette.

Clément a gardé un vif souvenir des bénédictions de maisons et de troupeaux auxquelles il participa comme acteur. Il était chargé de l'eau bénite et du goupillon ; un autre garçon du village, du récipient de sel fin.

On bénissait les maisons vers la Noël. L'abbé Bourrat allait d'une porte à l'autre, récitait une courte prière, aspergeait la porte à hauteur de loquet, prenait une pincée de sel fin, la projetait sur l'eau bénite qui la fixait et la diluait peu à peu. Pendant qu'il passait à la porte suivante, d'autres enfants du hameau, choisis parmi les plus méritants et les plus probes, entraient dans la maison, un panier au bras, et ils acceptaient de l'habitant toutes sortes de dons en nature : œufs, boudins, saucisses. En plus de son panier, chacun portait une cloche prélevée au cou de la vache, et l'agitait sans ménagement.

Ba-tang... Ra-ba-tang...

Les pires sourds n'auraient pas eu d'excuses s'ils n'avaient tenu prêts le large *ratall* de jambon rouge ou la *panjouline* de boudins noirs...

La rafle faite, le cortège se rendait au presbytère où la mère du curé faisait dans les paniers un choix avisé. Avec ce à quoi elle avait renoncé, les enfants du village faisaient un grand festin.

Cette cérémonie s'appelait la *dine-daïne*.

Je ne sais pas trop pourquoi. Mais c'est très joli.

Le « padri » la baptisait d'un autre nom : *la tonte des « innocents »*. Mais il était malveillant...

La bénédiction des troupeaux avait lieu à la fin de la transhumance. On se rendait à la Mouline, à plusieurs heures de marche, dans la haute montagne, près des gouffres, là où Bêtre-Vieux, seul, gardait la vacade communale depuis cinq mois. On partait au point du jour. Le troupeau était béni à midi. Après cela, on avait deux heures devant soi pour se restaurer, boire du lait frais, cueillir des coucous et des carlines, faire des ricochets sur l'eau du gouffre, se rouler dans les rhododendrons...

Au retour, on emmenait Bêtre-Vieux qui emmenait lui-même sa vacade. Les chiens battaient la pinède d'un dernier galop. Et en route ! Le curé passait d'abord devant, mais à la première pente raide, il était débordé. C'était, bêtes et gens mêlés, une magnifique dégringolade.

À Malère, les parents guettaient le retour de leurs vaches et de leurs enfants. Les taches d'or des coucous et des carlines, les blancheurs du troupeau, se montraient les premières. Puis, le brouhaha des cloches de la *dine-daïne* énervait l'air. Le couloir de Madras avalait la rumeur un moment... Enfin, dans les cris, les chants, les bruits de tocsin, les piétinements, tout cela surgissait, haletant, fou. Et Bêtre-Vieux, les yeux perdus dans sa barbe de cinq mois, guindé devant la cohue des mufles et des cornes, saluait du bâton le village retrouvé...

16

À travers le père que j'ai connu, le père de la cinquantaine et au-delà, replet et fort, ironique et doux, m'est souvent apparu ce père de trente à quarante ans, nerveux et maigre, impulsif et passionné, dont l'image est restée gravée dans l'esprit de ceux qui l'ont connu.

De tout temps, mon père comprit l'amitié en sentimental et l'inimitié en passionné. Il poussa toute sa vie le désintéressement très loin. Il fut souvent injuste, mais jamais indifférent, de cette indifférence qu'affectent beaucoup d'hommes qui se croient sages… Cela faisait le désespoir de ma mère qui jugeait les amis de la maison avec cette lucidité aiguë, infaillible, qui n'appartient qu'aux femmes, et le voyait s'enfiévrer, se battre, se dépouiller pour certains qui n'en valaient pas la peine, cependant que, pour une vétille, il vouait aux gémonies les plus proches de son cœur...

La maison recevait de fréquentes visites d'amis. Certains n'y paraissaient plus... Mon père adorait Lafourcade, un collègue qui venait une fois l'an de son lointain village cerdan. Lafourcade l'aimait aussi. Ils s'écrivaient de longues lettres. Cela dura sans une faille, jusqu'à la mort. Et je puis dire : même après...

Il eut aussi pour Baillette, le directeur d'école d'Olot, une amitié forte, mais à éclipses. Il l'aimait ou l'exécrait au gré de leurs réactions administratives, car mon père, qui accompagnait les messes de Noël et fréquentait les curés, était de toutes les protestations, de toutes les démarches où il fallait montrer du courage, se heurtait à ses supérieurs lorsque leur autorité l'excédait, en bref, restait indépendant et fier... Un jour de certificat d'études, l'empressement humble auprès de l'inspecteur du pauvre Baillette, marié à une femme de santé délicate et père de plusieurs enfants, le révolta à tel point qu'il lui en fit publiquement grief. Baillette lui répondit vertement. Mon père dut être fort sensible au contraste de ces deux attitudes. Le bonhomme démasquait d'un coup ce que mon père nommait, en appuyant sur l'accent à en faire vibrer la vaisselle : sa lâcheté. Il le traita dès lors en ennemi...

Il revint à Baillette au décès de sa femme. Il remonta de l'enterrement désemparé ; et comme le malheureux Baillette, après ce coup du sort, s'en alla mourir de chagrin, quelque part, mon père n'en parla plus qu'avec douleur et remords...

Au fond, il doutait de lui et il souffrait. Il ne laissait jamais s'effriter une position de principe, mais si, sous les coups de la raison, elle menaçait ruine, il en faisait une position d'orgueil, un inexpugnable repaire...

Au cours de sa vie, d'autres emballements subitement matés et tournant en hostilités incompréhensibles m'ont fondé à croire que mon père croyait spontanément à la générosité et à la bienveillance des hommes, mais que, ses jugements révisés, il ressentait comme un dépit d'avoir été dupé. Quelquefois, peut-être, fut-il un peu jaloux, mais je n'oserais l'affirmer. Enfin, il était d'un naturel boudeur, comme sa mère et sa sœur. À la première escarmouche, il rentrait en lui-même, doutait de la bonté, de la droiture des gens, s'en écartait, comme uniquement soucieux de nourrir et de gonfler ce ferment de misanthropie. Dès lors, il accueillait volontiers des propos de toute évidence exagérés, en faisait flèche à la première occasion, se flattait d'avoir vu clair, enchérissait. Il ne revenait jamais sur son jugement, du moins en paroles... Mais, par contre, nul propos, nul fait, nulle évidence ne pouvaient ébranler le crédit des êtres qu'il aimait et dont il se sentait aimé. Il en fut ainsi pour ses enfants, quelques-uns de ses élèves, quelques amis.

Nous, ses enfants, nous avons parfois mis son indulgence à l'épreuve. Elle ne nous a jamais manqué. Il nous a défendus et pardonné dans des cas qui eussent provoqué des drames dans d'autres familles. Il ne nous eût pas reniés, même si le destin avait fait de nous des êtres méprisables.

Mais d'autres sentiments intervenaient qui enlevaient à cette miséricorde son caractère banal. J'y reviendrai. C'est compliqué, le cœur d'un vrai père !

17

La naissance de Robert, le quatrième enfant, vint encore compliquer l'existence de ma famille, et accuser l'état de dépression de ma mère, depuis quelques années offerte à toutes sortes de coups.

Il s'était passé bien des choses, à la maison de Buir, depuis dix ans que ma mère l'avait quittée pour se marier ! Tante Lisa s'était enfuie ; on avait connu de vagues détails de sa vie à Vinça, entre son ivrogne de mari et deux enfants venus coup sur coup et qu'elle avait eu de la peine à nourrir ; on avait appris sa nouvelle fugue, cette fuite saugrenue et folle vers l'Amérique… Et tante Lisa avait eu beau être une sœur vindicative et dure, on souffrait de la savoir perdue dans le monde, luttant sans doute désespérément pour vaincre la fatalité et le remords, morte, peut-être…

L'oncle Tia et sa femme avaient pris des résolutions beaucoup plus prosaïques. Après un séjour assez bref à Buir, mécontents de n'être possesseurs que du quart des biens, ils avaient décidé de secouer la tutelle des vieux, et étaient allés s'installer dans une propriété d'Ille. Aussitôt, on avait espéré que l'oncle Tia s'assagirait et prendrait du goût au travail. Hélas ! il ne s'était pas passé de mois qu'il ne revînt à Buir pour tendre la main, si accommodant et si pitoyable encore, que ses parents se laissaient fléchir. Le moment était pourtant venu où les exigences et les révélations de l'oncle Tia les avaient épouvantés. Il leur avoua avoir acheté la propriété dont ils le croyaient simplement fermier. Il devait rembourser une grosse somme ; il ne parvenait plus à payer les intérêts ; on le menaçait de saisie. Quant à la façon dont il espérait se tirer d'affaire, elle était simple : il tendait à nouveau la main, sa magnifique et veule main de géant que pas un cal ne marquait... Le « padri » avait failli devenir fou de colère et l'avait chassé... Alors, bien calmement, l'oncle Tia était monté jusqu'aux pacages de la Ridorte, où le pâtre de la maison gardait les vaches, il avait fait choix des deux plus belles et était allé les vendre... Un peu plus tard, espérant qu'une procédure hardie abolirait certaines dispositions d'héritage, il avait fait des démarches pour vendre sa part de patrimoine. Tout de suite, le « padri » avait paré le coup, mais il était resté tremblant et vieilli de la menace. Il avait décidé de parlementer. L'oncle Tia était venu exprès d'Ille. Le « padri » lui avait offert de le reprendre à Buir où il aurait l'entière jouissance de la propriété, avec des obligations plus légères que précédemment. L'oncle Tia avait paru touché par ces dispositions. Il avait demandé à réfléchir et à consulter sa femme. Il était resté quelques jours à Buir, miné de soucis incompréhensibles. Et un après-midi, profitant de l'absence de ses parents, il avait raflé dans un tiroir une liasse de titres et était parti les négocier...

Comment mes grands-parents avaient-ils fait pour triompher de leur indignation et de leur douleur ? Je ne sais pas. Mais je crois que mon père les y aida puissamment par ses raisonnements humains, sa force de persuasion et son désintéressement. Sur son conseil, le « padri » fut à Ille, récupéra les titres, liquida les dettes de son fils et de sa bru, et n'eut de cesse qu'il les eût convaincus de retourner à Buir...

À la naissance de Robert, il y avait quatre ou cinq ans que Tia et sa femme avaient repris leur ancienne vie auprès de mes grands-parents. Années affreuses... L'oncle Tia était un homme perdu. Il ne savait que faire de ses mains. Il n'était homme à récolter que si d'autres semaient. Personne plus ne semait, hélas ! que le « padri », entre deux défaillances. Le pauvre homme, si flambant naguère, se sentait brisé. Grand-mère supportait mieux ces misères. Dans la communauté, sa part restait intacte ; comme elle se félicitait maintenant d'avoir résisté aux exigences de son fils et parfois aussi aux faiblesses de son mari ! Le miracle était qu'aucun d'eux ne pensât à se gâter davantage encore la vie en se faisant des reproches. L'un s'était montré prodigue, l'autre prudente et avare ; ils s'étaient partagé les mauvais exemples. Maintenant, sans se confier plus qu'avant, ils s'épargnaient, s'épaulaient, se coalisaient contre cet ennemi impitoyable et bonasse, écrasant et falot, qu'était devenu leur fils. La ruine venait à grands pas. Des brouhahas de disputes secouaient de temps en temps la maison... Trop tard, la bru avait tourné ses batteries contre l'oncle Tia. Il avait dilapidé sa dot, largement entamé la propriété de Buir ; elle se sentait trahie... L'oncle Tia ne lui tenait jamais tête ; il ne tenait tête à personne ; il était devenu comme un de ces taureaux « fuyards » qui éludent le combat et se font siffler. Il faisait argent de tout et, les poches pleines, partait pour des destinations inconnues. Il n'allait pas loin, et revenait toujours. Il acceptait tous les reproches. Pour recommencer. Pour tomber un peu plus bas dans la déchéance... Petit à petit, il contraignait ses vieux parents à une vie étroite et inquiète, leur faisait entrevoir une fin de vie misérable...

On imagine le chagrin de mes parents, de ma mère surtout, à peu près exclus de Buir, assistant d'un peu loin, impuissants, comme des enfants sur la rive, au lent naufrage de leurs parents et de leurs biens...

Mon père n'était jamais parvenu à en vouloir à l'oncle Tia. Il le rencontrait parfois dans ses promenades. Ils parlaient de choses et d'autres. Mon père n'eût pour rien au monde accepté de paraître s'intéresser à la marche d'une maison sur laquelle il avait des droits. Lorsque le « padri » ou la « padrine » venaient à Malère vider leur trop-plein de rancœur, il les consolait de son mieux.

À plusieurs reprises, pourtant, le « padri » n'avait pu supporter les vexations auxquelles il se trouvait en butte dans sa propre maison, et il venait quelque temps se réfugier auprès des miens. Il coulait là des jours heureux, au milieu des prévenances des grands et des petits. Il redevenait bavard, enfantin, contait et recontait Sébastopol, le bateau, la ville, l'attaque à la baïonnette, jusqu'au « ritouraufuyé », ce foyer où son héroïsme et son cœur ne comptaient plus... Aussi, ses récits finissaient, « ire... et ra-ire... », « comme cela d'ici à là », par baisser tristement de ton et finir dans une larme... Mais Alice escaladant ses genoux, et Robert fourrageant de ses doigts malhabiles dans sa rude moustache, le rendaient à la joie... Dans la journée, il s'occupait des enfants, leur taillait des sifflets, des flûtes, des bombardes dans le sureau ou le roseau. À table, Clément et Émilienne se disputaient pour le servir ; ils exploraient longuement la soupière pour y trouver le gras du bœuf qu'il était le seul à aimer et à pouvoir digérer ; ils emplissaient son verre. Et lorsque le zèle les portait à quelque maladresse ou à quelque vulgarité, mon père leur jetait un de ces regards courroucés, que j'ai connus plus tard, d'un effet plus cuisant et plus sûr qu'une gifle…

Lorsqu'un peu de paix revenait à Buir, grand-mère faisait signe au « padri ». Il retournait alors là-bas. C'était grand-mère qui l'écartait de la maison aux heures pénibles parce qu'elle le savait capable de tout compromettre par ses colères ; c'était elle qui l'y rappelait au bon moment pour ne pas alimenter le scandale. C'était un domaine amputé de quelque champ, grevé d'une nouvelle hypothèque, allégé d'un couple de vaches ou d'un quarteron de brebis, que le « padri » retrouvait. L'oncle Tia ne faisait honneur à aucun de ses engagements et négligeait de payer la pension viagère qu'il devait à ses parents. Heureusement, grand-mère avait sauvé beaucoup de choses de la prodigalité du père et du fils, en quarante ans de vie prudente. Et le « padri » qui, plusieurs années auparavant, ne se fût pour rien au monde laissé dépouiller de son rôle de maître, s'abritait auprès d'elle.

Dans ces périodes de calme, Clément et Émilienne venaient à Buir, Alice et Robert étant trop jeunes pour qu'on les laissât s'y aventurer encore. La bru les effrayait un peu ; elle interdisait à ses enfants de jouer avec leurs cousins. Mais l'oncle Tia, point. Il avait l'œil bon. Il les prenait sur ses genoux. Il les emmenait taquiner le *brau* à l'attache, et son gros rire faisait résonner l'étable lorsque Émilienne faisait une remarque naïve, ou que Clément, qu'il croyait terroriser en le menaçant de le jeter dans la mangeoire, lui demandait calmement :

— Et à moi aussi, il me léchera, comme à la vache, le taureau ?

L'oncle Tia semblait éternellement en vacances. Il vaguait de l'étable au champ, l'œil blasé. On ne l'eût pas cru capable de mûrir un mauvais dessein. Il avait exactement la contenance d'un champion, un peu amer, retiré des tournois de force... Mais lorsqu'il emmenait Clément ou son fils Pierrou à Tarnère, ou quelque autre gouffre d'amont, il devenait un autre homme, rajeuni, épanoui, rendu à la pureté et à la puissance par le contact de l'eau...

C'était un admirable pêcheur de truites. L'Asglaï, le torrent dont le nom signifie : l'effroi, était jalonné de gouffres ténébreux, aux caches infernales. L'oncle Tia plongeait autant de fois que cela était nécessaire pour explorer, identifier, traquer, et enfin empoigner ses proies au fond de leurs trous. Il émergeait des eaux glacées, violacé, à demi étreint par l'asphyxie. Il ramenait de ses explorations de magnifiques truites au dos noir, ocellées de vermillon et d'or. Parfois, il s'attardait dans les fonds. Lorsqu'il reparaissait, ruisselant, l'œil chargé de haine et d'orgueil, une truite entre les dents, deux autres bandées dans ses poings, il ressemblait à Glaucus revenant des profondeurs marines, les bras chargés d'étranges fleurs...

Avec son dédale de roches immergées, de laves glissantes aux structures en chicanes et en couloirs pleins de nuit, le gouffre de Tarnère était un véritable vivier. L'oncle Tia était le seul braconnier du pays qui osât s'y aventurer. Il plongeait, se faufilait dans le labyrinthe aquatique, jusqu'au fond des *cobas* grouillantes comme des nasses, sortait à reculons, le corps ployé pour épouser les convexités de la sortie... Une fois, pour saisir une belle pièce qu'il effleurait au confin de la cache et dont les ouïes se dérobaient à l'instant décisif, il avait engagé sa tête, son cou, ses épaules, de biais, dans une faille, au milieu des récifs échoués. Lorsque, à bout de souffle, il se décida à remonter, il se sentit retenu par le roc pesant sur ses épaules comme une tenaille. Il se banda, fit jouer ses jambes, mais chaque effort le coinçait encore davantage. Lorsqu'il reparut à la surface, on ne sait au bout de combien de temps — on hésite à chiffrer en secondes le siècle qu'il passa à lutter contre l'asphyxie —, il portait sur le visage les stigmates du désarroi et de la mort. Le sang coulait des épaules déchirées et bleuies. Une énorme hernie surgissait au pli de l'aine, comme un poing…

18

Clément et Émilienne se souviennent bien de cette maison de Buir interdite à notre mère et qui, de ce fait, gagnait en mystère. Deux pendules animaient le silence des chambres de leur battement paisible et harmonieux. Le grenier était encombré et vaste comme une forêt vierge, et Clément ne s'y aventurait qu'en tremblant...

Il aimait rester dans la cuisine auprès de grand-mère. C'était une pièce immense, éclairée des cent feux discrets et chauds des cuivres et des meubles. Au plafond, deux barres de frêne poli pliaient sous le poids de la charcutaille. Grand-mère puisait pour lui un bol de lait crémeux dans le seau, au rond aussi immobile et blanc que la pleine lune. Parfois, il louchait vers les fromages frais, et grand-mère en renversait un dans une assiette, rond, émouvant et tremblant comme un jeune sein. Tout le long du mur, des corbeilles et des sacs débordaient d'œufs, de pommes, de blé. La jarre à miel occupait un coin ; elle était si volumineuse qu'un enfant s'y serait noyé dedans, et que Clément, juché sur la pointe des pieds, pouvait tout juste y tremper son doigt.

On n'entrait à l'étable qu'avec le « padri » ou l'oncle Tia. L'âne et la mule avaient la plus mauvaise place, près de la porte. Le *brau* était attaché au milieu des vaches ; parfois, elles étaient toutes affalées dans la litière et lui seul, debout ; il se donnait l'air méchant ; personne ne le craignait, pas même les poulets qui venaient picorer près de ses sabots ; à la fin, il se couchait à son tour et ruminait comme un bœuf. Il y avait toujours deux ou trois veaux derrière leurs claies ; on les laissait croître encore un peu ; avec leurs yeux cernés de rose, leurs flancs tendres, leurs jambes d'enfants débiles, ils emplissaient mon frère de compassion.

Clément aimait le « padri » parce qu'il le traitait en homme. Lorsqu'ils allaient ensemble aux champs, le « padri » lui confiait une bêche ou une hachette, et il le laissait monter et tenir seul sur la mule. Il lui donnait parfois un peuplier à émonder.

— Une branche solide pour tes pieds, une branche solide pour ta main, et en avant marche ! lui disait-il.

Clément était très agile. Il se nichait dans le haut de l'arbre, et parfois, le tronc pressé entre ses genoux comme une monture, il libérait ses deux mains pour faire une singerie. Une fois, escaladant un fût élancé, il eut l'impression d'être précédé dans son ascension par un rampement de bête. Il ne s'émut qu'arrivé au « plumet » de l'arbre. C'était une couleuvre. Acculée au fin bout de la ramure, elle s'était lovée dans une fourche, la tête dardée vers l'intrus. Clément lui porta un coup de sa hachette et la tua. Sur le coup, il s'était montré brave. Mais, une heure après son exploit, il tremblait encore...

La chasse aux rats, qu'il fallait entreprendre périodiquement, lui laissait moins de fierté. De gros rats décimaient les lapereaux, et le « padri » n'était pas homme à rester indifférent...

— Viens ! allons à la chasse ! disait-il à Clément, l'œil cruel.

Ils entraient dans le réduit qui servait de poulailler et de clapier. Grand-père chassait les poules, fermait les ouvertures, obturait avec de gros bouchons de paille les trous fraîchement ouverts par les rats, frappait enfin de grands coups de sabot sur le sol. Les lapins s'égaillaient aussitôt dans leurs loges obscures et on les entendait répondre à la provocation du « padri » par des coups de pattes indignés. Le plus grand nombre se faufilait sous le pétrin.

C'était un authentique vieux pétrin retourné. Aux deux extrémités, on avait percé deux trous, deux sortes de chatières par où entraient et sortaient lapines, lapins et… rats. Comme il devait faire bon là-dessous, dans cet asile, chaud l'hiver, frais l'été, et fleurant toujours le chou !

Grand-père retournait le pétrin d'un coup sec, et, empoignant une trique, courait se poster dans l'encoignure dont il venait de boucher les issues. C'était émouvant, cet amas de corps et de têtes, cette multitude de fourrures, d'oreilles croisées et rabattues, d'yeux de toutes couleurs surpris et figés par la lumière, cette stupeur de foule assaillie… Bientôt, des remuements agitaient cette masse soyeuse, et quelques têtes foncées, bizarres, pointues et cruelles, émergeaient, comme cherchant le vent… C'étaient les rats que l'on dérangeait…

Bientôt, l'un d'eux se décidait à fuir vers

son trou ; il courait le long du mur, sans trop se presser, d'un grand trot bossu. Le pied ou le bâton de grand-père s'abattait. Les autres fléchaient et boulaient en tous sens, depuis que le cri de la première victime les avait alarmés. C'étaient des rats énormes. Certains s'agriffaient au mur, retombaient. Les coups leur arrachaient un cri perçant qui semblait finir en ricanement... La galopade infernale des lapins terrorisés enveloppait Clément comme une tempête, et il attendait, frissonnant, le cœur serré, que prît fin ce massacre...

C'est encore Clément que le « padri » emmenait lorsqu'il fallait lever le miel du rucher. Grand-père portait le soufflet et les seaux, Clément le masque et la bouse sèche. Les préparatifs se faisaient avant d'arriver au rucher. Le « padri » mettait le feu à la bouse sèche et dès qu'elle fumait intensément, il en bourrait le soufflet dont chaque soupir projetait un jet de fumée empestée et opaque de la grosseur du pouce. Il recommandait à Clément de ne pas bouger si les abeilles venaient tourner autour de lui. Puis, il ajustait son masque d'escrimeur et s'approchait des ruches. Quand il soulevait la première, c'était pour Clément un moment d'émotion. Il percevait le hourvari irrité de la colonie, puis il la voyait s'élever comme une brume dorée et mouvante. Il se faisait tout petit, retenait sa respiration si, d'aventure, une abeille s'égarait de son côté. La rumeur croissait, la rébellion s'accentuait ; des groupes passaient en tous sens, au-dessus de Clément, en traits rageurs et raides, comme des balles. Et là-bas, des paquets entiers, fourmillants, vibrants, aussi disciplinés que des bancs de poissons, s'élevaient comme des étincelles d'un brasier tisonné, puis s'abattaient d'un seul coup sur le « padri » accroupi et sans défense…

Enfin, grand-père revenait, bien vivant. Il posait à terre le seau plein de rayons, enlevait son masque, frottait ses yeux irrités et noyés de larmes, enfin riait de toutes ses rides. Des abeilles se promenaient en titubant sur sa casquette et ses épaules. Il y en avait d'engluées dans le miel. Le « padri » suçait les grosses cloques de ses mains et de ses poignets, là où il avait été piqué. À la fin, il choisissait un beau rayon, bien blond, bien lumineux, et le tendait à Clément.

Les relations se gâtaient quelquefois entre

le grand-père et le petit-fils. Un jour, le « padri » l'avait emmené à la Ridorte, un pré en terrasses superposées qu'il irriguait avec l'eau du *boutas*, une immense citerne située au plus haut de la propriété. Clément était chargé de se tenir près de la vanne et de déblayer l'œillard lorsqu'il s'engorgeait, cependant que grand-père, dans le bas, aiguillait l'eau de terrasse en terrasse. Mais cette mission manquait d'imprévu, et Clément se livrait à son jeu favori, qui consistait à lancer des pierres, de toutes ses forces, dans la direction du torrent. Les *llousettes*, des fragments de schiste bleus et tranchants comme des rasoirs, montaient en flèche dans l'espace, prenaient le vent comme des hirondelles, descendaient en vertigineuses obliques, ou bien en sautes pleines de fantaisies, de légèretés, de sifflements, de contradictions d'oiseaux... Soudain, une volée de « ire... et ra-ire... », de menaces et de cris, monta vers lui. C'était le « padri », sans doute frappé par une pierre... Épouvanté, Clément s'enfuit à toutes jambes vers Buir. Grand-mère était absente. Il courut chez un voisin. Bêtre-Fils, Bêtre le cynique se trouvait là par hasard. La confession de Clément le plongea dans un interminable accès de gaieté.

— Comment elle était ta pierre ? Vrai ! Grosse comme ça ! Oh ! alors, tu l'as peut-être tué !

Et il riait de plus belle, se tapant sur les cuisses, les yeux brillants de larmes, sans se décider à aller voir.

Enfin, au bout d'un long temps, grand-mère parut.

— Le « padri » est rentré... dit-elle à Clément. Ce ne sera rien. Tu l'as seulement touché au pied... Tu peux venir, sa colère est passée maintenant...

En chemin, grand-mère expliqua ce qui s'était produit. La *llousette* avait frôlé l'oreille du « padri » penché sur sa bêche, avait tranché comme une lame le cuir du soulier et un peu du cuir de l'orteil aussi...

Lorsque Clément entra, le « padri » le regarda un peu comme faisait le *brau*, quand il feignait la colère...

Ce fut vers cette époque que grand-mère fut blessée par une *ratlle*.

Elle se rendait aux champs, la mule chargée de deux grands sacs de pommes de terre de semence. Sur le flanc de la montagne, des moutons paissaient parmi la rocaille. Grand-mère savait fort bien qu'elle courait un risque à passer au bas d'une pente au sommet de laquelle se trouvait un troupeau — et la Ridorte, avec ses terrasses, ses profils abrupts, son chaos, était moins sûre que toute autre —, aussi franchissait-elle le passage bon train, tout en pressant la mule. Soudain, un grondement d'avalanche éclata au-dessus d'elle, et elle eut à peine le temps de voir rouler, droit sur la mule, à une vitesse foudroyante, une *ratlle*, un énorme quartier de roc tout bossué et hérissé de pointes et de tranchants. Pour sauver l'animal, elle fit un pas de trop, et la *ratlle* la faucha en passant, par son bord extrême, avant d'aller s'écraser avec fracas dans le ravin.

Grand-mère ne put se relever ; elle n'eut même pas la force d'appeler à l'aide. Ce fut le retour de la mule, chargée de guingois et toute triste, qui donna l'éveil. On courut à la Ridorte, on ranima grand-mère je ne sais comment. Elle avait deux fractures de la cuisse, un talon écrasé... Le médecin d'Olot, en tournée dans la montagne, ne parut à son chevet que le lendemain...

Forte et rude comme un homme, grand-mère supporta presque sans gémir les tortures qu'on lui infligea. Pourtant, Clément se souvient de l'avoir entendu pousser un long cri de bête égorgée, un jour qu'on déplaçait sa jambe emprisonnée dans une gouttière.

Pauvre grand-mère ! Elle ne devait plus se remettre entièrement de cet accident. Elle boita définitivement sur son talon lentement dévoré par une ostéite purulente. Mais cela ne l'empêcha toutefois pas de vaquer aux soins du ménage, ni même de se rendre aux champs, jusqu'à tout près de sa mort…

19

Tout proche des paysans, mais souffrant intimement, en certaines occasions, de ne pouvoir s'identifier à eux, mon père faisait des efforts touchants pour les suivre et les battre, si j'ose dire, sur leur propre terrain... Il prenait volontiers les mancherons de la charrue, la faux ou la hache, travaillait le potager, taillait la vigne et les arbres fruitiers, préconisait un roulement de cultures, un drainage, un amendement, une fumure, mais ne parvenait point à s'imposer comme un de leurs pairs. J'ai sous les yeux des rapports, des conférences agricoles qu'il leur fit ; il y résumait les résultats d'expériences faites en commun. Je ne sais quel effet cette prose produisait sur l'auditoire de Malère. Pour moi, à la lire, je me sens tout humble...

Il avait poussé quelques propriétaires à reprendre la culture de la vigne, abandonnée depuis l'épidémie de phylloxéra. Il s'était tout d'abord heurté à une véritable hostilité. Cependant, il n'exerçait plus à Malère depuis longtemps qu'il récevait encore des remerciements et des hommages, et une fois, un petit fût de vin aussi léger et aussi tendre que la lumière des coteaux où il avait mûri.

Il ne savait ni pêcher, ni chasser, comme la plupart des hommes du hameau. Les questions que lui posaient ses enfants sur ces sujets, les encouragements de ma mère et du « padri », enfin l'intervention de Jaume Fotre en personne, le décidèrent à prendre un fusil.

Jaume Fotre était borgne. C'était le premier chasseur du canton. Il encombrait ses plus chastes explications de mots lestes. De là, son surnom. Il se vantait, comme tout bon chasseur, mais déquillait tout de même son lièvre dans la semaine. Il se fit fort d'initier mon père avec quelques leçons. Mais là, il se vantait vraiment...

Mon père était gaucher. Pourtant, il était assez adroit de sa main droite. Cela lui donnait beaucoup d'aisance dans l'exécution des travaux manuels les plus minutieux. Mais la chasse est davantage une question de tempérament que d'adresse. À la chasse, il faut marcher, courir, s'enfiévrer, faire parler la poudre, bouleverser d'échos la montagne, et de temps à autre, tuer... Et mon père, lorsqu'il avait pris un rat au piège, chargeait quelqu'un de l'aller noyer... N'empêche. Il prit sans trembler le fusil du « padri », une arme terrible qui se chargeait par la gueule, abondamment, comme on gave une oie, et, sans permis, sans chien, il fut s'exercer à plusieurs reprises sur un imaginaire gibier. À la seconde tentative, Jaume Fotre renonça à enseigner. Le tromblon du « padri » avait des écarts de bête ombrageuse ; il éparpillait sa mitraille un peu au hasard. Et Jaume Fotre, à qui il ne restait qu'un œil, ne tenait pas à le perdre...

Une nuit, il fut à « l'espère ». Jaume Fotre, qui le conseillait maintenant de loin, lui avait signalé un affût au lieu-dit Lladorses, à la limite des neiges, tout près des cimes. Il arriva là-haut, le fusil à l'épaule, trempé de sueur par quatre heures de montée. Il se posta à l'orée des grandioses pinèdes qu'on aperçoit de la vallée, suspendues comme de froides nuées entre ciel et terre. Il attendit plusieurs heures, les pieds dans la neige, transi de froid. La lune se montrait par intervalles. Soudain, il entendit comme un reniflement tout près de lui, et une ombre passa sur le champ éclairé. Il tira, les yeux fermés à les broyer dans leur orbite, puis se dressa, éperonné par son tonnerre, son audace, sa mission, et courut à l'endroit où avait fulguré sa proie. Il tourna quelque temps, s'arrêtant lorsque la lune se glissait sous un nuage. Au moment où il allait renoncer, il aperçut sa victime, encore secouée de sursauts, toute noire sur un carré de neige. Son cœur faillit se rompre. Il se pencha. C'était un énorme renard…

Ensuite, il chercha vainement, dans l'inconnu et la nuit, le refuge que Jaume Fotre lui avait signalé comme proche. Il arriva à Malère à peu près à bout. Il fut si gravement malade que Jaume Fotre lui-même s'abstint de se moquer de sa déconvenue…

Après cela, il renonça aux lointaines expéditions. Il chassa le merle. Il emmenait Clément. C'était un chien admirable. Ils se coulaient tous les deux sous bois, attentifs aux bruits de la forêt, et parfois leurs propres pas les mettaient en émoi. Un merle partait devant eux, son sifflet jaune au bec. Ils blêmissaient, et mon père plaçait l'amorce de doigts tremblants.

— Où est-il passé ? soufflait-il.

— Là ! je crois bien... disait Clément.

Mon père ne souhaitait guère de tirer, et Clément se sentait serré à la gorge.

Une autre fois, frout... Trois ou quatre perdreaux s'envolaient lourdement sous leurs pas, et ils suivaient des yeux leur fuite tendue et vibrante, leur plongeon brutal et comme exténué sur la lande. Alors, ils contournaient des précipices, escaladaient des rocs, s'approchaient en retenant leur souffle du lieu où la compagnie s'était posée. Mais, malgré leurs précautions et leurs ruses, ils étaient éventés trop tôt, et mon père, en signe de protestation, tirait tout de même dans la direction des perdreaux, au-dessus des arbres...

J'hésite à placer, dans ces histoires de chasse, une provocation en duel dont mon père crut devoir prendre l'initiative. Mais peut-être jugera-t-on qu'elle y fait bonne figure...

Malère était fréquenté, à la bonne saison, par un petit homme raide et compassé, noir et silencieux, qui habitait une maison à l'écart du village, près du moulin. Par dérision, on l'appelait « l'avocat ». C'était pourtant, encore que le gotha judiciaire n'ait pas conservé son souvenir, un authentique avocat, mais un de ces avocats de sous-préfecture tellement désœuvrés, tellement nostalgiques, qu'on les croit retirés des affaires. Celui-là occupait ses loisirs à lire le journal, à passer et repasser devant l'école sans daigner saluer quiconque, si méprisant et si hautain qu'il avait fini par excéder mon père. Un jour, je ne sais à quel propos, ils échangèrent de vives paroles devant les élèves en récréation. Il n'en fallut pas moins pour dresser toute l'école et le village contre l'avocat. Il écrivit à l'inspecteur d'Académie pour se plaindre de ce que, à l'instigation de leur maître d'école, les enfants de Malère l'injuriaient... Le rapport fit bondir mon père. Il envoya sur-le-champ ses témoins à l'avocat. Celui-ci crut tout d'abord à une plaisanterie, mais lorsque Asquin, l'un des ambassadeurs, lui eut affirmé que mon père serait irréductible, et qu'il fourbissait à tout hasard son fusil de chasse, il défaillit et accepta de faire les plus plates excuses...

Je ne crois pas que le tromblon de mon père ait accompli un meilleur exploit...

20

Accablée par le poids de quatre enfants, ma mère faisait entendre d'aigres récriminations lorsque mon père lui annonçait une visite pour le lendemain. Mais, dès que l'invité survenait, elle se montrait empressée et aimable, tournait des compliments avec une préciosité parfois pénible. À force de bonne volonté, d'ingéniosité et de coquetterie, elle laissait à ceux qui venaient chez nous une impression excellente. Mon père ne lui rendait pas volontiers hommage, ou alors, il attendait qu'elle ne pût entendre. C'est au cours de promenades qu'il me parlait d'elle et que je comprenais combien il l'aimait et la respectait. Je ne sais quelle capricieuse rudesse, mêlée de pudeur, l'empêchait de se montrer tendre et de s'épancher devant les siens. Ma mère s'était mal habituée à cette apparente injustice ; elle prenait des revanches lorsqu'elle le sentait d'humeur à se laisser accabler ; mais les sévérités de ma mère avaient pour résultat de le faire rire du meilleur cœur. On les citait comme un ménage heureux, et on avait bien raison...

Lorsque ma famille se rendait en vacances à Cassignan, auprès de grand-mère Grégoire et de tante Marguerite, ou lorsque grand-mère Grégoire venait passer quelques jours à Malère, il était rare qu'il ne se produisît pas de heurts entre la mère et le fils, le frère et la sœur, tous trois de caractère assez semblable.

Une fois, grand-mère Grégoire arriva à Malère chargée de provisions et de cadeaux, et décidée à passer quelque temps auprès de ses enfants. Hélas ! il y avait un jour à peine qu'elle était installée qu'à propos d'un gros mot lâché par Clément, elle se fâcha. Elle trouvait exécrable l'éducation de ses petits-enfants ; ils l'interrompaient quand elle parlait, grimpaient sur les chaises et les tables et n'en descendaient que sous la menace, juraient même... Grand-mère jugea cela intolérable. Mon père essaya tout d'abord d'apaiser son indignation, mais n'y parvenant pas, se décida à sortir dans le village... Aussitôt, grand-mère déclara qu'elle allait repartir à Cassignan. Malgré les prières et les larmes de ma mère, elle se mit à refaire son bagage. En désespoir de cause, ma mère courut prévenir mon père.

— Si elle a envie de partir, que veux-tu que j'y fasse ! dit-il simplement.

Il n'y avait pas de train avant le soir. Grand-mère fut obligée de passer une partie de la journée à la maison. Elle assista au repas de midi. La consternation et la gêne étaient extrêmes. Mais, ni la mère, ni le fils, ne desserrèrent les dents pour prononcer une parole d'apaisement.

Au moment du départ, au prix d'un effort inouï, mon père demanda :

— Alors... vous êtes bien décidée à partir ?

— Tu le vois bien ! répondit sa mère.

Alors, sans ajouter un mot de plus, mon père saisit une anse du volumineux bagage que grand-mère prétendait porter seule, et ils s'en furent tous les deux vers Olot.

Deux jours durant, ma mère resta accablée par cet événement. Mais mon père, pourtant profondément mortifié et peiné, feignit de n'y point attacher d'importance...

Pauvre grand-mère Grégoire ! On ne devait plus la revoir à Malère. Elle mourut deux ou trois ans après la scène que je viens de rapporter. On se doute que cet incident n'y fut pour rien. Elle avait eu, depuis, cent occasions de se repentir mentalement et de pardonner du fond du cœur... Mais elle était vieille, harassée par soixante années de labeur...

Je ne sais pas grand-chose de sa mort, sinon qu'elle s'en alla du cœur. C'est une mort lointaine, de laquelle il n'est resté de souvenir précis que dans la mémoire de deux ou trois témoins qu'on n'ose interroger, une de ces morts qu'on nomme naturelles, et qu'à cause de cela, un peu lâchement, on imagine douces...

Tante Marguerite marchait, toute jeune, à grands pas, sur les traces de sa mère. J'aurai l'occasion de citer des traits de son caractère. Mais ici, je crois utile de rapprocher une de ses impulsions de vieillesse de l'anecdote que je viens de conter.

Cela se passa cinquante ans plus tard, il n'y a pas très longtemps, donc. Tante Marguerite venait de faire quatre-vingt-cinq ans, et on ne l'appelait plus que la Ménine. Elle avait abandonné Cassignan pour le Conflent où elle vivait, dans une confortable aisance, auprès de son fils, une de ses petites-filles et ses arrière-petits-enfants… La Ménine, qui avait à peu près échafaudé toute seule la fortune de la maison et l'avait transmise, sans grand souci d'équité, à l'aînée de ses petites-filles, s'étonnait qu'une harmonie absolue ne régnât pas dans la famille. Quoique dépouillée de son plein gré de ses biens et de ses droits, elle gardait son prestige d'aïeule, et il lui eût souvent suffi d'intervenir pour ramener la paix. Mais elle préférait maugréer en tête à tête avec son tricot, et bouder interminablement…

Un jour, sur une remarque d'un des siens, elle enfourna quelques effets dans un grand sac de toile et s'en vint à Moret, que mes parents et moi habitions. Je la vois encore arriver, presque défaillante sous le poids de son fardeau, l'œil bridé de détresse et de colère.

Elle resta quelque temps à Moret. Elle vivait de soupes à l'ail. Elle s'occupait seize heures par jour à repriser, sans secours de lunettes, toutes les vieilleries qu'elle exigeait qu'on lui apportât. J'ai rarement vu un visage de vieillard aussi ferme, aussi majestueux, aussi beau. C'était à se mettre à genoux...

Ses explications se bornèrent à peu de chose, et encore, elle les réserva à mon père, avec lequel nous l'entendions chuchoter, cependant qu'il riait et la grondait affectueusement de se monter la tête pour des vétilles.

Enfin, au bout d'une quinzaine, ma petite-cousine vint la chercher. La réconciliation se fit sans larmes, sans phrases, ni solennité, comme chez de vrais Grégoire... La grand-maman et la petite-fille repartirent au bras l'une de l'autre, toutes deux convaincues qu'une grande injustice venait d'être réparée...

21

Ce que je sais de l'enfance de mes frères et de mes sœurs à Malère me fait croire qu'ils ne furent pas trop malheureux, ou qu'en tout cas, ils furent opiniâtrement défendus contre les rigueurs de la vie montagnarde. Mieux nourris, mieux vêtus, mieux élevés même que les autres enfants du hameau, ils passaient pour des privilégiés. Mon père touchait, il est vrai, un traitement et des indemnités sans cesse croissants, pas loin de quatre-vingts francs par mois ; et je n'ose chiffrer les libéralités de mes grands-parents…

À part quelques frayeurs et quelques chagrins, l'enfance de mes frères et sœurs est marquée par des surprises, des joies, le souvenir de fêtes, de promenades, de veillées, de jeux, et beaucoup de leurs impressions semblent empruntées à ma propre enfance. Mais ils ont pourtant connu une vie de famille différente, plus puérile, plus grouillante, plus intense que celle que j'ai vécue, dans un foyer vieillissant et s'effritant d'année en année. Leurs âges ne les séparaient point trop ; toute leur vie était resserrée dans un espace étroit au-delà duquel pesaient le froid, la nuit, l'hostilité de la montagne ; mes parents les aimaient tendrement, farouchement… Je me sens presque jaloux…

Un jour, ils avaient écrasé des mûres sur une dalle de schiste, et au moment de partager équitablement, ils s'étaient trouvés perplexes… Alors, Clément avait coupé la pâtée en quatre, et à tour de rôle, sans empiéter d'un coup de langue sur le bien du voisin, chacun avait léché sa part, à même la pierre… Ils baptisaient les chats de la maison d'un commun accord, se partageaient les corvées domestiques, maraudaient pour la collectivité, se protégeaient les uns les autres ; et je crois entendre la voix de Clément, tombé de la passerelle du torrent avec Robert dans ses bras, et l'élevant au-dessus du courant :

— As pas peur, papa ! Je le tiens !

Je vois encore Émilienne, chargée de

donner sa becquée de pain au lait à Robert, éclater en larmes de remords, parce qu'elle n'avait pu s'empêcher de lui en chiper quelques cuillerées...

Chaque année, grand-père apportait à la maison de grands couffins de pommes. On les vidait dans un placard dont la porte donnait sur la chambre de mes parents, et le fenestron sur celle des enfants. Mes deux sœurs partageaient un lit, cependant que Robert et Clément couchaient dans l'autre... Le matin, alors que tout dormait encore, Clément se dressait en chemise sur la barre de son lit, ouvrait le fenestron, se hissait à la force des poignets et descendait dans le placard, sur le tas de pommes glacées. Il en prenait quelques-unes, à tâtons, les jetait par l'ouverture sur son lit. Mes sœurs se levaient, Robert se réveillait. Il était tout petit ; il était difficile d'en faire un complice, mais jusque-là tout allait bien... Ils dévoraient les fruits, y compris les pépins qui les eussent trahis... Un jour, le tas de pommes s'éboula sous la chute de Clément qui ne put regagner son lit par le fenestron. Il frappa à la porte de la chambre paternelle, et mes parents ne furent pas peu surpris de le voir sortir, en chemise et transi, du cabinet aux pommes...

Le fenestron fut condamné, et Clément chercha un divertissement moins périlleux. En attendant que ma mère vînt les lever, mes frères et sœurs faisaient de la gymnastique ; cela consistait à faire gémir les sommiers sous les cabrioles et les sauts ou à tourner autour des barreaux de fer des lits. Dans ce dernier exercice, Clément enroula une fois si malencontreusement sa chemise qu'elle céda et resta raccourcie de moitié. Séance tenante, Émilienne inventa une scie sur l'accident ; Alice et Robert reprirent en chœur, jusqu'à ce que la voix de ma mère se joignît en dissonance. Clément fut tiré du lit, et il eut beau crier : « Je te pardonne ! Je te pardonne ! » il fut copieusement fessé. Mais, dans des circonstances semblables, il mettait une sorte d'orgueil à être battu, et bien avant de connaître Poil de Carotte, il tendait à maman le manche à balai qu'elle faisait semblant de chercher...

Une fois par semaine, mon père descendait à Olot pour chercher les provisions. Il en profitait pour voir son collègue, un conseiller municipal, le juge de paix, ou pour faire une partie de billard. Il était rare qu'il ne remontât pas avec quelque friandise ou un dessert inédit devant lequel ma mère se récriait. Mais c'étaient des potins qu'il rapportait avec le plus d'abondance et de fidélité, et ma mère, comme toutes les femmes, en était friande.

Dès qu'un enfant était en âge de franchir la distance sans flancher, mon père l'emmenait. Mes sœurs, qui se souvenaient de s'être morfondues des heures entières autour de la « table verte » où des boules carambolaient, se récusaient souvent ; c'étaient de bonne heure des sédentaires, des fricoteuses, des femmes à chiffons. Mais Clément lui restait fidèle.

Olot, avec ses six cents habitants, avait tout l'air d'une ville. Il y avait une route, des cafés, des façades blanches, une place publique. Il y avait surtout la diligence qui joignait la Cerdagne au Conflent, la diligence qu'il fallait prendre lorsqu'on s'embarquait pour Paris ! Ah ! cette diligence ! quelle émotion elle faisait à Clément ! Haute comme un pailler, elle dévalait en tanguant du col de la Perche et s'arrêtait devant le café dans un long hurlement de freins. Alors, cependant que les chevaux, le mors écumant, et tremblants de toute leur peau, tournaient la tête vers le relais, que des voyageurs emmitouflés comme des ours se levaient derrière les vitres, le cocher descendait de son siège, haut perché comme une vigie, par une série de petits marchepieds qui pliaient sous son poids, il écartait les enfants, levait la main par-dessus les têtes vers la carafe pleine d'eau que le cafetier lui tendait, et en jetait, à petits coups, sur les sabots de frein, sur les jantes et les ferrures qui fumaient en grésillant... Que cela était vibrant et beau ! Par la porte de l'écurie toujours ouverte, on voyait les chevaux frais élargir leur gros œil inquiet dans l'ombre. Contre le mur, étaient alignés des sacs d'avoine et de caroubes. Clément courait y remplir ses poches à la suite d'autres gamins. Il croquait les caroubes sur le chemin du retour. Elles avaient une odeur forte et un goût de miel sauvage. Il en jaillissait des pépins plats et durs qu'on entendait s'agiter dans leur graine comme de minuscules grelots. Parfois, mon père acceptait d'en goûter une. Il la broyait avec un bruit de cheval...

L'épicier d'Olot chez lequel se servaient mes parents s'appelait Ferdinand. Il était cul-de-jatte. Mais comme il avait deux jambes artificielles, « qu'il enlevait pour se mettre au lit », expliquait mon père, on ne le devinait qu'à la longue. Cela lui faisait une démarche raide et lui imprimait comme un air de noblesse... Sa sœur, Mimi, l'aidait à servir la clientèle. Ils ouvraient crédit à papa et le traitaient, par-dessus le marché, avec toutes sortes d'égards. Lui aussi les aimait bien...

Ce qui intéressait le plus Clément, dans la boutique de Ferdinand, c'étaient les billes. Elles emplissaient une caisse, derrière la porte d'entrée. Il y en avait peut-être mille, un chiffre énorme, de toutes les couleurs et de toutes les grosseurs. Des boulets, aux trois quarts enlisés, montraient un peu de leurs gros dos rouges, jaunes, verts, piquetés, cependant que des agates, striées comme des berlingots de Carpentras, et des billes de verre traversées d'arcs-en-ciel éclatants, luisaient comme les regards de cette multitude...

— Achète-m'en, papa ! soufflait Clément à mon père.

Ferdinand ou Mimi avaient l'oreille fine.

— Prends-en dans la caisse ! disait l'un d'eux.

Clément crispait sa main dans le tas. Il lui en échappait parfois une qui rebondissait en chantant sur le carreau et allait se cacher sous le comptoir ou le coffre à son.

— Laisse... ne cherche pas davantage... disait Ferdinand. On la retrouvera... Prends-en une autre à la place.

Quelle heureuse boutique et quels heureux marchands !

22

Le sonneur de cloches de Malère s'appelait Manouel. C'était un vieux petit bonhomme, hirsute et borgne comme le Jaume Fotre, mais infiniment plus humble. Il habitait une maison misérable, tout près de l'église, au-dessus d'une étable obscure où sommeillaient tristement sa vache et son âne. Il vivait de peu. Il aimait les enfants. Il souriait toujours. C'était un miracle qu'il ne fût pas davantage méprisé...

Il sonnait les cloches le dimanche, pour les mariages et les baptêmes, les incendies, et parfois, quand ça lui chantait... Il avait vu défiler plusieurs curés. Le dernier, M. Bourrat, le traitait avec douceur, mais le bruit des cloches incommodait sa mère et on ne cessait de prier Manouel de les ménager.

Manouel souffrait beaucoup de cette restriction. Finis les grandes volées chantantes, les contretemps, les roulements, les pirouettes et les fantaisies de l'airain... Finis aussi les couplets insolites qui faisaient lever les têtes dans les champs, courir aux nouvelles, et qui annonçaient une naissance chez Galangau, ou une accordaille chez Sarnill, ou l'entrée du printemps, parfois seulement une joie secrète du bonhomme...

Manouel, je ne sais pourquoi, peut-être simplement par besoin d'aimer, révérait mes parents. Lorsqu'il livrait son faix de bois, il s'attardait auprès de ma mère, sans autre prétexte que de lui parler de son mari, de ses enfants, et de lui rendre évidente sa félicité. Lorsque mon père survenait, le pauvre homme défaillait de bonheur. C'était le plus assidu aux séances de projection, aux soirées instructives, aux conférences. Clément lui lisait des histoires, les aventures de Télémaque, je crois bien... Il n'avait pas de famille. Il n'en avait peut-être jamais eu. Sa famille, c'étaient les cloches. C'était aussi, de temps en temps, les Grégoire...

Un matin, le bruit courut dans le village qu'un cinquième enfant venait de naître chez les Grégoire. Un garçon... Manouel fit irruption chez les Asquiu pour se faire confirmer la nouvelle. Il y avait un grand remue-ménage autour de mes frères et de mes sœurs, qu'on faisait encore patienter quelques instants, le temps sans doute que leur petit frère fût lavé, paré et couché dans son berceau. Manouel fit signe à Clément de le suivre. Dans la rue, trois ou quatre garçons se joignirent à eux. Manouel devant, tout tremblants de précipitation, ils montèrent vers l'église. Un beau soleil d'hiver inondait les toits. Jamais Manouel ne s'était senti si guilleret ni si leste. Il bondit sur la première marche du clocher avec une légèreté de chat. Il y avait quatre escaliers de pierre, sans rampe, à monter. Du toit du clocher, on accédait au clocheton par une échelle aux barreaux à moitié pourris. Manouel se détacha soudain là-haut, en plein ciel, au milieu de ses cloches. Clément et ses camarades s'étaient arrêtés sur le toit du clocher ; les pentes d'ardoises filaient doucement sous leurs pieds ; ce qui était près s'éloignait de leurs yeux ; ce qui était loin se rapprochait. Là-haut, Manouel venait de dénouer les grosses cordes et d'atteler le battant des bourdons. Il fit un signe vers ceux d'en bas et les cordes, sifflantes comme des couleuvres, coulèrent jusqu'à eux. Alors, ses jambes calées, son corps raidi et rejeté en arrière, Manouel donna le branle :

Bi, bi, blanc !
Bi, bi, blanc !
Bi, bi, blanc !
Bo-ti-fa-ras,
I pa blanc ! [1]

Les grosses cloches basculaient vers Malère, puis vers Buir, de l'orient à l'occident, et jetaient chaque fois leur grosse note bourdonnante. Le vent emportait leurs clameurs au-dessus du village et des bois, ou bien, dans une saute capricieuse, il brisait leur essor et les rabattait sous lui comme la foudre. Manouel animait frénétiquement ce tonnerre. La terre et le ciel chaviraient autour de lui. Laminé de houles, roulé, abasourdi par la sauvage allégresse de l'airain, il semblait le maître du monde...

Lorsque cela eut cessé, que Manouel et les enfants se retrouvèrent, titubants, dans

1. *Vin, vin blanc ! — Vin, vin blanc ! — Char-cu-taille, — Et pain blanc !*

la rue, le vieux sonneur mit la main sur l'épaule de Clément.

— Le curé dira ce qu'il voudra ! lui dit-il. Tu sauras seulement me dire si ton père a été content !

Tout le monde était content, justement à la maison, quand Clément y arriva. Ma mère, elle-même, souriait... Le seul qui se refusait à participer à la joie générale, c'était moi...

J'étais né en braillant et en serrant les poings...

Ça me reprend, de temps à autre...

23

Quelques mois après ma naissance, ma famille quitta Malère. Notre mobilier tenait dans une charrette. Lorsqu'elle s'ébranla, les miens marchèrent derrière. Ma mère me portait dans ses bras.

Le village, gonflé de sanglots, agitait ses mains.

Grand-père nous accompagna jusqu'à Olot. Tout le long du chemin, il plaisanta. Au moment de la séparation, il secoua ma mère qui pleurait. Il s'était raidi. Il avait sa figure de Sébastopol...

C'était un jour d'avril, en 1900. Après bien des hésitations, mon père avait demandé son changement et s'était vu nommer à Sainte-Marie-d'Albère, un village de la vallée voisine, à cent kilomètres de Malère. Mon enfance s'est donc entièrement écoulée à Sainte-Marie où je ne suis point né. Mais je suis revenu quelquefois dans mon village natal.

La dernière fois que je l'ai revu, c'est avec Clément, il y a cinq ans. Lorsque, au dernier lacet de la route qui y monte, nous le découvrîmes, mon frère me prit par le bras et m'imprima un recul, comme si un danger eût subitement pesé sur nos têtes. Là-bas, au flanc d'une pente, une épaisse gerbe d'eau jaillissait dans le vide, comme une arche de lumière. Clément la montra du doigt ; ses yeux avaient une expression tendre, presque douloureuse. Malgré le soleil, tout restait austère autour de nous ; l'ardoise bleue des toits luisait à peine.

— Rien n'est changé ! me dit-il.

Plus loin, comme nous longions une série de ces éboulis qu'aucun mur de soutènement ne peut contenir, et qui jouent depuis un siècle avec l'homme, il eut un sursaut.

— Ah ! dit-il, il m'a semblé entendre le cri de maman... Elle me rappelait chaque fois que je me risquais de ce côté...

Je le regardai. Il était encore sous le coup de l'émotion. Ses yeux cherchaient un refuge.

Nous entrâmes dans Malère. La maison où nous sommes nés est redevenue une auberge. Elle a gardé son mauvais air. Son toit est moisi, ses murs lépreux, ses fenêtres chassieuses. Elle montre toutes ses plaies, comme un mendiant, sur le bord de la route.

Clément m'entraîna plus loin, comme s'il voulait m'épargner ce spectacle.

— Nous reviendrons... Viens !

Je le suivis dans l'unique rue du hameau. La moitié des maisons était effondrée. Des fanges aux odeurs poignantes stagnaient sous les pans de murs. Clément allait à travers les décombres avec la tristesse d'un homme qui marche sur les ruines de sa maison.

Nos parents avaient vécu là. Ils y avaient passé les plus belles heures de leur vie, les heures de leur jeunesse et de leur amour ! Leurs ombres montaient de partout à notre rencontre. Elles étaient alertes et fines. Nos âmes débordaient.

Par des échappées, la vallée nous apparaissait, lumineuse et ample. Nous y étions insensibles. Nous rivions nos regards aux pauvres choses qui nous entouraient, comme des malades à qui on a entrouvert la fenêtre sur la splendeur du jour et qui ramènent leurs yeux sur leurs mains décharnées...

Le hameau semblait désert. Aucun toit ne fumait. À cette heure, il ne restait pas dix habitants dans les maisons. L'aveugle, pelotonnée dans son ombre, le paralytique, cramponné aux bras de son siège comme s'ils étaient la vie même, écoutaient le temps passer au fond d'eux. Un chat, figé sur une marche de pierre, nous fixa de ses yeux farouches. D'une étable, sonore comme un caveau, nous vint un bruit de chaînes.

Au bout, tout le hameau nous apparut : cinquante maisons déhanchées, gibbeuses, affaissées, avec de petites fenêtres tristes, des seuils descellés, des loquets pendants, des pots sans fleurs ; un étal de misère, d'abandon, de douleurs inscrits dans la pierre et le bois ; et parfois, entre ces maisons encore en équilibre par la volonté de l'habitant autant que par nous ne savions quel miracle, d'autres maisons qui avaient renoncé, dont les toits s'étaient effondrés, dont les murs s'étaient agenouillés dans la fange…

Nous sortîmes du hameau. Nous marchâmes à travers des prés. Nous traversâmes un pont envahi de lierre. Des cimes de peupliers, dont les troncs montaient de la nuit du ravin, oscillaient à portée de nos mains. Après la colline, le hameau recommença. Dix maisons regardaient le soleil et la vallée bleuissante. C'était Buir. C'était là que ma mère avait vécu jusqu'à son mariage. Elle s'appelait alors Valentine-Rose-Françoise Demonte ; elle était fraîche et jolie. Pour aller vivre avec mon père, il lui avait suffi de franchir le pont ; et pourtant, quelle aventure cela avait été pour elle...

Nous vîmes sa maison, maintenant habitée par des étrangers ; l'oncle Tia était mort depuis quinze ans. C'était la plus grande. La treille courait toujours le long du mur. Un peu plus loin, la fontaine coulait dans l'auge de pierre. Devant, le chemin, taillé dans le roc, s'enlevait hors des maisons sur la pente de la montagne, comme dans un tour de force ; on le voyait se débattre en tronçons vibrants dans le chaos des roches, monter vers les gouffres juchés à plus de deux mille mètres, dans des cirques pelés, métalliques, hérissés d'aiguilles dont on distinguait sur le bleu du ciel les profils de vautour.

Clément s'était assis sur une pierre, les poings au menton ; son regard vaguait sur l'étendue. De temps en temps, il avalait sa salive avec un effort.

— Tu vois, ce bouquet de sapins ?... C'est la Mouline !... J'allais attendre « le padri » jusque-là...

Il devait voir notre grand-père surgir

d'entre les troncs, l'œil aigu, le poing fermé sur son bâton, comme une serre...

Une femme d'une cinquantaine d'années vint remplir ses cruches à la fontaine. Mon frère me souffla son nom ; il l'avait connue petite fille. Il engagea la conversation sans nous trahir. La femme habitait la maison de notre mère depuis la mort de l'oncle Tia. Tout en bavardant, elle dévisageait Clément dont les traits devaient « lui parler ». Ses cruches remplies, elle ne sut point rentrer chez elle ; une curiosité puissante la retenait près de nous. Lorsque, dans un patois fidèle, et avec les inflexions qu'il fallait, Clément évoqua un souvenir commun de leur jeunesse, elle poussa un véritable cri :

— Lou Clément !

Mon père l'avait conduite au certificat d'études. Elle en parlait religieusement.

Nous revînmes à Malère. Le cimetière était en pente, herbeux, rebroussé de vent. Les croix de fer allaient de guingois, épaule contre épaule, comme des copains en goguette. Nous cherchâmes en vain la tombe de notre grand-mère. Les tertres, pilonnés par les pluies, s'étaient affaissés ; certains avaient entraîné leurs croix dont les bras battaient l'air, comme pour recouvrer leur équilibre.

L'église était fermée à clef. Elle était bâtie dans un creux ; un fossé l'entourait où la marmaille jouait pendant les offices d'enterrements. Du terre-plein, en se haussant, on découvrait l'autel et les premières stalles. Clément me montra, luisant délicatement dans l'ombre, le vieil harmonium sur lequel jouait mon père et le banc où lui-même s'asseyait pour l'écouter.

Dans un champ de maïs, entre deux maisons, une tête de vieillard émergea des tiges hautes. Clément reconnut le Payrou, un ancien conseiller municipal, un des rares hommes qui eussent marqué de l'hostilité à mon père lorsqu'il poussa à l'érection d'une école neuve. Clément hésita à lui parler. Quand il prononça notre nom, le Payrou nous prêta un intérêt extraordinaire. L'ombre de Monsieur Grégoire flotta entre nous trois. Lorsque Clément lui apprit que notre père était mort, le Payrou eut un haut-le-corps. Il dut avoir la sensation d'étouffer. Il sortit du champ de maïs, les bras levés, comme s'il voulait échapper à des vagues.

Les Izidrou habitaient toujours la maison à l'à-pic du torrent. Mais l'infortune était passée par là. Le père était mort. La mère était aveugle depuis une dizaine d'années. Son fils vint ouvrir la porte. Il avait l'âge de Clément. Il était pieds nus et nu-tête ; ses cheveux tombaient en broussaille sur ses yeux. Il tenait un balai à la main ; le soleil éclaira derrière lui un flot de poussière. Lorsqu'il nous eut reconnus, il se troubla ; il fit passer son balai d'une main dans l'autre :

— Clément !... Ah !... Ah !... Clé... Clément ! Lucien... C'est Lucien, lui !... Et ton père ! dis ! Ah ! quelle peine... Quelle peine... Je voulais descendre à l'enterrement... Je n'ai pas pu... Je ne puis rien faire avec elle !

Une ombre bougea au fond de l'ombre. L'Izidrou gémissait depuis un moment pour attirer notre attention et ses mains griffaient la table de bois près de laquelle elle était assise. Nous l'embrassâmes. Elle braquait ses yeux vitreux sur nos visages. Et soudain, des larmes, d'éclatantes larmes d'aveugle, se mirent à couler sur ses joues froides. Elle se plaignit peu. Elle se plaignit principalement de ne pouvoir être utile à quelque chose. Elle avait fait de son fils un esclave... Lui, avait fini de balayer... Les lamentations de sa mère ne le touchaient plus. Depuis dix ans, depuis la mort du père, il la conduisait de son lit à la chaise où elle était présentement assise, et jamais plus au soleil depuis qu'elle était tombée sur les rochers. Maintenant, elle avait horreur du soleil ; elle ne supportait que d'être assise dans son coin d'ombre. Quand son fils était absent, elle restait là, quinze heures d'affilée, immobile, sans rien entendre d'autre que la rumeur du torrent.

Nous l'embrassâmes à nouveau. Elle s'était légèrement soulevée et retomba, soudain plus accablée et plus amère, comme si on lui eût brutalement retiré la lumière entrevue.

Notre dernière visite fut pour la maison natale. Nous traînions un cœur lourd. Izidrou nous accompagna ; ses pieds nus faisaient gicler les bouses. Il paraissait vieux ; ses yeux seuls n'avaient pas trop vieilli. Ç'avait été un élève brillant ; il avait son brevet.

Depuis qu'on n'y faisait plus école, l'intérieur de notre maison natale avait meilleur air. Les Asquiu, qui l'habitaient depuis lors, l'avaient améliorée. L'ancienne salle de classe servait d'auberge ; elle était meublée d'une grande table ronde et de huit chaises et escabeaux alignés le long des murs. Une indélébile tache noire en forme de flamme transpirait sous le crépi. C'était l'ancienne place du foyer où ma mère venait entretenir le feu sous la crémaillère.

— Et Émilienne, qu'est-ce qu'elle devient ? demanda Izidrou.

Émilienne... Peut-être avait-il été quelque jour amoureux de ses nattes et de son front blanc...

— Émilienne ! Elle est toujours à Paris. Elle a grand fils...

Izidrou montra un point précis de la salle.

— Moi, j'étais là... dit-il. C'était la place des premiers... Émilienne était là... Et toi, Clément, où étais-tu placé ?... Ah ! je me souviens... Ton pauvre père te mettait au fond parce que tu étais moniteur...

Catherine, l'aînée des Asquiu, était édentée et moustachue. Elle avait quatre enfants déjà grands. Clément lui dit :

— Tu as la même voix qu'il y a trente-cinq ans. Il me semble que je t'entends réciter : En 1679, la paix de Nimègue... la paix de Nimègue nous donna... la paix de Nimègue nous donna...

— De ça, tu te souviens !

Elle se tourna vers son mari.

— Regarde de quoi il est allé se souvenir !

Moi, je ne me serais jamais souvenue de cette chose !...

Je demandai à voir la chambre où j'étais né. Catherine Asquiu et son mari échangèrent un regard gêné. Puis, ils nous conduisirent. Je vis ma chambre natale. Il y avait, dans un angle, un grand lit noir où une vieille femme mourait doucement.

— C'est ma mère... nous dit Catherine. Elle est paralysée...

La vieille eut la force de se soulever pour nous voir. Elle avait des yeux effrayants, un nez crochu. C'était une amie de ma grand-mère. Elle avait tenu ma mère au maillot. Lorsqu'on lui dit qui nous étions, elle fit une grimace.

On prit à peine le temps de me montrer la place où j'étais né. Le long du mur, des creux marquaient les heurts répétés du lit de mes parents. L'unique fenêtre de la pièce donnait sur le torrent. Je m'y penchai. Tout mince, j'emplis l'embrasure. Une chaîne de montagnes courait à l'horizon ; le ciel était haut perché. Des prés tournaient en rondes claires autour du hameau. Les eaux chantaient toujours le même air...

24

« Nous avons été bien accueillis. On ne nous a pas jeté de pierres... »

C'est par ces mots, paraît-il, que commençait la lettre où mon père racontait à un ami notre entrée à Sainte-Marie-d'Albère. Les huées qui avaient salué le départ de son prédécesseur s'éteignaient à peine lorsque nous arrivâmes. Notre pauvre charretée de meubles nous signala vite comme étant de véritables pauvres, dans ce village où les pauvres ne manquaient certes pas, mais où l'aisance avait une figure. La pâleur de mon père, sous le coup d'une poussée de furonculose qui devait le rendre impotent plusieurs mois durant, la maigreur de ma mère, leur nombreuse progéniture, firent à coup sûr mauvaise impression. À Sainte-Marie, on n'était sans doute ni meilleur ni pire qu'ailleurs ; aussi, ce fut à peine si mon père tressaillit lorsqu'il entendit quelqu'un prédire à haute voix sa fin prochaine.

Il était tout à l'indulgence ; il venait de franchir une étape de sa carrière, de faire ce qu'il appelait « un fameux saut ». Sainte-Marie était, en effet, un village de plaine, gras à souhait, à trente kilomètres du chef-lieu et à moins de dix de la sous-préfecture, tout près de la voie ferrée et de la route nationale. Du balcon de la mairie, on découvrait la mer. Ce n'était pas un malheureux hameau comme Malère, mais une commune s'administrant elle-même, pourvue d'un bureau de poste et d'un groupe scolaire. Mon père devait y cumuler les fonctions d'instituteur, de secrétaire de mairie, et de secrétaire du syndicat du canal d'arrosage. Les trois traitements devaient lui procurer mensuellement la somme globale de cent vingt francs contre quatre-vingts à Malère. On voit qu'il était fondé à parler de « fameux saut »...

La vie commençait pour moi, mais il semblait qu'elle commençait aussi pour les autres. Mon père venait à peine de dépasser la quarantaine ; ma mère était encore jeune ; quant aux enfants, sauf Clément dont le visage volontaire et les yeux droits et pénétrants faisaient réfléchir, ils n'avaient à peu près pas de passé…

Mes sœurs étaient brunes. Émilienne avait dix ans. Des nattes lui tiraient la peau du front et des tempes. Elle était grande. Ses longs cils ombreux battaient comme des ailes. Elle avait un nez rond, au bout légèrement aplati, deux plis qui tiraient sa bouche vers le bas au moindre chagrin et fronçaient son menton comme un fraisard rose. Alice était ramassée et vive comme un lapereau, avec des yeux noirs et agiles, un visage rieur, un petit nez frémissant de carlin. Elle avait toujours l'air de jaillir d'un trou. Un tic de la lèvre supérieure, dont elle ne s'est pas encore défaite, faisait flotter sur son visage comme une sorte de précoce dédain… Quant à Robert, il sortait à peine de sa gangue. Il avait encore la forme du maillot. Il avait une voix douce, des yeux aériens et timides qui le firent longtemps prendre pour une petite fille. La nostalgie du sein maternel le faisait se blottir dans le premier giron entrouvert…

25

Dès notre arrivée à Sainte-Marie-d'Albère, Clément fréquenta le cours complémentaire de Moret. Mes parents lui avaient acheté une bicyclette pour faire le trajet, matin et soir. C'était une Griffon d'occasion, que mon frère avait spontanément baptisée, peut-être à cause de son aspect barbare : *Le Cachalot*.

C'était un coucou robuste et lourd, déjà démodé, encore que l'industrie du cycle bégayât, avec un cadre dont le tube, horizontal dans tous les modèles connus, se trouvait être oblique, avec des roues larges comme des courroies de transmission, de vieux pneus, des chambres à air poreuses et rapetassées, une chaîne usée, du jeu à toutes les articulations... Une couche de peinture noire masquait les autres défaillances... À mesure que mon père éteignait sa dette, les réparations la ravivaient...

Chaque matin, Clément se voyait dans l'obligation de se colleter avec *Le Cachalot* pour le mettre en état de marche. Il lui fallait gonfler les énormes pneus avec une vieille pompe qui aspirait plus qu'elle ne soufflait, un raccord qui raccordait mal. Les valves « perdaient », se coinçaient. Puis, c'étaient les pneus qui n'en pouvaient plus et se couvraient d'ulcères et de desquamations. Clément enroulait, sur les plaies, des ficelles, des tresses, comme on en voit aux pâturons des chevaux atteints de javarts. C'était une lutte au couteau, un dressage. Lorsque *Le Cachalot* était dompté, Clément sautait en selle, et alors, c'était la haute école, la voltige, les équilibres, les poursuites, les démarrages à faire sauter les pignons dans les arbres... Sur le plat, il distançait les locomotives. Parmi les costauds du village, Bernadac, sur son *Hirondelle* étincelante et légère, essayait de lui tenir tête. En trente coups de pédales, il le dégrisait. Pour donner plus de prix à sa victoire, il grimpait aux talus qui étaient interdits aux engins de luxe, traversait des labours et des rivières, descendait des escaliers de pierre, abandonnant sa machine d'un saut de côté lorsque le danger devenait trop pressant... Il était peu de folies que Clément n'eût point tentées. On lui en prêtait. Il bénéficiait d'une sorte de célébrité qui, certains jours où il y avait de la casse, lui pesait...

J'ai gardé un vif souvenir d'un de ses exploits les plus périlleux. Il nous prenait tous sur *Le Cachalot* : Émilienne à califourchon sur le porte-bagages, Alice en amazone sur le cadre, Robert en crapaud sur le guidon, et moi, sur ses propres épaules. Je me cramponnais à son front comme à un rocher au-dessus de l'abîme. Je retrouve la sensation d'allégresse et de péril que j'éprouvais à me sentir emporté au faîte de la pyramide...

Clément mettait parfois à l'épreuve les bicyclettes de ses camarades d'école, et mes parents recevaient des plaintes fréquentes, quand ce n'étaient pas des notes de frais. Doutres, le fils du forgeron, possédait un vélo qui intriguait vivement mon frère. C'était un engin hybride, sans marque avouable. Mais ce qu'il avait de plus remarquable, on ne le voyait pas tout de suite : Clément ne s'expliquait pas que le fils Doutres pédalât toujours à un train de sénateur, qu'il ne participât jamais à une fantaisie cyclo-touristique, qu'il ménageât si ostensiblement un clou qui méritait un tout autre sort. Il eut une explication de cette étrange attitude le jour où il put essayer le vélo du fils Doutres. Lorsque la chaîne se tendait trop fort, les roues cessaient de rester en ligne et venaient s'appuyer contre le cadre, calant tout... Clément se mit en tête de faire une expérience significative avec ce vélo aux fémurs déboîtés, et sautant dessus, comme par surprise, se laissa aller dans une rampe. L'effet fut instantané. La roue arrière s'arracha avec un grand cri, et mon frère continua quelques secondes sa course sur le cadre, pour s'abattre enfin dans un bruit de ferraille...

Mes parents en entendirent de toutes les couleurs, et le père Doutres n'eut pas trop de sa forge, de son enclume, de ses marteaux, de ses ferrures, et de son expérience, pour réparer le désastre...

De deux à sept ans, l'âge auquel j'étais parvenu lorsque Clément quitta notre maison pour aller gagner sa vie à Paris, mon frère me traita à peu près comme un jouet, avec cette intempérance dans la tendresse ou la rudesse qui était dans son caractère. Il me lançait au plafond et me rattrapait par une jambe si le corps lui échappait ; il m'entraînait dans son lit où il m'accablait d'abord de câlineries, puis cela tournait en batailles où j'étais pétri, claqué, meurtri, malgré que j'eusse toujours le dessus, et mes pleurs coïncidaient avec ses grands rires au fond desquels on voyait trembler sa luette. D'autres fois, il me roulait dans l'herbe, me faisait cabrioler sur le sable, me jetait à l'eau, me repêchait, trompait ma confiance, la rachetait aussitôt, me rassurant au plus fort de mes peurs par ces rires que j'entends encore, blêmissant quand il croyait m'avoir imprudemment mis en danger, me consolant quand je me plaignais avec des douceurs de maman, tour à tour attendri et terrible, pantelant et fou... Le soir, en famille, il me faisait chanter et danser. Il riait de si bon cœur, les yeux luisants de larmes, et grimaçant pour reprendre souffle, qu'il semblait pleurer. Je chantais à m'en faire péter les tendons :

J'aime mieux un litre de vin rancio
Qu'un petit verre d'eau du Boulou !

un refrain pire qu'une escalade. Je dansais la *Chinchirinchina* des gitans. Je lui dédiais visiblement mes audaces et mes trouvailles d'enfant, mais tous les autres en prenaient leur part, jusqu'à Robert, de deux ans plus âgé que moi, et qui eût pu se montrer jaloux…

Les jours de congé, je le suivais dans le village ou aux bords de la rivière, et pour peu qu'il m'oubliât, je me croyais perdu.

Le jeudi, vers la fin de l'après-midi, il s'enfermait dans la salle de classe. Il me tolérait à la condition que je ne fisse pas le moindre bruit. Il s'installait sur un banc du fond, seul, perdu, le front barré de soucis. Il faisait ses devoirs, ces devoirs qui l'avaient sans doute préoccupé tout le jour, au bord de l'eau ! Comme il avait l'air malheureux ! Je ne savais que faire pour le secourir…

Comme à moi-même, plus tard, on lui demandait d'éclairer une maxime obscure, ou de décrire une chose inconnue. Mais quelle fièvre pourtant le gagnait. « La vendange », « la Toussaint », « la matinée de printemps », il les bâclait sans joie parce que c'étaient des tableaux sans surprise, mais une maxime comme : *Le mieux est l'ennemi du bien…* avec deux ou trois mots intrigants et instables comme des feux follets, c'était la gageure qu'on avait gloire à gagner, l'écueil où succomberaient les faibles... De temps à autre, il ouvrait le Bescherelle, dont un seul volume m'eût écrasé ; il y puisait un mot et souriait comme quelqu'un qui prépare un bon tour. Je le sentais rasséréné et me rappelais alors à lui. Quand le devoir était fini, nous allions le lire à ma mère qui le trouvait magnifique...

Le lendemain, Clément racontait ce qui s'était passé à l'école, pendant la correction du français. Le directeur, M. Crispin, se faisait apporter les cahiers. Il en prenait un au hasard et lisait à haute voix. Soudain, il revenait à la couverture pour se remémorer le nom de l'auteur, éclatait aussitôt de ce rire sarcastique qui lui était propre, cherchait des yeux dans la classe le « coupable », en répétant dix fois, sur un ton de plus en plus navré : « Ah ! le crétin... Ah ! le crétin... » Il relisait le passage insolite pour bien se prouver qu'il n'avait pas rêvé. Toute la classe riait sous cape, le « crétin » y compris qui ne reconnaissait pas son texte ainsi martelé et monté en épingle... Il pleuvait des zéros gros comme des écus. Les rires trébuchaient. Clément était souvent épargné, encore que ses extravagances fissent de temps à autre ricaner M. Crispin.

— C'était dans Bescherelle, pourtant! disait-il, vexé de ce que l'originalité fût si mal récompensée.

Ah ! les beaux récits d'escapades, d'espiègleries, de révoltes, les beaux portraits de maîtres et de copains que Clément nous faisait, le soir, malgré la sourde réprobation de ma mère ! Souvent, nous le sentions responsable d'une folie qu'il prêtait à un autre, mais cela allumait nos curiosités. Lorsque ma mère protestait trop fort, mon père la dévisageait d'un air de pitié.

— Mais laisse dire ! suppliait-il. Tu ne vois donc pas qu'il exagère pour nous faire rire !

Alors, mon frère se lançait sur la route ainsi déblayée comme s'il se fût trouvé sur *Le Cachalot*. Il nasillait comme M. Crispin, bégayait comme Calcet, éructait comme M. Casenove, mêlait cruautés et hommages...

M. Casenove était le maître du cours préparatoire de Moret. Il nous le présentait comme un hippopotame parmi des poussins. Grand, gros, bedonnant, il avouait se lever avec plaisir pour courir à sa première joie d'homme terraqué : la selle. Il avait ce ventre magnifiquement organisé, au mouvement péristaltique régulier, au cholédoque coulant, dont parle Voltaire. Haut en couleur, la figure poupine, il suivait ses collègues dans leur promenade, à grands pas raides et lourds, les yeux au ciel. On le prenait pour le directeur, tant la corpulence cadre avec l'idée d'importance. Ses colères de mammouth faisaient trembler les tout-petits, ou les faisaient rire. Il eût pu, d'une chiquenaude, faire envoler comme poussière le plus robuste de ses nabots, ou en se pressant, en écraser un par mégarde, mais il se méfiait de sa masse et du carré de la vitesse. Il les invitait au silence, sans quitter son bureau, à l'aide d'un long bambou dont le bout flexible pouvait atteindre l'élève le plus lointain, de telle sorte qu'il avait l'air parfois de pêcher à la ligne. Il moulait au tableau noir des b-a-ba, qui, dans sa bouche, terrifiaient comme des tonnerres, et quelle que fût sa douceur, il faisait péter vingt fois son bâton de craie…

Mais c'étaient ses camarades de classe que Clément connaissait et faisait vivre le mieux. Il y en avait qu'il aimait comme des frères, d'autres qu'il admirait, d'autres qu'il détestait franchement. Mais aucun, pour peu qu'il faiblît ou qu'il louvoyât, n'échappait à son intolérance, à sa rosserie, à la sévérité latente des Grégoire...

M. Crispin exigeait que tous les élèves de sa classe lussent un livre par mois et en fissent un compte rendu oral. Le rayon des adultes où *Candide*, *Les Confessions*, *Madame Bovary*, *La Chartreuse*, montraient le bout de leur nez, leur était interdit. Dans un magnifique lot de rossignols destinés à charmer l'adolescence, ils choisissaient *Sans famille*, *La Providence de Françoise*, *César Birotteau*, enfin, une œuvre massive, touffue, inracontable... Et il fallait pourtant conter !

M. Crispin les laissait s'embourber dans des fables d'une puérilité, d'une bêtise inexprimables, puis il éclatait de son rire nasal, méprisant et terrible... Et l'un se voyait à jamais baptisé César, l'autre Horatius !

Horatius venait de Montalbère. C'était un brave garçon dont un œil malade clignotait toujours. Il n'avait pas le temps de lire ; le trajet de Montalbère à Moret et retour, une vingtaine de kilomètres qu'il parcourait à pied, lui prenait le plus clair de son temps. Une fois, l'illustration d'un livre qu'il était chargé de commenter représentant Horatius

Coclès sur le pont Sublicius coupé en deux, comme avec un massicot, il imagina sur la manière romaine de couper les ponts la plus étonnante, la plus navrante aussi des explications... M. Crispin, qui avait lu l'histoire de Coclès et savait qu'il avait perdu un œil dans cette affaire, arrêta le brave garçon, et lui dit :

— C'est Coclès qui a coupé le pont, et c'est toi qui as perdu l'œil, hein ! Sacré Horatius, va !

Pauvre Horatius ! Plus tard, entre 1914 et 1918, il ne devait pas seulement perdre l'œil, mais la vie...

Dans notre pays, un *tire-calcettes* est un petit bonhomme insignifiant et servile. Calcet portait assez bien son nom. C'était un des premiers de la classe. Il était petit, myope, rouge d'engelures comme un oignon valencien, brèche-dent, avec une grosse tête de coléoptère sur un corps rachitique. Avec son écriture moulée, son orthographe sûre, ses calculs exacts, il était inattaquable. Clément le supportait volontiers parce qu'il joignait à ces qualités un certain esprit de fantaisie. Il l'emmenait parfois chez nous, le dimanche. À table, il était si pépiant et si menu qu'on s'attendait d'un moment à l'autre à le voir se jucher sur le bord de son assiette, comme un poulet qui veut boire. Il nous faisait rire. Clément était tout fier de l'effet qu'il produisait, comme s'il nous eût présenté un numéro ; c'était un peu l'orgueil du montreur de chiens savants. Mon père prédisait à Calcet un bel avenir. Il faisait des vers. Hélas ! il a continué...

Chamart était un authentique paysan de Fontfrède, au crâne épais, au petit œil irrité et vif de verrat. De l'encolure, de la caisse, et du poil... Avec cela, assez doué, avec du bon sens, des reparties désarmantes de percheron qui se mettrait à raisonner. Un reproche injustifié le plongeait dans un mutisme farouche, et, lorsque M. Crispin, excédé par cette attitude, le priait de sortir, il s'en allait pour de bon, dans sa montagne, reprenait la bêche ou la charrue, et n'en redescendait que si M. Crispin l'allait chercher... À celui-là, Clément tirait volontiers son chapeau. Il était patient, sûr de sa volonté et de sa force. Il ne se querellait jamais. Il était comme un molosse parmi des roquets. Mais parfois, poussé à bout par quelque citadin aux mains fines, il y allait de son coup de boutoir. Lorsque le freluquet, ainsi mouché, allait se plaindre, Chamart entrait dans la classe, bouclait son sac, et se tenait à tout hasard prêt à regagner ses hautes terres…

Mon frère garda quelque temps sa plus vive admiration et sa plus secrète tendresse pour un « grand », arrivé en cours d'année, sans qu'on sût d'où il venait ni ce qu'il venait faire… Il avait un banc pour lui seul, des livres différents, de gros cahiers à tranche rouge, des carnets bourrés de notes. Il écrivait interminablement sur des feuilles volantes, ne suivait aucune leçon, et parfois, dédaignait de sortir en récréation avec les autres… Il s'appelait Vidalenc.

Tout d'abord mystérieux et intimidant, exerçant de proche en proche une maléfique attraction sur Clément, il s'avéra pourtant un jour que Vidalenc ne serait pas ce « grand Meaulnes » que tous les enfants du monde, bien avant qu'il parût, ont rêvé d'avoir pour confident et pour ami…

Vidalenc préparait les contributions indirectes, tout simplement…

26

Leur certificat d'études obtenu, mes sœurs fréquentèrent à leur tour le cours complémentaire de filles de Moret. Elles effectuaient les huit kilomètres du trajet, à pied, matin et soir. Près de la gare, Léonie Tastu se joignait à elles ; c'était le quatrième des huit enfants d'un métayer. Elles ne se plaignaient jamais de la longueur du chemin. En hiver, pourtant, la nuit les surprenait en route et il leur arrivait d'avoir des frayeurs. Mon père allait parfois à leur rencontre. Il m'emmenait. Lorsque nous arrivions sur la route nationale, nos pas sonnaient étrangement ; la nuit était descendue des montagnes ; par endroits, les arbres formaient une voûte d'un noir pesant ; le moindre bruit prenait de l'importance. Je me serrais contre mon père ; sa pèlerine me râpait la joue. Le train du soir nous croisait dans un tournoiement de portières allumées ; en passant, il soulevait mon cœur comme une feuille morte ; je le regardais s'enfoncer dans les ténèbres jusqu'à ce que son feu rouge s'éteignît dans quelque courbe. Nous rencontrions mes sœurs et Léonie Tastu presque toujours au même endroit. Nous les avions devinées de loin. Elles parlaient et riaient haut ; parfois, Léonie Tastu sifflotait comme un homme. Lorsqu'il faisait clair de lune, la toile cirée de leurs serviettes étincelait. Notre rencontre se faisait dans un grand tumulte. Elles m'embrassaient ; leurs nez étaient glacés, celui de Léonie surtout qui était gros comme une toupie. Puis, tout en marchant, elles racontaient à mon père les aventures de leur journée. Léonie Tastu était la plus loquace ; elle coupait la parole à mes sœurs. Elle était laide et spirituelle, savait relever les ridicules de ses maîtresses et de ses amies ; ses trouvailles, souvent cruelles, égayaient mon père. Aux rires et aux attentes angoissées de mes sœurs, on sentait qu'elle était capable de réflexions plus piquantes et plus osées encore. La présence de mon père l'arrêtait au bord de certaines audaces. Grâce à ces babillages, mon père connaissait tout le personnel et toutes les élèves de l'école de

Moret. Un surnom faisait lever pour lui quelque perruche en caraco vert qui professait les mathémathiques, quelque épouvantail en lorgnons que sa qualité de fille de receveur de l'enregistrement et du timbre mettait à l'abri des disgrâces et des pensums, quelque doux visage d'institutrice à qui sa coiffure alsacienne prêtait une légèreté d'hirondelle, quelque belle figure d'amie...

Tout cela ne m'intéressait guère. Je réclamais à mes sœurs mon « pain d'oiseau ». C'était un reste de pain sec de leur repas de midi auquel était encore attaché un vague goût de sardine à l'huile. Je dévorais avec délices ce pain que les oiseaux des haies leur avaient apporté pour moi. Puis, engourdi de fatigue, je suppliais qu'on me portât. Je passais de bras en bras. Tous les cent pas, on me troquait contre une serviette bourrée de livres. Léonie Tastu m'effrayait un peu. Elle ne savait pas être caressante. Dans l'obscurité, ses yeux avaient un éclat satanique. Elle avait un rire rosse. Lorqu'elle me tenait dans ses bras, elle me serrait bien fort et proposait à mon père de m'emporter chez elle. Cela ne m'aurait pas absolument déplu à cause des trains qui passaient près de son mas, mais d'autres raisons me faisaient regimber. Mon père devait trouver drôle l'idée de Léonie Tastu. Il répondait ironiquement :

— C'est ça ! emporte-le... Tu feras plaisir à ta mère !

Il imaginait sans doute l'accueil que me ferait la vieille Tastu aussi chargée d'enfants qu'un manège de foire.

À hauteur de la gare, Léonie embrassait mes sœurs, puis son nez me glaçait à nouveau jusqu'aux moelles.

Lorsque nous arrivions à notre maison, ma mère nous pressait de nous mettre à table. Sous l'abat-jour, la lampe pépiait à petits coups ; on l'avait allumée à la dernière minute. Assis sur une chaise basse, tout près des flammes, Robert se chauffait : il n'était depuis longtemps plus dupe du « pain d'oiseau ». Il préférait jouer avec des camarades de son âge jusqu'à la nuit. Sa voix douce et son regard de miel, lumineux et chaud, lui ouvraient parfois inconsidérément le cœur de ma mère ; il obtenait plus que sa part de goûter, et il arrivait ainsi, au grand étonnement de mon père, qu'il n'aimât pas un potage pourtant excellent ou qu'il rechignât au bouilli...

L'arrivée d'un nouvel enfant provoque au sein de la famille une série de bouleversements. Je n'en veux effleurer que l'aspect moral, en notant toutefois que les mécontentements que peut provoquer une naissance dans une famille pauvre, peuvent n'être rien, comparés à certains dépits de parents riches dont chaque naissance est appelée à morceler le patrimoine. Elle provoque une sorte de remous, comme une rupture d'équilibre, un décalage ressenti du bas au haut de l'échelle.

Je pense que peu d'enfants ont l'éveil de ces transitions, et que peu en souffrent. Mais il n'est pas moins vrai qu'une loi inflexible, qui n'est pas celle de l'âge, les fait subitement grandir et mûrir.

En famille, j'étais très choyé. Je le devais à ma faiblesse et à ma candeur. Dans l'affection il entre une grosse part de pitié.

— Mon pauvret ! me disait ma mère, lorsque j'avais mangé tout mon soûl, ou que je m'éveillais après un sommeil de douze heures, frais et enluminé comme un goret...

Robert venait de sortir de ce stade d'innocence absolue. Mon arrivée semblait avoir hâté sa croissance et son jugement. Une vie plus frêle et qui requérait logiquement, impitoyablement, les gestes les plus mesurés, les attentions les plus délicates, venait de le pousser à un nouveau rang. Il ne vivait plus que dans l'orbe de ces douceurs. Il ne manifestait nulle jalousie. Il s'ingéniait à me taquiner avec les manières et les mots des grands. Il avait environ six ans. Lorsque la bourrasque des caresses se détournait de moi pour s'abattre sur lui, et d'autant plus généreusement qu'il s'agissait de réparer une injustice, il se débattait ou ne s'abandonnait point en entier, pour bien marquer qu'il avait dépassé l'âge des mignotises...

27

Je n'évoque jamais le père de mon enfance autrement que marchant à petits pas. Qu'il fût en bottines, en souliers de toile blanche ou en pantoufles, qu'il allât en promenade ou se rendît à un appel, qu'il y eût urgence ou point, il allait à petits pas, plus ou moins vifs, mais obstinément menus. Je ne suis point tenté d'y découvrir une incommodité physique — mon père, après la quarantaine, était devenu gros et fort, mais il était resté ardent et extrêmement déluré ; à cinquante ans, il battait à la course Clément alors âgé d'une vingtaine d'années —, mais un contrôle de la volonté qui lui interdisait toute précipitation dans des circonstances qui eussent paru nécessiter à d'autres de l'empressement ou de l'exaltation, un correctif de l'esprit qui l'empêchait de sortir de sa réserve habituelle, lui imposait une mise au point raisonnable des motifs qui le sollicitaient, l'enchaînait au refus de s'alarmer, au refus de distinguer les choses dites sérieuses ou graves des autres, le tragique exceptionnel du tragique quotidien…

Ces petits pas m'ont toujours paru comparables à des mots mesurés et sages, dictés par une philosophie personnelle, qui, exceptant tout égoïsme et tout bas sentiment, restait en toute circonstance rigoureusement sceptique, un peu goguenarde. Ces petits pas ont dominé toute mon éducation et celle des miens ; nous ne prenons pas facilement les choses au sérieux. Ils ne nous ont jamais abusés ; nous leur avons donné tout leur sens : frein à une machine intérieurement trépidante, calme sur des fonds troublés, sagesse, retenue, force, courage…

La vie a été dure pour mon père, mais il avait su de bonne heure la juger avec intelligence. Il n'avait pas cherché à se prémunir contre ses menaces et ses duretés par les moyens habituels qui consistent à prendre position, à se propulser de tous ses ressorts, de réussite en réussite. Il s'écartait des bagarres ; il s'écartait des banquets où rivalisent les appétits. Il riait de ceux qui attaquent la vie comme un bûcheron attaque un arbre, forcent leurs volontés, leurs possibilités, s'ils ne parviennent pas à leurs fins... Il n'avait jamais crié à la vie : À nous deux !...

Il ne se montra pas davantage attentif aux pulsations du monde en fièvre, chaque fois que l'avenir d'un de ses enfants fut en jeu. Il dirigea nos études avec le souci de ne point nous donner moins qu'à ses autres élèves, mais n'alla guère au-delà. Il ne nous apprit jamais à faire un devoir, ni ne nous punit jamais pour une leçon mal sue. Je n'ai nullement le sentiment qu'il éprouvait, ce faisant, le besoin prosaïque de s'évader du métier, de l'enfer scolaire, mais qu'il préméditait cette attitude, qu'il en acceptait d'un cœur joyeux et pur les responsabilités. Je crois même avoir discerné sur son visage une sorte de jubilation mal contenue, chaque fois qu'un mouvement de libération ou d'indépendance nous cabrait devant un obstacle ou une contrainte. Cela jurait d'autant mieux que ma mère était sous ce rapport très pointilleuse, et que nos insuccès ou nos coups de tête la mettaient dans des états navrants... Égoïsme ou faiblesse, eût-on pu penser étourdiment, alors que c'était avant tout une mise en garde contre lui-même. Son propre cas l'éclairait. Il ne voulait point contrôler nos actes. Il voulait que la vie nous entraînât là où nous aspirions aller, qu'elle coulât avec son instinct de ruisseau.

Il avait le respect de ses enfants...

Lorsque, à l'armée, Clément fut frappé pour indiscipline, et plus tard, dans l'administration, il fut frappé encore, pour discipline... syndicaliste, mon père accueillit ces coups avec une visible fierté parce qu'ils avaient de fiers mobiles. Il prit la défense du révolté. Il se heurta à ma mère. Il se fâcha avec un ami de famille. Il serra plus étroitement contre lui les enfants de Clément, qui vivaient à la campagne, auprès de nous.

Moi-même, je fus un élève et un soldat indisciplinés, farouchement soucieux de ne point laisser asservir ni brimer quelques-uns des rêves et des pensées grâce auxquels j'ai au moins eu l'illusion de me « délivrer ». Mon père ne me fit jamais la moindre observation. Même lorsqu'il lui fut demandé de réagir sous peine de sanctions graves, il n'obtempéra point.

Le plus doué de nous tous, Robert, tempérament romanesque, cumula ce qu'il est convenu d'appeler des erreurs. Il se heurta à ses maîtres de bonne heure. Il fut le seul à ne pas s'anoblir de quelque pauvre titre universitaire. La guerre éclata alors qu'il avait dix-sept ans. Lorsqu'il parla de s'engager, mon père, dont le patriotisme avait eu tout le temps de s'attiédir après trente mois de massacre où il vit cinquante de ses anciens élèves mourir des plus horribles morts, mon père, dis-je, serra les mâchoires et le laissa faire. Jusque devant la mort, il respecta la volonté de ses enfants ; car c'est bien la mort que Robert alla chercher le jour où il s'engagea dans l'armée française...

Je n'ai jamais entendu mon père se repentir de ne pas avoir fait acte d'autorité. Et comme toujours, les regrets et les sanglots de ma mère firent avec cette attitude un impressionnant contraste. Et là, rien du stoïcisme de certains pères qui ne versèrent point une larme parce que leur enfant était mort pour la patrie, parce « qu'ils l'avaient *donné* à la patrie »... Comme si un père avait le droit de *donner* un de ses enfants ! C'est contre cette offrande que le mien s'était dressé toute sa vie. Il savait bien que nous ne lui appartenions point. Il savait bien que notre gratitude n'était que consentie, et d'autant plus vive qu'il ne nous l'imposait pas... Il nous enseignait, par son mutisme farouche et fécond, à ne dépendre que de nous, à n'appartenir qu'à nous-mêmes…

Oui, c'était un père qui respectait ses enfants…

28

Lorsqu'on fait un retour sur son passé d'enfant, on découvre vite la difficulté de témoigner avec exactitude et assurance. Certains souvenirs qu'on entreprend de rapporter revivent fidèlement, mais d'autres sont pervertis qu'on croyait purs... La mémoire la plus fidèle et la plus probe erre sur la date, et parfois sur le lieu et les acteurs.

Il reste à s'entourer de témoignages concordants, à s'armer d'un esprit pointilleux. On rouvre le livret de famille. Tous les événements de la vie gravitent autour de quelques dates incorruptibles. Entre deux naissances, que de peines et de joies à caser ! Un mariage, un départ, un examen, un achat, un accident, jalonnent la route ; entre ces bornes, on situe un souvenir secondaire. Et ce souci de chronologie attire parfois quelque récompense...

Je ne me souviendrais de rien dans ma vie, avant l'âge de quatre ans, sans le secours de mes parents. Tel souvenir exhumé par l'un d'eux m'illumine soudain, mais je ne suis sûr d'être en présence d'un souvenir personnel que si je puis y ajouter un détail laissé jusque-là dans l'ombre, soit qu'il manque d'importance, soit que mes parents l'aient involontairement omis. À la vérité, ces cas se présentent rarement. Mais, ils suffisent à prouver l'authenticité du témoignage. Chaque fois, j'ai vu mes parents s'émerveiller comme si je venais de retrouver un de ces objets perdus depuis tant d'années qu'on ne se souvient plus de les avoir possédés.

Je dois à la probité de dire que lorsque mon père me rappelait cette gastro-entérite qui faillit me priver de vie à l'âge de six mois, je n'ajoutais rien qui l'émerveillât. Je sais que cela se passa aux grandes vacances de 1900, peu après notre arrivée à Sainte-Marie, qu'on me promena plusieurs semaines de bras en bras, le contact du berceau suffisant à me faire crier de douleur, que je ne subsistais qu'avec quelques gouttes d'eau des « deux rivières » qu'on faisait couler sur mes lèvres avec un arrosoir d'enfant, que la vie ne se dénonçait en moi que par un imperceptible battement. Je sais cent choses exactes sur cette première traverse de mon existence, et il m'arrive même de me revoir, couché et paré pour la mort, dans la petite robe blanche que ma mère avait taillée et cousue dans des sanglots... Mais j'ai pu apporter une contribution à un souvenir de mes quatre ans. Mon père ne m'acceptait pas encore à l'école. Ma mère m'avait emmené au lavoir rustique du Riu. Penchée sur l'eau, elle tournait le dos au sentier. Un boucher de Sainte-Marie, homme familier et stupide dont le plaisir le plus vif était de mystifier ou d'apeurer les enfants, passant derrière elle, fit mine de vouloir l'assommer avec son gourdin. Je poussai un effroyable cri. Et ma mère parla au boucher avec une telle sévérité qu'il devait lui en tenir longtemps rigueur... Eh bien ! lorsque je remémorai à ma mère, me rappelant cette scène, que le boucher conduisait un petit veau acheté dans quelque mas, elle poussa un vrai cri de surprise. Elle avait oublié le petit veau, ce petit veau qui avait vraisemblablement requis toute mon attention pendant que le boucher approchait de nous sur le chemin.

Mon père m'affirmait qu'en vieillissant, j'aurais vue sur les toutes premières années de ma vie. Cela me fait penser au phénomène qui fait que plus on s'élève dans la montagne, plus les horizons se précisent et se rapprochent, plus la plaine s'exhausse. À soixante-dix ans, mon père se rappelait des faits de sa quatrième et de sa cinquième année, des faits qui frappent l'enfant et point les hommes. Il se souvenait d'un plongeon de son père dans un gouffre de Peiroblanc, de la mort d'un chat tigré, d'un cri de sa mère devant une cruche cassée...

À partir de cinq ans, mes souvenirs deviennent moins brumeux ; des épisodes commencent à s'y dessiner ; des certitudes émergent du brouillard. Avec des soins et des efforts, je parviens à les étager. Dans l'année, l'odeur d'une saison se mêle à l'évocation d'une scène champêtre. Tout s'ordonne. Une chronologie s'institue. J'ai parlé de certaines récompenses qu'elle offre. Telle réaction d'un enfant de cinq ans revêt une signification qu'elle n'a point plus tard, ou que l'âge a atténuée. Certains enfants expriment une maturité qui n'est pas de leur âge. Qu'il est instructif de comparer ! Les enfants pauvres sont mûrs de bonne heure ; ils sont volontiers sceptiques ; ils savent vite ricaner ; ils ne foncent point naïvement dans les appeaux ; ils ont des regards durs à l'âge où d'autres, plus privilégiés, ne savent que sourire. Des abîmes s'entrouvrent devant l'observateur. Je ne sais rien de plus tragique et de plus émouvant que la froideur ou l'amertume d'un visage d'enfant devant un spectacle qui enchante d'autres enfants de son âge...

29

Depuis que je commençais à trottiner, je rendais souvent visite à mon père, dans sa classe. L'escalier vaincu, il ne me restait plus qu'à atteindre le bec-de-cane de la porte où était écrit, en lettres noires : *Frappez, s.v.p.*

Dès que j'apparaissais, le visage de mon père s'éclairait ; je l'aurais distrait de sa plus solennelle démonstration. Une énorme curiosité soulevait les écoliers sur leurs bancs. Je me sentais en pays ami, en pays conquis. J'étais pour tous la note gaie, l'imprévu. Il me semble pourtant qu'on attendait ma venue…

La salle de classe de Sainte-Marie était vaste comme le monde, avec son plafond haut, ses travées profondes, les échappées lumineuses et larges de ses fenêtres. Je tournais quelque temps de banc en banc, m'arrêtais près de figures connues. Une main me glissait une pomme. Une autre me tirait l'oreille. Je m'aventurais chez les grands qui pouffaient dans leurs livres.

Mon père me tolérait jusqu'au moment où je renversais un encrier sur ma robe fraîche, ou que je marquais inconsidérément ma joie ou ma peine par des cris. La plupart du temps, ma mère s'avisait, là-haut, de ma disparition. On entendait son pas émouvoir le plafond, ses appels dans la cage de l'escalier. Enfin, elle entrait dans la classe en coup de vent, un peu dépeignée, et m'emportait. Je gigotais dans ses bras maigres et blessants, et, parvenu à la porte, prenant la complaisante assemblée à témoin de ce rapt, je l'égayais d'une dernière galipette...

À partir de mes quatre ans, mon père m'accepta définitivement comme écolier. Mais je continuai à prendre toutes sortes de libertés avec les règlements scolaires. J'arrivais en retard. J'avançais ou retardais à ma fantaisie l'heure des récréations. Je faisais un peu d'école buissonnière dans le jardin, où les bruits studieux me poursuivaient avec une telle netteté, qu'il m'arrivait d'arrêter mes jeux pour écouter un grand réciter : *Jeanne au pain sec*, ou *La Retraite de Russie*...

De mois en mois, pourtant, je prenais

mon rôle au sérieux. Je m'asseyais sur le banc long et bas, sans dossier ni pupitre, où les petits, en rang d'oignon, face au tableau noir, dans des postures de vieillards au soleil, lisaient une bonne partie du jour. La plupart me dépassaient de la tête. Nous nous regardions, nez à nez, sans rien dire, comme se flairent les petits veaux derrière leurs claies. Parfois, une telle tristesse m'étreignait, dans ce milieu accablé et morne, que j'éprouvais le besoin d'aller quêter une caresse de mon père. Je n'étais pas toujours compris. Alors, subitement, je pensais à ma mère, et j'éclatais en sanglots...

Je devins très vite un sujet d'orgueil pour mes parents, car je lisais et écrivais sans qu'ils y fussent pour rien, à l'âge où d'autres ânonnent et alignent de mauvais bâtonnets. Un jour, pourtant, au cours de sa visite annuelle, l'inspecteur, un certain Clapier, tomba en arrêt devant moi, s'enquit de mon âge, et montra un vif mécontentement de me voir là, « en vertu d'un privilège inacceptable », et « troublant certainement la discipline de l'école »...

— C'est mon fils ! lui dit mon père, qui attendait je ne sais quel miracle de cette révélation.

— À plus forte raison, monsieur Grégoire ! lui rétorqua M. Clapier.

C'était un homme à barbiche, austère, et sans enfants. J'eus les honneurs de son rapport, comme autrefois les pigeons de Sully Prudhomme. Mais, du même coup, il venait de se faire deux ennemis.

— Il ne me plaît pas ce monsieur ! allai-je dire à ma mère, dès que mon père m'eut invité à déguerpir. Il ne m'a même pas donné un sou !

Quant à mon père, il apprécia plus sévèrement encore M. Clapier, et, à partir de ce jour, il contraria toutes ses marottes, même lorsqu'elles répondaient à une de ses propres passions. C'est ainsi qu'adorant les fleurs, il les exclut de sa classe le jour où M. Clapier prétendit imposer à toutes les écoles ses géraniums et ses giroflées...

Une cinquantaine de garçons fréquentaient l'école de Sainte-Marie. Ils étaient répartis en divisions desquelles mon père s'occupait à tour de rôle, sauf pour de rares leçons communes. Il n'avait à peu près jamais l'occasion de faire lire les tout-petits. Mais, matin et soir, il leur préparait au tableau noir une abondante pâtée de signes qu'ils devaient ingurgiter à longueur de journée, et que les uns digéraient, les autres gardaient sur l'estomac, à la grande indignation du moniteur.

Le moniteur était un élève de la division des grands. On en changeait plusieurs fois dans le jour. On les usait. C'était tantôt un gros gars épais qui venait se reposer parmi nous, et à qui les plus hardis cherchaient querelle, tantôt un élève brûlant de foi, avide d'autorité, qui menait la lecture comme un mascaret et nous harassait de galopades de A à Z, parfois enfin un garçon intelligent et simple dont nous éprouvions aussitôt l'ascendant, et qui astreignait nos mémoires et nos connaissances à toute une gymnastique passionnante...

Je passai bientôt de l'alphabet au premier livre de lecture courante où étaient contées de petites historiettes. C'étaient des récits moraux de désobéissance et de mensonge punis, de probité et de générosité récompensées. Le plus grand nombre étaient maussades à mourir et me répétaient ce que je savais, ce que je sentais, ce qu'autour de moi on me proposait sous des formes infiniment plus vivantes, plus pittoresques, et pour tout dire, bien plus efficaces... Quelle surprise de rencontrer un conte vraiment divertissant où le bien et le mal n'étaient pas nommés et faisaient parfois doute ! Certains éclairaient ma journée, dilataient positivement mon âme et mon cœur... À dater de cette découverte, je compris que les livres pouvaient renfermer toutes les joies et toutes les douleurs, et je fouillais les bibliothèques, les tiroirs, les débarras, où les souris me disputaient souvent leur part... La chose écrite m'attirait autant que l'image, mais lorsque l'illustration était suggestive et probe, telle qu'un enfant l'attend, j'en éprouvais un bouleversement... Je me souviens de telles gravures en couleurs illustrant *Don Quichotte*, *Robinson Crusoé*, les *Fables*, devant lesquelles je restais de longs moments sans souffle, dont pas une expression, pas un détail ne m'échappaient, et qui parfois éclairaient l'aventure d'un jour nouveau... Je devenais exigeant. J'étais loin des béatitudes de ma troisième année, devant les affiches et les décorations que mon père clouait aux murs... Il y en avait des rondes interminables. Je suis injuste. Elles avaient leurs charmes. Certaines avaient de l'âge et déshonoraient la blancheur des plâtres. Mon père les tournait et les retournait avec des soupirs ; il ne pouvait se résigner à s'en séparer.

Il y avait la série des animaux utiles à l'agriculture où le crapaud, avec sa large gueule fendue de blague à tabac, semblait en montre. Il y avait la série des animaux nuisibles, dont je prenais en pitié la courtilière, écrasée d'armures et désignée à la vindicte des jardiniers, et cet adorable campagnol, léger et frivole, que j'aurais bien pris pour copain... Il y avait la série des animaux de ferme et de basse-cour, rangés comme des cafetières, les boulonnais pommelés comme un orage montant, les normandes mélancoliques, les solognots tondus comme des paysans de Flaubert, et tout un éclatement de Bresses et de Houdans en jabots, ruchés et cocardes, parmi la blancheur exaspérante des oies, l'insolence des paons, la bêtise des dindons, le grotesque débordement des porcs du Middlesex... Il y avait des tableaux d'histoire : Saint Louis rendant la justice sous un chêne aux moignons hilares, François Ier figé derrière un rempart de pertuisanes, Charlemagne en espadrilles récompensant des écoliers que leurs gros diplômes me faisaient prendre pour des tapissiers, Austerlitz... Tour à tour, des rois montraient leurs vertus morales, leurs vertus guerrières, comme un verso digne d'un recto... Il y avait les tableaux présentant les ravages de l'alcoolisme : des poumons envahis de lierres et de mousses, des reins racornis et fripés comme des fruits oubliés sur une étagère, des cœurs éclatés comme des bogues, des viscères en vrac, et deux ou trois ivrognes en pied, l'un vacillant et hoquetant, l'autre étranglant sa vieille mère, un troisième piquant une crise de *delirium tremens* avec un tel talent d'acrobate qu'on avait envie de lui jeter un sou... Il y avait enfin le squelette dont les longs os jaunes se détachaient sur le fond noir de la musculature. Il était placé dans un angle, derrière la porte, comme aux aguets. Les premiers rayons du matin étaient pour lui. C'était le seul moment du jour où il souriait. Il était impressionnant, haut comme un homme, à peine raidi, et se pliait en deux par une charnière de toile qui le coupait à hauteur du bassin. Je m'amusais parfois à faire balancer ses tibias et ses fémurs, mais dès que j'accentuais le mouvement, il me semblait que le squelette tout entier était pris d'un frémissement et qu'il protestait...

Maintenant je me détournais avec ingratitude de ces images trop simples et trop nues. J'entrais tout entier dans les ténèbres des meubles et des réduits à livres et à papiers, et on m'en sortait, imprégné d'odeurs, suffocant de poussières, assourdi de félicité...

Je connaissais bien, dans le fond de la classe, l'étagère aux « spécimens », ces livres que les grandes maisons d'éditions scolaires adressent aux maîtres d'école, comme autant d'amorces et de panacées, et qui sont pour la plupart intelligemment conçus et adaptés aux besoins de l'enfant, mais qui manquent presque toujours d'audace, et en ce qui concerne l'éducation morale et littéraire, de ce frémissement, de cet emportement, de cette révolte, qui fouillent et préparent les terrains généreux... Il y avait là, serrés comme complices, les Lavisse, les Foncin, les Larive et Fleury, des livres de sciences, de lecture expliquée, des cours pour tous les âges et toutes les disciplines. Je feuilletais avidement, éperdument. Je sortais de ces explorations la gorge sèche, les yeux douloureux, déçu. Ces livres me laissaient un sentiment d'impuissance. Je croyais qu'ils renfermaient tout le savoir, toute la vie. C'est un sentiment que chaque jour devait effriter... Il est pourtant, parmi eux, des livres que j'ai toujours passionnément aimés, et de mieux en mieux à mesure que j'ai grandi, des livres sur lesquels je me penche maintenant encore et qui m'échauffent l'imagination comme au temps de mon enfance. Ce sont les atlas...

Les mers bleues du Nord, toutes en chicanes et en minuties, je ne parvenais pas à les prendre au sérieux. La Méditerranée elle-même, notre mer, me paraissait un peu humiliée entre ses rivages resserrés, ses issues étroites. J'aimais les océans. Je les sentais vastes, véhéments, parcourus de prodigieuses clameurs. Combien de fois me suis-je trouvé penché sur le Pacifique, sur cette immensité empoussiérée d'îles, sur cette voie lactée des eaux ! Galapagos, Marquises, Tahiti, Carolines, vous étiez pour moi autant qu'une litanie exotique et chantante, les points extrêmes d'une ellipse idéale, les limites d'un gigantesque éventail agité de Honolulu... Vos traits, mêlés à des milliers d'autres traits, m'étaient aussi familiers que ces feux d'étoiles dont mon père me murmurait le nom, certaines nuits d'été... Je suivais du regard les lignes rouges et noires des paquebots, jaillissant en gerbes des estuaires et des détroits, pour s'égailler vers des rives lointaines. Je les suivais jusqu'au bout, en Océanie, en Amérique... J'abordais à tous les rivages... Les continents m'apparaissaient alors, comme les mers, dans leurs ridicules et leurs splendeurs. J'éprouvais de la tendresse pour l'Islande, esseulée dans l'immensité bleue, mélancolique comme une bête dans son pâturage ; j'éprouvais de l'émotion devant les confins asiatiques et américains de Béring, devant ces monstres allongeant le col pour se frotter le nez avec amitié, devant les Aléoutiennes courant d'un continent à l'autre avec un empressement frissonnant, un mouvement et une grâce de pendentif... L'Afrique me semblait parfois être un gros jambon se balançant par un fil à sa poutre ; l'Asie, une puissante et majestueuse bête aux pattes atrophiées ; l'Amérique, un couple barbare et désuni tirant à le casser sur son dernier lien... Et il n'était pas jusqu'à l'Europe, dont j'entendais déjà vanter la précellence et la civilisation, qui ne me semblât une personne souffreteuse et étriquée, écrasée entre des forces sourcilleuses, un peu ridicule et en même temps inquiétante, avec sa réputation, ses profils tourmentés, ses convulsions, les gros yeux exacerbés de ses capitales...

30

De cette prime époque de ma vie, d'autres choses émergent, et les plus importantes et les plus graves ne sont pas celles qui ont le plus profondément marqué mon esprit d'enfant.

Un soir d'hiver, ma sœur Alice, qui s'était rendue seule à l'école — Émilienne devait être malade —, ne parut pas à l'heure habituelle. Ma mère s'alarma aussitôt, mais mon père, soit qu'il n'éprouvât vraiment pas d'inquiétude, soit qu'il affectât de rester fort, continua de dépêcher sa besogne de secrétaire de mairie. Cependant, après une bonne heure d'attente, il m'appela.

— Allons voir ! me dit-il.

Dehors, il gelait. La nuit était tombée depuis une heure. Une grosse lune rose s'arrachait à l'horizon. Le clocher de Sainte-Marie sonna longuement. À ce moment, il me sembla que mon père était pris d'un frisson et il m'entraîna si vite que je fus contraint de courir. À la Crouette, il s'arrêta, écouta, puis poussa un appel brouillé d'effroi et de colère. La route nationale brillait au clair de lune ; un brouillard blanc embuait la vallée ; le ciel était pur comme un lac. Je m'étais serré contre mon père, et ma main communiquait un tremblement à la sienne.

— N'aie pas peur, va ! elle n'est pas perdue... me dit-il. Mais je vais la savonner, cette petite garce...

Il parlait du nez, d'une voix blanche.

Nous dépassâmes la gare où un falot brûlait tristement le long du quai. Un peu plus loin, une forme se leva sur la route. C'était la mère Tastu.

— Ah ! c'est vous ! dit-elle à mon père. Vous m'enlevez un poids ! Les vôtres non plus ne sont pas rentrées ?... On a dû les consigner... Si c'est ça, ma Léonie ne se passera de rien ! Mon homme l'échinera...

Elle attendait depuis une heure, à l'embranchement du mas. Elle roulait de gros yeux effrayés.

— Il faudrait voir, pourtant ! dit-elle, agitée sur ses gros sabots.

— Oui, je vais les attendre plus loin... dit mon père.

À ce moment, un murmure, comme un gazouillis lointain, nous arriva.

— Les voilà ! je parie que ce sont elles ! cria mon père, sur un ton presque admiratif.

C'étaient elles, en effet. Elles avaient été punies. Elles chantaient et sifflaient pour se donner du cœur. Lorsqu'elle nous aperçut, Alice éclata en larmes, cependant que Léonie, fataliste, et se préparant à passer sous les fourches Caudines, lui disait :

— Eh bien ! ma vieille, tu pleures pour ça ! Tu en verras d'autres !

Je me souviens aussi du jour où Clément fut ramené à la maison avec une clavicule cassée, de sa pâleur, de son mutisme, de ce qu'on appelait son courage. Il était tombé d'un acacia, en cueillant le « manger » des lapins. Ma mère n'en pouvait plus de remords et c'est Clément qui la consolait...

Il avait la plupart des dents gâtées. Déjà, à Malère, il passait des nuits entières à geindre. Le froid le calmait. Avec l'âge, il était devenu ingénieux. Il plaçait une cuvette d'eau à son chevet et y trempait la joue jusqu'à ce que le mal cessât ; lorsqu'il s'entêtait, Clément aspirait une bouchée d'eau glaciale ; il avait l'impression de recevoir un coup de marteau sur la mâchoire ; la douleur culminait puis baissait lentement, par degrés. Souvent, il se levait, en silence, pour ne pas nous éveiller ; le contact du carreau froid lui faisait du bien.

Une nuit, une rage terrible le tournait et le retournait depuis des heures sur son lit, lorsque, fou de douleur, il se leva, se perdit dans la nuit de la cuisine et fit tomber la cruche de fer. Aussitôt la maisonnée fut debout. Mon père alluma la lampe. Avec Robert et mes sœurs, tout tremblants, nous suivions la scène de nos couchettes. À l'arrivée de mes parents, Clément s'était mis à se lamenter. Il tournait autour de la table comme un forcené, les mains au visage, les yeux exorbités. On essaya en vain le chaud, le froid, le sel, le tabac, l'acide phénique. Mon père, en chemise, eut un geste impatient pour ma mère qui l'énervait en suppliant à haute voix saint Ferréol...

— Habille-toi ! dit-il, à la fin, à Clément. Nous irons voir Birabeix...

Birabeix était notre médecin. Il habitait Fontfrède, à six kilomètres. Clément y fut seul, sur *Le Cachalot*. Birabeix, mal réveillé, saisit son davier — Clément disait sa clef anglaise —, le plongea dans la bouche de mon frère, tâtonna, tira enfin une molaire barrée à laquelle adhéraient des chairs sanglantes. Je la vis à mon réveil, dans une soucoupe.

— J'ai cru qu'il m'arrachait l'œil ! expliquait Clément.

Nous le regardions comme un héros, malgré qu'il prêtât à rire avec son visage gauchi, malgré l'humour avec lequel il a toujours aimé travestir son courage...

Je me souviens aussi de la consternation des miens, le jour où Mossen Soubirane, le curé de Sainte-Marie, vint leur annoncer qu'il avait trouvé son chien noyé dans le siphon du canal d'arrosage. Une vengeance... Tout le temps qu'il parla, le cou gonflé d'indignation, ses grosses mains noueuses si agitées qu'elles faisaient bruire comme une harpe les boutons de sa soutane, je pensais à Cham, à sa grosse voix, à ses frénésies, au Cham dont j'avais peur, pour lequel je croyais n'éprouver que ce sentiment ; et tout à coup, le sachant mort, martyrisé, je me mis à pleurer...

Mes parents gardaient tant bien que mal le contact avec Malère où ils n'étaient pas revenus depuis leur départ. Pierrou, le fils aîné de l'oncle Tia, était venu un jour nous voir, à l'instigation de grand-père. Il avait à peu près l'âge de Clément. C'était un beau gaillard osseux et fort, d'une naïveté touchante. Sans doute égara-t-il sa mission en chemin, car il ne trouva pas grand-chose à dire sur la famille, alors qu'il était chargé, ainsi que mes parents l'apprirent plus tard, de leur peindre la situation sous les plus sombres couleurs.

Le fils Izidrou et mon père échangeaient régulièrement de longues lettres, mais le montagnard se montrait lui aussi réticent lorsqu'il abordait la question familiale. Un mystère pesait sur la vie de mes grands-parents et de l'oncle Tia. Naturellement, ma mère prévoyait le pire. Elle vivait sur ses nerfs. L'équilibre de la maison s'en ressentait.

Ce fut le Jaume Fotre qui, sans le vouloir, mit fin à cette situation. On reçut de lui, un matin, une carte postale ainsi libellée : « *Arriverons demain, avec Tiste en chacan — Jaume.* » Tout le jour, mes parents se perdirent en conjectures sur le mode de locomotion que Jaume et Tiste avaient choisi. On décida d'aller les attendre aux deux trains montants. Ce fut un bel éclat de rire dans la maison lorsque, le lendemain, à pointe d'aube, Jaume et Tiste arrivèrent chez nous, le fusil à l'épaule, deux chiens sur les talons, harassés par deux journées de chasse et de marche... Tout s'éclairait d'un coup. *En chacan*, cela voulait tout bonnement dire : en chassant ! Jaume avait simplement omis la cédille.

Jaume et Tiste restèrent jusqu'au soir. Ce fut une rude journée. Jaume ne cessa à peu près pas de parler. Toute la vie de Malère et de Buir défila sous nos yeux. Il n'épargna personne. C'est à peine s'il baissa de ton pour déplorer la misérable situation dans laquelle l'oncle Tia mettait sa femme, ses enfants, ses parents. Il avait vendu ses terres l'une après l'autre ; la part de grand-mère était à l'abandon. L'âge ne l'apaisait pas. Une fois les poches remplies, il disparaissait du pays des semaines entières. Il revenait, honteux, écrasé, méconnaissable. Le « padri » vieillissait à vue d'œil ; il radotait maintenant. Quant à grand-mère, elle ne sortait plus guère de sa maison ; son accident l'avait laissée très diminuée ; mais on la connaissait : ce n'était pas une femme à se plaindre...

Après le départ de Jaume, ma mère resta quelque temps abattue. Elle vivait de café. Le docteur Birabeix, que mon père hélait lorsqu'il le voyait passer dans la rue, la soignait à coups de boutades.

— Votre estomac ne supporte rien ! lui disait-il. Eh bien ! tant mieux. C'est qu'il veut se conserver pour plus tard ! Ah ! si le mien était aussi raisonnable ! (M. Birabeix était fort intempérant et ne s'en cachait point.) Ne le tracassez pas ! Donnez-lui ce qu'il demande... Du café ? Votre mari me dit que vous vivriez de café ? Eh bien ! donnez-lui du café, que diantre !

Et il sortait, heurtant les montants de la porte de son gros ventre, balayant la rampe de l'escalier de sa barbe fluviale, laissant ma mère plus réconfortée par sa familiarité joviale que par une médication...

À la longue, ma mère se fit une raison de ce qui se passait à Buir. Elle espérait que ses parents ne se seraient pas laissé brimer et dépouiller sans réagir ; elle connaissait sa mère ; sa part, même négligée, lui assurait l'aisance et elle s'était certainement prémunie contre les mauvais jours... Elle cherchait des excuses à l'oncle Tia ; il était si bon et si doux avec elle avant son mariage ; c'était la belle-sœur qui endossait les responsabilités... Que le patrimoine paternel fondît, que son frère sombrât, c'était triste certes, mais cela se passait loin d'elle, presque sans éclat, presque sans témoins... Pour quelqu'un qui redoutait avant tout le scandale, c'était une sorte de consolation...

J'avais cinq ans lorsque le « padri » vint pour la première fois à Sainte-Marie. Je ne sais pas ce qu'il vint faire, mais il ne me parut ni vieux, ni malheureux, ni pauvre... Et il n'était rien de tout cela, en effet. Il venait de faire quatre-vingts ans, mais il était vert, trapu, nourri d'un sang rouge. Il était vêtu et coiffé de noir. C'est sous son aspect des dimanches que je l'ai connu. Il me semble revoir les taches écarlates de sa cravate et de sa ceinture de flanelle, sa « faixa » ; elle se montrait dans l'entrebâillement de son gilet à moitié déboutonné, comme un coquelicot qui crève sa tunique. Je revois aussi son visage souriant, plein de rides, un vrai tournoiement de rides dans sa peau colorée et chaude, autour de ses yeux vifs et menus.

Mais son sourire reste intimement lié au

souvenir des « douros » qu'on lui gagna. Toute sa vie, le « padri » avait possédé et manié des « douros » à la pelle. Ses paris, ses achats, ses générosités, ses vantardises, ses folies, s'étaient toujours chiffrés en « douros ». Le « douro » sonnant, insolent, incendiaire, c'était son talisman des beaux jours... Et maintenant qu'on le croyait vaincu, humilié, impécunieux, voilà-t-il pas qu'il continuait à sortir des « douros » de ses poches et à en jouer comme un nabab !

Déjà, Clément avait gagné, au jeu que je vais conter, ses quatre « douros », un pour chaque poche de son gilet neuf ; il était allé les faire miroiter sous les yeux de copains éblouis ; il me racontait, plus tard, que devant un groupe de jeunes filles, il avait esquissé un saut périlleux, que les quatre « douros » aveuglants avaient rebondi sur le trottoir, qu'il les avait calmement récupérés, un à un, et que cela l'avait doté pour la journée d'un prestige extraordinaire... Déjà, Robert avait gagné le sien. C'était mon tour d'affronter l'épreuve...

Le « padri » renversait une chaise, le dossier horizontal surplombant le carreau de la cuisine. Il posait un « douro » sur la dernière lame du dossier. Le jeu consistait à s'agenouiller sur un barreau de la chaise, à empoigner les montants le plus près possible de ses genoux, et à se pencher jusqu'à cueillir le « douro » avec les dents. Naturellement, la plus légère précipitation, le déplacement le plus infime du centre de gravité, rompaient l'équilibre, et la chaise basculait avec sa charge, cependant que le « douro » allait rouler sous la table. J'éprouvais de grandes difficultés à me jucher sur le barreau, à trouver une position commode, mais surtout à vaincre l'abîme qui me séparait de la pièce convoitée. J'avais tendance à avancer les mains pour me pencher avec plus d'aisance, pour adoucir ma chute lorsque la chaise piquait du nez. On me donnait des conseils. Je faisais rire, mais je ne sais quoi m'avertissait que je faisais aussi un peu pitié... À la fin, le « padri » mettait le « douro » à ma portée, ou bien un miracle d'équilibre favorisait ma dernière tentative. Un gros soulier, bien clouté, bien pesant, le soulier du « padri » parbleu, profilait son ombre derrière moi...

31

Moins d'un an après la venue du « padri », nous parvint la nouvelle de la mort de grand-mère. Ce fut un rude coup. Il me semble que je vois ma mère chanceler, se retenir au bord du potager, sans lâcher la casserole qu'elle était en train de récurer. Je me mis à pleurer et à étreindre ses genoux. Elle m'écarta d'un geste presque brutal, sans me regarder, et alla s'affaisser sur une chaise, le corps secoué de sanglots.

Elle partit seule aux obsèques, et en revint comme précipitamment. Grand-mère s'était paralysée ; elle était morte sans avoir pu prononcer un mot. Le « padri », son fils, sa bru, ses petits-enfants étaient auprès d'elle ; il semblait que l'harmonie s'était faite pour adoucir ses dernières heures.

Ma mère vécut quelques jours dans une sorte d'anéantissement d'où elle ne sortait que pour s'occuper de nous. La mort de grand-mère avait posé des questions d'héritage dont le « padri » prétendait se préoccuper, aussi se tenait-on aux écoutes des événements de Malère avec une certaine nervosité. Là-haut, cependant, les choses prenaient vilaine tournure. À force de recherches, la bru avait fini par découvrir le magot de grand-mère, derrière une pendule de la chambre : une vingtaine de mille francs. Elle n'eut pas la force de garder le secret de cette trouvaille, et la haine qu'elle vouait au « padri » l'emporta sur les autres sentiments. Elle remit l'argent à son mari qui s'empressa de disparaître, comme il avait l'habitude de le faire quand sa poche était pourvue... Quant au « padri », la mort de grand-mère préfaçait la période la plus agitée, la plus surprenante, la plus dramatique de son existence. Cet octogénaire eut des réactions, des inspirations de jeune homme. Tout un passé de combativité et d'ardeur lui remonta au cœur. Il comprit que la vie en tête à tête avec sa bru le conduirait à quelque drame. Il préféra s'enfuir à son tour ; il préféra déserter Buir, sa maison, son passé, comme tante Lisa, comme l'oncle Tia. Après avoir silencieusement rassemblé tout ce que sa prévoyance avait pu sauver, amorcé les formalités de la succession maternelle, il s'en fut vivre maritalement avec une femme de Malère, une quadragénaire fraîche encore et qui se vantait de couronner de la sorte plusieurs années de patience et d'intrigue... Mais la bru, par des provocations et des menaces, ne tarda pas à leur rendre impossible le séjour à Malère. Un moment, il sembla que le couple viendrait se fixer à Sainte-Marie, mais j'imagine aisément l'émoi indigné de ma mère lorsqu'il dut en être question. Enfin, le « padri » et sa maîtresse trouvèrent un refuge dans une petite maison de la vallée du Tech, à quelques lieues de chez nous. Ils vécurent là plusieurs mois, jusqu'au jour où, excédé par sa compagne, qui le sommait de lui remettre son argent et de lui signer des reconnaissances de dettes — un coup de revolver fut même tiré au plafond, un certain soir, mais le « padri » en avait entendu d'autres à Inkermann —, grand-père s'en alla...

Je ne puis expliquer avec certitude ce qui se passa alors dans la tête de ce vieillard à l'existence si humble et si timorée... Pensa-t-il à sa fille, à cette Lisa qu'il avait proscrite, et qui, abandonnant elle-même son mari, ses enfants, sa misère, s'en était allée bien loin, de l'autre côté de la terre, on ne savait exactement pourquoi, peut-être pour se libérer du despotisme familial, peut-être pour renverser la marche stupide de son destin, peut-être simplement pour braver la morale et la mort ?... Pensa-t-il à sa jeunesse, à ses voyages, à la mer, à ses combats, à cette fiévreuse et éblouissante passe de sa vie où il voguait de ville blanche en ville blanche ?... Je ne puis, je n'ose le préciser... Je sais seulement qu'à quatre-vingt-cinq ans, à deux pas de la mort, grand-père s'embarqua à Marseille, sur un de ces grands bateaux qui hantaient ses souvenirs...

Il n'alla pas bien loin. Il s'arrêta à Alger. C'est là, dans un hôpital, qu'il mourut... Mais j'aime imaginer que, plus d'une fois, dans la houle du large comme dans le délire de son agonie, il avait retrouvé l'image de tous les siens, celle de sa femme morte, de sa fille perdue, de son fils avili, de ma mère endolorie, et que, bien plus que maudit, il s'était senti pardonné...

32

À cette époque de sa vie où toutes les douleurs, toutes les charges, tous les soucis venaient peser malignement sur ses maigres épaules, je ne sais comment ma mère eut la force de persévérer. C'est que, sous ses abattements et ses anxiétés, elle dissimulait un goût ardent de la vie... Des coups d'une autre espèce, mais des coups qu'une mère de cinq enfants a le droit de supporter moins vaillamment qu'une peine de cœur, s'abattirent sur la maison. La même année, l'héritage de grand-mère s'évanouit, Clément échoua au concours d'entrée à l'école normale d'instituteurs et mon père fut révoqué de ses fonctions de secrétaire de mairie.

À Sainte-Marie, comme à Malère, avant comme après les inventaires et la séparation de l'Église et de l'État, mon père faisait bon ménage avec le curé. À Malère, sauf le

« padri », personne n'y avait trouvé à redire. Mais à Sainte-Marie, ce fut une autre affaire...

Le curé de Sainte-Marie s'appelait Mossen Soubirane. Il n'avait rien du prêtre benoît. C'était un homme vigoureux, grand et laid, presque rebutant de prime abord avec sa trogne violacée, mais qui vous conquérait vite par sa verve, sa franchise, sa rude cordialité. Tel à l'autel que dans la rue, sans majesté ni hypocrisie, il gênait un peu tout le monde, les fidèles plus que les autres. Il dégrisait les ivrognes, raisonnait les fous, brisait les lâches. Il avait fort à faire... Il portait toujours une canne en forme de gourdin, fumait le cigare, s'arrêtait volontiers à trinquer au bistrot-tabacs du père Cruchandeu, pour finir par faire un spirituel procès de l'alcool et du tabac devant un cercle d'olibrius attendris... Ce prêtre de rues était particulièrement mal jugé par le maire du village, un radical nommé Tolère, gros homme poussif et jean-foutre notoire. Il ne pardonnait pas à Mossen Soubirane son franc-parler, et sous le couvert d'un anticléricalisme fort à la mode, lui avait déclaré la guerre. Chassé du presbytère, le curé acheta une maison et un jardin, au bord du canal d'arrosage ; et de là, il fit front à toutes les calomnies, à toutes les injustices, à toutes les violences dont Tolère aimait émailler son règne...

Mon père se trouva inévitablement pris entre son amitié pour Mossen Soubirane et son intérêt de salarié municipal, et il fit tout ce qu'il put pour les concilier dignement. Mais, le jour où Tolère lui demanda, fort humblement d'ailleurs, car il le savait fier, de cesser des relations qui mécontentaient une partie de la population et pouvaient lui nuire auprès de l'administration, mon père lui éclata vertement au visage... Dès lors, Tolère le traita en ennemi et monta contre lui « l'affaire du registre ».

Depuis que Mossen Soubirane s'était installé dans sa maison au bord du canal, toutes sortes de litiges l'opposaient à l'Association des arrosants dont Tolère était président et mon père secrétaire appointé au taux de cent et quelques francs par an. Le curé vint à plusieurs reprises à la mairie pour y consulter les registres de l'association, et, s'appuyant sur des précédents faisant jurisprudence, il parvint à établir son bon droit. Ce fut alors que l'un des registres disparut... Sollicité d'expliquer cette disparition, mon père confirma que le curé était venu le consulter en sa présence, et prétendit qu'il était matériellement, logiquement, et moralement impossible que Mossen Soubirane eût pu commettre un vol... Mais le maire avait bien mûri son affaire. Il réunit le conseil municipal, docile à souhait, et lui proposa de voter la révocation de mon père, coupable de négligence...

Mon père assistait à la séance. Il était bien trop fier pour présenter sa défense devant un tel auditoire. Aucun des hommes qui allaient le juger n'osait lever les yeux sur lui. Mais, avant qu'ils prissent une décision, je sais qu'il ne put se tenir de les cingler comme des chiens...

C'était le soir. Notre cuisine n'était séparée de la salle de la mairie que par un vestibule. Tous les éclats de ce drame nous étaient parvenus. Ma mère pleurait, et Clément, déjà fort comme un homme, serrait les poings.

Mon père surgit soudain au milieu de nous. Il était pâle et il souriait. J'ai revu ce visage à des bestiaires après un *castigo* crâne et périlleux... Il avait sauvé l'honneur, pauvre homme... Qu'importait la gêne, maintenant...

On se mit, dès lors, à compter un peu plus sur la succession de grand-mère. Mes parents avaient chargé de leurs intérêts un homme d'affaires de Perpignan. J'ai oublié son nom. Mais je sais que Mossen Soubirane l'avait chaudement recommandé. Je me souviens de l'avoir vu une fois, chez nous, dans notre cuisine, qu'il éclairait de sa superbe. Mon père était séduit par son éloquence dont ma mère n'augurait que du mal...

Cet héritage, on n'osait le chiffrer. Il fut enfin question de plusieurs milliers de francs. Hélas ! à mesure que passaient les semaines et les mois, la pile fondait doucement.

Finalement, mes parents reçurent en partage une somme misérable, quelques centaines de francs... Et mon père dut, par surcroît, s'employer à consoler le curé, obstiné à prendre toute la coulpe pour lui...

33

Malgré ces misères, personne chez nous ne perdait le goût de la vie, ni l'espoir des revanches. Clément préparait le concours des Postes et obtint, en attendant, de faire quelques suppléances dans des écoles de la circonscription. Il rentrait à Sainte-Marie le jeudi et le dimanche, si riche d'impressions qu'on passait des veillées à l'écouter.

Précocement amer, malgré que ses révoltes et sa vitalité lui donnassent un tout autre air, Clément épiçait judicieusement de satire et d'humour ses plus humbles remarques, ses plus innocentes explications. C'était son héritage ; un de ces héritages qu'on élargit en les gaspillant... On l'avait nommé à Montestruc, un petit village de l'Aspre. Il avait dix-sept ans. Il jouait aux billes avec ses élèves ; leur adresse l'émerveillait ; pour faire bonne figure, il était obligé de tricher. C'étaient de petits gars sournois qu'il était surpris de retrouver mornes, gourds, positivement vieux, lorsque l'étude succédait au jeu... Il avait cru revoir Malère le premier jour, mais on lui faisait sentir qu'il était un étranger ; les rues du village étaient désertes sur son passage et se repeuplaient dans son dos. Il n'y avait de familiers que les chiens et les canards ; ceux-là venaient baragouiner des heures entières sous les fenêtres de l'école ; Clément avait beau les chasser, ils revenaient là réciter leur alphabet...

Quelques traits de ce genre suffisaient à dérider mon père. Clément attendait cette récompense comme on guette sous soi le démarrage d'une machine rebelle. Alors, il débridait sa verve, par transitions, comme un véritable artiste. On vivait quelques scènes de la pension de Montestruc.

... Le patron était boiteux. Il s'était cassé une jambe en s'évadant du bagne. Pendant le repas, il regardait Clément d'un œil si cruel, si intimidant, que cela lui coupait l'appétit. Après, il s'adoucissait et lui demandait du tabac...

Mon père commençait à s'épanouir

franchement. Nous le regardions comme on regarde une crue monter.

... La patronne était un peu plus aimable. Malheureusement, elle ne s'était pas lavée depuis le dernier orage. Sa spécialité, c'était le civet de lapin. On ne l'appréciait pas du premier coup. Il dégageait une telle puanteur que Clément s'attendait à tout instant à voir surgir un vieux matou de la sauce...

C'était une audace de ce tonneau qu'attendait mon père pour éclater. Il ne s'agissait plus maintenant que de le tenir en haleine, de le battre comme un fer chaud. Mon frère abandonnait alors, comme un outil indigne, son ton discret et un peu froid de pince-sans-rire.

... La nuit de son arrivée, le patron tint à lui montrer lui-même sa chambre. Il le fit passer devant. Clément s'attendait à être égorgé dans quelque encoignure. Mais le patron dut se raviser. La chambre se fermait au verrou, comme une loge à porcs ; et justement, les porcs étaient parqués au-dessous ; on les entendait renifler à travers les fentes du parquet, si gémissant par endroits qu'on sentait qu'un pas un peu vif vous conduirait parmi eux. Le patron demanda à Clément ce qu'il pensait de l'installation, et mon frère se déclara aussitôt comblé. Il éprouva un immense soulagement de se trouver seul. Au mur, il y avait un crucifix et un miroir au tain si ravagé que, lorsqu'il s'en approcha, il ne se reconnut pas et crut un instant que c'était le patron qui l'épiait de l'autre côté de la cloison...

... Tout se passa bien par la suite. Une nuit, cependant, l'auberge fut secouée d'un tumulte de disputes et de coups. Les tenanciers réglaient leur compte à un roulier de passage. L'arme favorite du patron, c'était la bouteille de limonade ; la patronne lui en passait une neuve, sans quitter son air de sainte-nitouche, chaque fois qu'il en ébréchait une dans la bagarre... Ce n'était plus la pension Vauquer. C'était Peyrebelle... Clément se déclarait à peu près sûr qu'on y assassinait un client, de temps à autre. Chaque soir, il visitait le dessous de son lit pour voir s'il ne s'y trouverait pas quelque cadavre oublié...

L'invraisemblance de ces récits ne les empêchait pas de vivre. Chacun de nous s'en faisait une idée à part. Tout petit, un peu tremblant, je n'étais pas loin de croire à ces drames. Il ne fallait pas moins que le rire de mon père pour me rassurer.

Lorsque mon père riait de bon cœur, il semblait qu'on préparât une friture dans la maison. Il serrait les dents en y appuyant sa langue de toutes ses forces, et le rire comprimé jaillissait aux commissures, comme l'eau d'une écluse. Ce rire nous versait une sorte d'allégresse ; la contagion nous gagnait. Nous battions l'air d'une main exténuée pour que Clément cessât de nous tisonner avec ses histoires…

Mon père qualifiait les événements, les gens et les choses, d'une manière souvent passionnée ou spirituelle, mais toujours déconcertante. Il adorait les surnoms, les formules vives, jamais triviales. Je n'ai pas gardé le souvenir de tous les noms qu'il nous a donnés ; ils ne sont d'ailleurs suggestifs que dans la langue de mon pays ; ils sont changeants et contradictoires : mais tous sont vibrants d'ironie et de tendresse… Aussi, aimait-il trouver dans notre bouche des trouvailles où il se reconnaissait. Nous le faisions rire aux larmes en nous moquant de ses manies ou de ses travers. Il suffisait d'un trait spirituel pour l'incliner à supporter les propos les plus irrévencieux. On l'imitait quand il bâillait, quand il croquait une pomme. Il devenait tour à tour un squale, un boa, un tigre, selon qu'il happait, digérait ou ronflait. Clément l'imitait à merveille dans ses ronflements, de gros ronrons de gros tigre, enflés de rumeurs profondes, hachés de coups de vent : Rrraou... Humph ! Rrraou... Humph !... Nous imaginions les plus épouvantables grimaces, les cris les plus extravagants pour ne pas laisser tomber sa gaieté, et longtemps la maison retentissait d'éclats insolites, cependant que l'on marchait comme un tel, l'on chantait comme tel autre, l'on dansait comme la demoiselle de Chantepie, une godiche...

Ma mère, qui ne riait pas à la légère, ou qui ne riait que par à-coups, et discrètement, comme on use d'un luxe, s'effarouchait parfois de ces débordements.

— Ne ris donc pas comme ça ! disait-elle à mon père. Tu vas ameuter le village !

Mais lui, les yeux noyés de larmes, la bouche entrouverte, les poumons pleins, se retenant de respirer pour écouter celui qui parlait, ou suivre celui qui mimait, lui faisait signe de se taire, et éclatait de plus belle.

Au réveil des jours de congé, lorsque le travail ne tirait pas mon père du lit, dont il aimait la tiédeur, celui d'entre nous qui partageait sa chambre pouvait essayer ses philtres et ses appeaux. Dès les premiers éclats, l'autre chambre se vidait comme une volière ouverte ; et bientôt, l'un ajustant ses bretelles, l'autre son jupon, nous accourions tous pour prendre notre part de la pantomime qui se préparait.

— Allez vous chausser ! Vous allez prendre froid ! nous disait mon père.

Mais non, nous n'avions pas froid. Nous avions même chaud. Nous flambions. Et notre maison de pauvres était illuminée avant que le soleil parût...

Ma petite enfance, je la découvre encore toute bruissante de musique et de chansons. Mon père avait communiqué le goût de la musique à tous ses enfants. On m'a assuré qu'aux premiers cris que poussa l'un de nous, dans son berceau, il aurait dit le plus sérieusement du monde : « Celui-là *aussi* aura la voix juste ! » Notre voix juste, notre oreille, c'étaient encore ses fiertés... Tout jeunes, à tour de rôle, il nous emmenait à l'église où il restait de longues heures à jouer de l'harmonium, mêlant innocemment des airs profanes à des airs religieux.

À Sainte-Marie, il y a deux églises. C'était

à l'ancienne, isolée du village, qu'il m'emmenait. C'était une vieille bâtisse espagnole, mal coiffée, barbue, dont les gros yeux béaient sur la vallée. Elle était bâtie à la cime d'une falaise, au milieu du cimetière. Mon père la regardait longuement avant d'entrer. Parfois, il en faisait le tour, parmi les tertres, les croix, les bouquets défunts. Le vent soufflait toujours à cet endroit ; il brassait les herbes jaunes, faisait pépier les perles des vieilles couronnes, grincer les ex-voto et les croix descellées. Ces bruits plaintifs me faisaient mal. Je hasardais un regard vers le coin des tombes d'enfants, toutes blanches, même les plus pauvres, encadrées de bois peint. Lorsque mon père s'approchait du portail et tirait à deux mains l'énorme verrou, j'éprouvais comme une délivrance. L'église me paraissait immense et bourrée de trésors. D'abord retenu par la majesté du lieu, je rôdais sans bruit, d'autel en autel. Mais, dès que mon père plaquait les premiers accords, tout s'allégeait et s'animait, tout devenait familier et comme complice, des saints réveillés dans leurs niches au luminaire clignotant. Je tirais parfois des billes de ma poche et je jouais sur des marches froides. D'autres fois, je m'asseyais sur un prie-Dieu providentiellement fait à ma taille, ou je m'amusais à glisser le long des bancs polis, au dossier desquels étaient crucifiées des cartes de visite au nom des « riches » du village... Cependant, mon père feuilletait bruyamment les gros livres de plain-chant et attaquait un *Requiem*, ou bien il ouvrait son recueil d'opéras et de mélodies à couverture satinée qu'il nous était interdit de toucher, et il chantait à mi-voix un fragment des *Huguenots* ou du *Pré-aux-Clercs*, pour en venir, comme repentant, à l'*Ave Maria* de Schubert ou à quelque cantate de Jean-Sébastien Bach. Je cessais de jouer pour l'écouter. Il n'avait de la musique et de la technique d'exécution qu'une connaissance imparfaite ; sans doute n'avait-il jamais entendu parler de la fugue et du contrepoint, mais il avait l'oreille juste, une âme de poète ; il pâlissait à certaines résonances, essayait des accords, les répétait, ouvrant et fermant les clés des registres pour mettre au point une combinaison de sons émouvante... Parfois, encore, je m'endormais... La première chose que je voyais en me réveillant, c'était son sourire, son sourire apitoyé de m'avoir oublié, amusé de me retrouver innocemment absent de son exaltation... Pauvre cher papa ! Comme il savait gentiment, humblement, revenir sur la terre ! Comme il savait chasser les dévorantes ombres de son Schubert, de son Jean-Sébastien Bach, pour n'être plus que le père un peu confus et inquiet de son petit enfant endormi !... Il m'emmenait doucement. Dehors, un crépuscule immense nous accueillait. Et lui, malgré tout encore lié au sortilège des sons, et moi enveloppé soudain par la fraîcheur du jour tombant, nous frissonnions...

Mes sœurs, Émilienne surtout, avaient de jolies voix. Les jours de congé, elles chantaient en faisant les chambres, en aidant aux travaux du ménage. Ma mère les écoutait avec ravissement ; c'était une des rares voluptés qu'elle avouait. Elles mêlaient les romances à la mode aux plus authentiques mélodies : Mayol à Gluck et Grétry, *Les Flots bleus* à la *Sérénade* ou à l'*Air d'Orphée*... Parfois, mon père s'évadait de la mairie pour mieux les écouter ou corriger une faute qui l'avait choqué.

Clément et Robert avaient des voix sans volume, mais fort agréables. Lorsqu'on chantait en chœur, ils étaient obligés de forcer leurs accents pour ne pas être submergés par les voix de mes sœurs. Tout en chantant, mon père tempérait d'un froncement de sourcil les envolées d'Émilienne, dont les longs cils battaient un moment comme des ailes d'oiseau recouvrant son équilibre... Clément jouait de la mandoline en virtuose. Il possédait aussi un flageolet. Mais, durant son apprentissage, cet instrument était maudit de tous. Il cherchait le secret des gammes dans son lit, en étouffant les stridences sous les draps, ou bien il allait se perdre dans un terrain vague. Il ne manipula son flageolet qu'après de longues recherches, et découvrit seul, à la longue, toutes les bonnes combinaisons d'ouverture des trous et l'usage normal des clés...

Mon père aimait tailler des pipeaux dans les roseaux encore verts. Cela donnait une musiquette un peu aigre, mais docile et vibrante, sur laquelle on pouvait moduler les airs les plus nuancés comme les plus solennels. On en jouait à la manière des flûtistes, du bout des lèvres ; le goût acide du roseau et l'effort salivaire arrachaient à mon père des grimaces de délicat. Nous en rapportions des faisceaux de nos promenades, et la maison était transformée en bastringue... Un jour, mon père proposa d'exécuter sur les pipeaux un chœur à cinq voix. Nous nous réunîmes dans la salle de classe dont les bancs avaient été reculés ; nous formâmes le cercle. Au signal de mon père, chacun — je n'étais admis dans ces manifestations que comme auditeur — attaqua sa partie. Mais, dès les premières mesures, une de mes sœurs pouffa dans son instrument, et les autres, que l'envie de rire étouffait, en firent autant. Il fut impossible de poursuivre l'exécution du chœur. La réprobation de mon père excitait davantage encore l'hilarité. Pour ma part, sevré d'un divertissement inédit, j'étais navré. À la fin, mon père se leva, jeta son pipeau sur le bureau, et nous quitta non sans nous avoir traités d'imbéciles. Tout le reste du jour, il bouda. Tout le monde ressentait un peu de peine. Et le pipeau tomba dans un injuste discrédit...

Mon père possédait plusieurs recueils de chants et de mélodies des grands maîtres de la musique. Il avait une prédilection pour Bach et Schubert, pour Lulli et Rameau. Nous chantions *La Truite*, ce chant câlin, profond, fluide et frais, aux rives embaumées ; *La Cantate sacrée* :

Mon âme fidèle,
Légère hirondelle,
Franchit d'un coup d'aile
L'éther indompté...

affirmative et noble, puissante et exaltée ; l'*Air d'une Ombre* :

Venez, aux plaisirs tranquilles
Ces lieux charmants sont destinés...

et nombre d'ariettes de ce Rameau de jeunesse, pépiant, agreste, subtil, dont les fins de chansons s'évaporaient comme des fuites d'oiseaux à l'horizon...

Lulli m'était aussi cher qu'à mon père. Après le départ de Clément pour Paris, j'avais été admis pour la première fois dans son chœur à cinq voix : *Allez, mes premières amours !* On me priait de chanter en sourdine et je secondais tant bien que mal Alice dont la partie était la plus simple. Il y a dans ce morceau une phrase majestueuse et ample, aux intonations poignantes :

Je n'aime que vous en ce monde...

Il me semble que, la chantant, aucun de nous, ni Émilienne, soprano délirant, ni Alice appliquée, ni Robert perdu dans ses tierces comme dans un marécage, ni moi-même, vaguant de l'un à l'autre, ne songeait au sens de ces paroles dans le poème, mais à leur sens intrinsèque. La lenteur du passage et sa solennité nous forçaient à regarder avec acuité les lèvres tremblantes d'émotion de mon père battant la mesure. Par-dessus l'amoureux délirant, c'est à lui qu'allait cet hommage, et je suis sûr qu'il le sentait, et je suis sûr qu'il l'acceptait, tout exclusif qu'il fût...

34

Nous quittions Sainte-Marie une fois l'an, aux grandes vacances. Nous allions passer vingt jours à Cassignan, chez la Ménine.

En cinquante ans, Cassignan n'avait guère changé. Il ressemblait à Sainte-Marie comme un frère, mais nous le trouvions bien plus joli. Son souvenir nous poursuivait toute l'année, même mes parents que tant d'enthousiasmes avaient abandonnés...

En juillet, mon père écrivait une longue lettre à la Ménine. Il ne donnait que de bonnes nouvelles. Il connaissait bien sa vieille sœur qui n'aimait guère entendre de plaintes. Il écrivait sur de grandes feuilles, et très lisiblement, pour que la Ménine n'eût pas à faire un trop grand effort à la lecture. Son optimisme courait jusqu'au paraphe, le dépassait même, car nous ajoutions, sous sa dictée, des choses débordantes de tendresse et de gaieté.

La Ménine savait à peine lire, mais elle le cachait farouchement. Elle pestait contre sa presbytie devant la personne qu'elle chargeait de la tirer d'embarras. Elle la priait de relire certains passages, et cette fois, elle pestait contre sa surdité. Elle n'était pourtant ni presbyte ni sourde. Les nouvelles de Sainte-Marie la mettaient de bonne humeur : tout le monde était en bonne santé, Clément avait bon espoir à la suite du dernier concours ; quant à Lucien, le tout petit, le « maï menut », il parlait souvent de sa Ménine...

C'était vrai. J'en parlais souvent. Je l'imaginais du dernier été, dans l'odeur des figues séchées au four, près de la grande roue de la pompe, et surtout au milieu de ses cochons fantasques, redoutables de familiarité, et qui me bousculaient de leurs gros derrières blonds.

La Ménine ne répondait jamais à la lettre annuelle. Son silence nous pesait ; seul, l'optimisme de mon père, fort des précédentes surprises, résistait aux sombres pronostics de ma mère... Au début d'août, il passait quelqu'un chez nous. C'était un chasseur de Caramany, un pâtre des Corbières ; c'était Tichot, le chanteur ambulant, ou Pédale, le forain... Il entrait chez nous, et tout de suite il était important. À son premier mot, nous savions que la Ménine nous attendait, que Vendredi, le cheval aux sabots poilus, conduit par Félix le domestique, serait à la gare d'Estagel, à l'arrivée de notre train, que nous n'aurions qu'à monter sur la charrette, tous les sept, pour entreprendre ce lent, ce minutieux voyage au dernier tournant duquel Cassignan nous apparaîtrait dans le crépuscule...

Que ce fût une fin ou un commencement de mois, mes parents étaient obligés de compter. Depuis qu'il avait atteint la seconde classe, mon père gagnait cent vingt francs par mois. Sitôt l'ambassadeur de la Ménine sorti, il s'esseulait, s'enfonçait dans des calculs comme dans une jungle, en revenait un peu égaré. Sa gravité m'obsédait et je sentais décroître mon bonheur.

Ma mère, sa première joie passée, devenait pensive. Elle rassemblait notre pauvre linge propre ; des plis se creusaient de chaque côté de sa bouche. Elle vieillissait tout d'un coup, en rangeant le linge dans la chapelière en sapin qu'on renforçait avec des tours de corde.

Alors, toutes nos exaltations fondaient. La tristesse descendait sur nous comme un vaste épervier aux mailles serrées. Aucun de nous ne s'échappait. Je m'en souviens nettement. Du plus petit au plus grand, nous étions secrètement avertis qu'un drame assiégeait le père et la mère, et que leur bonheur était miné, comme certains ciels d'automne impuissants à se dégager de la menace de leurs horizons...

Le plus ému de nous tous, le plus compréhensif, c'était Robert. Il avait huit ans. Quelqu'un de la famille ne pouvait avoir le visage triste sans qu'il s'en aperçût. Il embarrassait mes parents de questions auxquelles ils faisaient un accueil évasif. Alors, il retombait en pleine détresse... Il souffrait souvent des oreilles. On les lui bouchait avec du coton imbibé d'huile chaude. Son visage prenait une expression un peu voilée, un peu amère, propre à certains sourds, comme s'il se repliait prématurément sur lui-même... Il avait huit ans, et il semblait déjà subodorer l'inanité de l'enthousiasme et la rigueur de son destin. Lorsqu'il se livrait, c'était sans éclat. Peut-être était-il averti mystérieusement qu'il mourrait jeune, à ce qu'on nomme la fleur de l'âge, et il ne se pressait pas d'épanouir...

Vers la fin du jour, mon père, à l'écart des préparatifs, m'appelait. Il me glissait un billet dans la main, y repliait mes doigts dessus, et m'envoyait porter « notre bonjour » à Mossen Soubirane...

Je courais au presbytère où Cham m'accueillait avec des aboiements indignés, où Cilette roulait des yeux soupçonneux tout en m'interrogeant. Mossen Soubirane me délivrait. Tout noir, il emplissait l'encadrement de la porte. Il fait : cheut !... cheut !... d'une grave voix qui apaisait du même coup la vieille et le chien. Il me tapotait la joue gauche et me disait :

— Je parie que tu me portes « Votre bonjour »...

Il devinait tout, cet homme ! Et il jouissait discrètement de ma surprise. Le billet en main, il entrait dans sa maison. Je l'attendais dans le couloir. Par la porte entrebâillée, je le voyais fouiller dans un meuble dont l'éclat me faisait rêver de luxe et m'inclinait à une incessante humilité. Il reparaissait, plus immense que jamais, me tapotait la joue droite cette fois, et me faisait remarquer en souriant qu'il réparait une injustice dont les joues droites sont victimes depuis le commencement du monde. Puis, il me prenait la main, comme à un homme, et y laissait, dans un bout de papier soigneusement plié, une chose ronde, menue et dure que je pressais bien fort en repartant...

Ni mon père, ni Mossen Soubirane ne m'avaient fait la plus petite recommandation. Les scrupules, d'où me seraient-ils venus ? En route, je dépliais le petit papier. Il y avait, chaque fois, dedans, une aveuglante pièce d'or...

Il y a bien longtemps de cela. C'est pourtant la première fois que je livre le secret du louis d'or. Je n'ai qu'à fermer les yeux pour ressusciter en moi l'émotion de ce moment. Je retrouve les battements de mon cœur d'enfant, confusément averti du caractère douloureux de son ambassade...

Le lendemain, nous prenions le train pour Estagel. Ce voyage de soixante kilomètres, d'arrêt en arrêt, durait une demi-journée, mais je le trouvais trop rapide. Les gares aux timbres affolés, les aiguillages, les disques, la houle montante et descendante des fils télégraphiques, le halètement de la locomotive, et ces paquets de fumée se déchiquetant aux cornes des vignobles, me laissaient comme une hallucination. Tout me paraissait luxueux et respectable : le ripolin des banquettes, la vitre docile, le signal d'alarme, les casquettes dorées des employés... Le hall de la gare de Perpignan, où nous changions de direction, figura longtemps dans ma vie un carrefour éblouissant. Je ne concevais rien de plus impressionnant. Je me sentais perdu, ballotté, écrasé, dans ce tumulte, cette fumée, ce mouvement. J'aimais sentir à mon bras la forte poigne de mon père. L'émotion restait longtemps inscrite dans ma chair comme une vision inouïe de pèlerin... Plus loin, nous traversions un tunnel. J'y entrais avec un mélange de peur et d'espoir ; j'étais presque déçu qu'il ne nous arrivât rien de fâcheux dans cette nuit. Je gardais pour moi les impressions fortes, car j'avais remarqué qu'elles prêtaient souvent à rire, et je redoutais le ridicule par-dessus tout. La gravité des miens accentuait ma gravité. Nous étions tous graves, parce que ce voyage faisait partie de notre bonheur, qu'il ébréchait notre bonheur...

Mon père lui-même paraissait prendre un vif plaisir à ce voyage. Les émerveillements de sa jeunesse ne l'avaient pas blasé. Il devait penser aux belles villes de France qu'il avait visitées ; des cathédrales devaient boucher parfois son horizon. Mais, vingt années de solitude lui avaient appris que la beauté est partout sous les pas. Il était attentif aux choses les plus banales, et à chacune de nos découvertes, dans les lointains fuyants, son regard s'illuminait...

À Estagel, nous descendions vite parce que le train continuait. Ma mère ne coordonnait aucun mouvement. Elle devenait subitement étourdie, s'inquiétait d'un bagage quand c'était un de ses enfants qui lui manquait.

Dans la cour de la gare, Vendredi pesait de ses sabots sur le pavé, comme quatre bronzes équestres fondus en un seul. C'était un ancien cheval de gendarme. Il avait plus de vingt ans. D'avoir colporté des militaires, il semblait humilié pour toujours. Naseaux sans fumée ; œil de vieillard d'asile. Il semblait nous reconnaître, tressaillait un peu, de ce large tremblement de la peau qui chasse les mouches et a l'air d'un ample sourire. Je pleurais en le revoyant et, m'approchant, à la traînée humide qui coulait de ses yeux sur son long nez d'homme bon, je voyais qu'il pleurait aussi...

Félix était là, le fouet à l'épaule, timide et ne sachant que nous dire, mais il m'intéressait moins pour le moment. Il n'entrait vraiment dans mon cœur que lorsque la charrette s'ébranlait et qu'il donnait à Vendredi des ordres d'une telle douceur qu'il avait l'air de parler à un frère.

À Latour, le pays changeait d'aspect. On franchissait un col, on traversait des bois, on côtoyait un vieux château ; des légendes nous environnaient, et de terribles histoires vraies, plus fortes que les légendes. Des oiseaux noirs traversaient le crépuscule ; d'autres se posaient au milieu de la route et ne s'envolaient qu'à la seconde où Vendredi levait sur eux son sabot, lourd et sonore comme une enclume...

Ma tante nous accueillait sans façon, sur le seuil de la porte où nos embrassades la plaquaient comme un ouragan. Elle se défendait avec des exclamations aiguës et des protestations qui n'égaraient personne sur la qualité de sa joie. Ma mère se montrait très réservée ; elle embrassait la Ménine avec des lèvres minces ; un emportement affectueux lui eût paru hypocrite. Par réaction, elle était froide et figée.

Mon père et sa sœur se serraient simplement la main. Ainsi, face à face, ils se ressemblaient étonnamment. Leur poignée de main allait en eux plus profondément qu'une accolade.

J'étais le dernier. La fougue des grands, ma petite taille, tout concourait à m'effacer. Mais lorsque chacun avait défilé, Ménine et moi nous nous regardions en même temps. Toute la famille s'écartait, engloutie... Elle m'enlevait gravement, me nichait dans le creux d'un de ses bras puissants, observait avec acuité et amour mes joues barbouillées et mes yeux humides, et s'exclamait :

— Bou dious ! qu'il est beau, ma tête de cochon !

On avait beau me prévenir, je ne me sentais pas flatté. Il ne me fallait pas moins d'une semaine pour m'habituer à ce superlatif d'éloge et d'affection...

À soixante-dix ans, ma tante paraissait en pleine maturité, avec son visage serein et ferme, empreint de majesté. Elle était très préoccupée de dignité, et, parce que la mort lui était indifférente, elle devait vivre près de cent ans. Elle parlait peu, sauf dans ses grandes colères, lorsque ses cochons avaient perdu l'appétit, lorsque son mari ou son fils se laissaient rouler ou ridiculiser dans un marché, lorsqu'une médisance de voisin jaloux parvenait à ses oreilles. Elle avait eu une rude vie sans amour ; elle avait perdu l'habitude des élans affectueux qu'elle considérait comme des faiblesses. Elle n'était pas méchante, mais elle regardait avec une fixité, tantôt dure et tantôt douce, qui désarçonnait. Mais à qui savait interpréter son nez, tout était permis.

Elle avait, comme mon père, un nez plein, bourbonien, magnifique. Ce nez bougeait doucement lorsqu'elle parlait, aidait la bouche et les yeux de son éloquence. Il se pinçait et pâlissait à la moindre émotion, frémissait dans la colère, s'incurvait dans les grands rires. Mais jamais l'enthousiasme ou le ridicule ne l'entraînaient trop loin. C'était un nez plein d'esprit et qui ne gesticulait point. Sous ses ailes repliées, il vivait vraiment comme un oiseau attentif, et je ne suis pas sûr, maintenant, que ce ne fût pas le cœur de ma tante qui conduisît là quelques-uns de ses plus secrets battements...

Les premiers jours, nous usions de l'hospitalité de la Ménine avec une grande discrétion ; nos parents prévenaient tout ce qui pouvait nous rendre gênants. Ils avaient fort à faire. Des voisins se plaignaient de nous à voix haute. Nos frasques différaient suivant nos âges. Clément se révélait si inventif et si funeste qu'une moitié du village l'exécrait et l'autre moitié l'admirait. En général, nous tenions à montrer aux enfants de Cassignan ce dont étaient capables ceux de Sainte-Marie. La Ménine se fâchait carrément, et ma mère, en couchant les plus jeunes d'entre nous, nous sermonnait avec une gravité qui nous étreignait...

J'avais deux oncles à Cassignan : le vieux Manel, le mari de la Ménine, et leur fils Denis, mon cousin, qu'en raison de son âge, nous appelions tous l'oncle Denis. Je les voyais rarement. Il me semblait que la Ménine se complaisait à me priver de leur compagnie.

L'oncle Manel souriait toujours. Il paraissait à la tombée de la nuit, et apportait dans sa houppelande une bonne odeur de mouton et de garrigue. Tante l'accablait de reproches pour un rien ; elle lui reprochait ces ronflements qui le rendaient célèbre, cet appétit qui le sauvait, cette bonté qui faisait son charme. Il souriait sous l'averse. Parfois, il me parlait de ses moutons ; ce devait être quelque jugement professionnel auquel je ne pouvais être sensible, quelque chose qu'on trouverait peut-être dans Virgile. Tante éclatait :

— Voyez... voyez ce que cet imbécile va raconter à ce « paourot » ! (ce pauvre petit !)

L'oncle Manel souriait de plus belle.

— Que nenni... Que nenni... il comprend, va... risquait-il.

Alors, la dispute s'envenimait. Je souffrais. Je détestais la Ménine qui ne savait pas se montrer juste. Et je suivais d'un long regard apitoyé l'oncle qui s'en allait, tout voûté, tout souriant encore et toujours, vers sa mansarde, là-bas, à l'autre bout du village...

L'oncle Denis était dans la force de l'âge. Il avait deux filles. Il tenait de son père sagesse et bonté. Mais il se gendarmait de temps à autre, et c'était très impressionnant de le voir rougir et répliquer d'une voix qu'il s'efforçait de hausser. C'était lui qui soignait Vendredi quand il était malade, le conduisait sans encombre à travers les plus mauvais sentiers, me confiait les guides, et quelquefois le fouet. Je l'aimais presque autant que Félix, le domestique, lui aussi étroitement lié au souvenir de Vendredi, des guides et du fouet. C'était un Espagnol, un déserteur de la guerre de Cuba. Il était beau, fort, bienveillant. Il ne parlait que le castillan, et mangeait comme sucreries des petits poivrons rouges, incendiaires, dont le simple contact me faisait des cloques sur les mains, tout comme des sinapismes. Les travaux de la terre lui étaient familiers. On s'était attaché à lui. Il faisait partie de la famille. Il couchait au grenier, dans un lit de fer, à côté de nous. J'enviais sa place, car il n'avait qu'un geste à faire pour atteindre les figues séchant sur des claies, les olives dans leurs jarres, les raisins secs au plafond bas. On se couchait en même temps, mes frères, Félix et moi, à la lueur d'une bougie. J'avais obtenu ce privilège de la Ménine et de ma mère. Félix posait le bougeoir sur la dernière marche de l'escalier de bois, et on se déshabillait, au milieu de gesticulantes ombres. Le dernier couché criait : « Ça y est ! » et Félix, blanc comme un fantôme, venait souffler la bougie avant de regagner son lit. Un soir que nous nous attardions, la Ménine cria d'en bas :

— Félix ! *bufo el llum !* (souffle la lumière !)

Elle répéta l'injonction plusieurs fois. Mais Félix, ne comprenant pas le patois, se rhabillait, lorsque la Ménine surgit, en chemise, et vint souffler la bougie sous son nez.

— Ah ! fit-il, en riant, déjà vêtu et prêt à descendre, en Espagne on dit : *paga-lo !* (éteins !)

Félix avait toujours dans la poche de son gilet de la mèche de fouet. Il n'en était pas avare. Le soir, quand il avait ramené Vendredi à l'écurie, il me prêtait son fouet. Ma petite taille m'empêchait de le faire claquer à mon aise ; alors, il me hissait sur un petit mur qui courait devant la maison, m'empoignait par un pan de blouse ou par un mollet, et me maintenait en équilibre, cependant que je déchaînais un tonnerre de claquements. Toute la mèche y passait. Ménine paraissait à la fenêtre et nous grondait.

— Félix, il y en a assez, maintenant, voyons !

— Qu'est-ce qu'elle dit ? me demandait Félix.

En réponse, je lui désignais la poche de

son gilet. Il faisait : *bueno ! bueno !* en souriant, et me remettait une mèche neuve.

La Ménine réapparaissait, et cette fois, le ton de ses paroles leur donnait un sens si clair que Félix me posait à terre et m'arrachait doucement le fouet. Parfois, était-ce bravoure, il l'élevait au-dessus de sa tête, et il me jouait une marche pétaradante devant la Ménine médusée.

— Bou dious ! l'entendions-nous crier. Ils sont aussi bêtes l'un que l'autre !

Après les repas, j'aimais jouer sous la table. Comme Poil de Carotte, j'y jouais à rien. Cela sentait l'os dépouillé, l'eau de Javel, la jupe. C'est de là que j'entendis la Ménine parler durement à mon père, une fois qu'ils se croyaient seuls. J'en éprouvai un telle angoisse et tant de honte que j'éclatai en larmes. On eut beau m'interroger, on ne put trouver une explication exacte de ma douleur.

Dix ans plus tard, j'appris que mon père avait laissé à la Ménine la jouissance d'une vigne, d'un jardin, d'une modeste maison, qui lui étaient échus en partage à la mort de grand-mère Grégoire, et que nos vacances étaient le prix de cette générosité. Mais ma considération pour la Ménine n'en a point souffert...

Dès que mon père recevait son mandat de paiement, il était question de rentrer à Sainte-Marie. Entre-temps, il m'emmenait à Latour, chez le percepteur. Cet ancien adjudant examinait mon père d'un œil soupçonneux, le chicanait sur l'identité ou la date, sur un ton rogue ; il semblait défendre un morceau de fortune personnelle. Mon père faisait un gros effort pour se maîtriser ; le sang se retirait d'un coup de sa figure, et ses mâchoires se nouaient. En retournant, c'était un autre homme ; il trébuchait comme un vaincu.

Nous quittions Cassignan le lendemain. Félix et Vendredi étaient plus solennels que jamais. Le retour était triste et chaque cahot de la charrette nous sonnait au cœur. Ma détresse avait une couleur, un goût, une odeur que je retrouve quelquefois encore...

La vie recommençait à Sainte-Marie. Soudain, mon père m'appelait.

— Tiens ! va porter « notre bonjour » au curé !

Et c'était lui, cette fois, qui mettait dans ma main le prestigieux louis d'or dont je sentais que l'échange n'avait qu'une fantaisiste apparence, puisqu'il mettait sur des visages chers une gravité spéciale, la gravité éternelle des pauvres pour qui le ciel n'est jamais tout bleu…

35

L'école de Sainte-Marie était entourée de murs et de grilles. C'était une école bien défendue. Elle était neuve. Malgré cela, elle avait donné son nom à la rue qui avait au moins un siècle.

À partir du raidillon des Cardon, la rue des Écoles était droite et plate comme une avenue ; il y en avait bien près de cent mètres dignes d'une ville. C'était la rue des édifices publics : la poste, l'école, le cabanon de la pompe à incendie.

La poste, avec sa façade jaune d'enveloppe à bon marché, son seuil usé, ses fenêtres à barreaux, le rictus figé de sa boîte aux lettres, n'avait pas grand air, mais il suffisait que M. Espériquette, le facteur-receveur, parût avec le courrier posé sur son ventre comme un tambour, pour qu'elle recouvrât sa juste importance.

Le cabanon était une bâtisse beaucoup plus modeste. Elle abritait la pompe à incendie et tous les impedimenta. On faisait sortir la pompe de temps à autre ; on la conduisait jusqu'à la rivière pour la laisser s'ébrouer. Les tuyaux faisaient le désespoir des responsables ; il y en avait toujours un qui perdait. Les seaux de toile, alignés sur la berge, ressemblaient à des lanternes vénitiennes, cabossées et affaissées, mais, dès qu'on les remplissait, ils se raidissaient et se tenaient debout, seuls, un peu de guingois, comme des ivrognes...

Derrière sa grille et son portail de fer, l'école écrasait l'alentour de son importance. Notre logement était à l'étage. Il comportait quatre pièces, deux chambres, une cuisine, et ce que nous appelions sans ironie : « le salon »... Le « salon » était tout bonnement une salle à manger, mais une salle à manger sans buffet, seulement meublée d'une table à abattants, d'un fauteuil rustique et de six chaises en paille jaune. Le fauteuil rustique était pourvu d'un siège si dur, d'un dossier si agressif, de bras si écartés, il répondait enfin si peu à l'idée qu'on se fait d'un fauteuil, que jamais personne ne l'utilisait par plaisir... Ce meuble que mon père s'ingéniait à défendre, et dont il usait parfois avec ostentation, était l'objet de maintes moqueries, pour la plupart inventées par Clément. On le comparait à une « chèvre » par analogie avec ces grossiers chevalets que les rouliers utilisent pour soulever leurs charrettes — et, en effet, il ne touchait jamais terre que par trois pieds au plus. Clément assurait qu'il se cabrait au moment où on se méfiait le moins, et qu'alors, il eût désarçonné un cow-boy...

Le fauteuil rustique partageait les sarcasmes et les injustices avec le pliant en fer de la chambre d'enfants. On avait surnommé cette couchette « l'arbre » ! Sans doute parce qu'on y était aussi instable que l'oiseau sur la branche. Tous les garçons de la famille y avaient dormi, à un, à deux, et certains soirs de fête et d'affluence, à trois, dans les positions les plus incommodes, en long, tête-bêche, et je crois bien en large, comme sardines sur le gril, la tête et les pieds pendants... Aucun de nous ne songeait à se plaindre de cette sorte de lit de Procuste. Il n'y avait guère que lui qui se plaignît de tous ses ressorts, des rubans d'acier détendus qui imprimaient à la paillasse des convulsions inattendues. Clément nous conseillait de composer avec « l'arbre », de lui flatter l'encolure avant de le monter. Il se vantait d'y avoir dormi à califourchon, certaines nuits où il le sentait de mauvais poil, et, en tout cas, de n'y avoir jamais rêvé d'autres choses que de naufrages...

Mon père, qui plaidait avec tant de zèle pour son fauteuil rustique, riait aux larmes lorsqu'on se moquait de la bonne vieille couchette. C'était un héritage des Demonte. On l'eût compris rien qu'au mécontentement de ma mère. Elle craignait que les plaisanteries de Clément vinssent à être connues des voisins et que la réputation de la couchette ne gagnât le village. Elle craignait aussi — et peut-être davantage encore — que sous l'ironie de nos propos se dissimulât un reproche ou une plainte, et elle s'ingéniait à nous convaincre de ce que nous étions là-dedans comme des rois... Je laisse imaginer quels éclats de gaieté accueillaient cette trouvaille...

De la cuisine, ensoleillée et franche comme un visage sans fard, on pénétrait dans le « salon » par un petit couloir, étranglé entre le placard aux provisions et le grand réduit qui servait de bûcher, de saloir et de débarras. Il fallait traverser le « salon » pour se rendre dans la chambre de mes parents.

C'était donc loin d'être une pièce interdite. Mais, comme elle était exposée au nord, et certains jours de tramontane, froide comme une Sibérie, qu'il n'y avait ni possibilité de jeu, ni de découverte, ni de mangeaille, je ne m'y aventurais guère. Il y avait pourtant deux objets qui m'y attiraient de temps à autre : la grande glace de la cheminée et la jardinière.

La glace était aussi un héritage des Demonte, mais cette fois, les Demonte avaient bien fait les choses. Elle était haute et large, avec une moulure de plâtre doré. Le cadre était voilé d'une mousseline qu'on n'enlevait qu'aux jours de réception. Dans l'obscurité, le miroir jetait un éclat d'eau profonde et froide. J'entrouvrais les volets pour mieux m'y voir. Juché sur la pointe des pieds, je parvenais à y découvrir mon visage, encadré par le reflet de deux vases en verre colorié, si légers qu'on avait dû les lester avec du sable. À sept ans, j'avais des joues rebondies et rouges telles que les mères en rêvent pour leurs enfants, des yeux vifs et enfantins, certes, mais nuancés de précoce gravité. Je m'amusais à les fixer et à les retenir sous mon regard avec un mélange de curiosité et d'effroi. Je m'intimidais vite. Je sortais de cet examen tout troublé... À cet âge, on peut déjà s'examiner avec quelque complaisance. Je me serais trouvé fort agréable si mes cheveux, bruns et vivaces comme un chiendent, ne se fussent tenus désespérément hérissés. J'ai gardé une photo de cette époque. C'est un peu sous cet aspect que je me suis longtemps imaginé la tête de Traddles, cet ami de David Copperfield qui promena, sa vie durant, avec la plus belle âme du monde, une chevelure qu'il ne méritait point. Mes cheveux rebelles étaient, comme on pense, bien souvent moqués. J'en souffrais si visiblement que mon chagrin décourageait les moqueries, et que, de toutes parts, on volait à mon secours. À grand renfort d'eau et de cosmétique, Émilienne parvenait à coucher, comme un blé versé, le buisson qui me servait de coiffure ; mais il se relevait en mèches aiguës et perfides. Devant mon désappointement, les rires reprenaient. Ma mère entreprenait alors de mettre de l'ordre dans ma tignasse, avec ses ciseaux ; elle me mettait en si piteux état qu'elle s'affolait et appelait mon père à l'aide. Il hochait la tête avant que d'essayer de réparer le désastre. Toute la famille accourait. On s'esclaffait sourdement. La colère me gagnait, mais le contact froid des ciseaux, derrière mon oreille, m'empêchait d'éclater. Mais, dès que j'étais libéré et que je venais constater ma disgrâce dans le miroir, je ne trouvais pas de mots pour exprimer mon désespoir et j'éclatais en sanglots. J'étais affreusement laid ; ma tête ressemblait assez à une luzernière ravagée de cuscute. Je courais d'une traite chez le coiffeur qui me disait : « Eh bé ! on t'a arrangé ! », et me passait le crâne au double zéro...

Je venais aussi dans le « salon » pour puiser de l'argent dans la « jardinière », lorsque ma mère m'envoyait aux commissions. La « jardinière » était une affreuse garniture de cheminée en fonte étamée, donnée en prime par le « Planteur de Caïffa ». C'était le coffre-fort de la maison. Il avait détrôné, dans cet office, le sucrier en porcelaine. Chez les pauvres, on trouve souvent de l'argent sous les bols. Ma première tirelire fut un petit moutardier inemployé. Le drame de l'argent, chez les pauvres, il me faut faire effort pour le dissocier du souvenir de ces objets familiers et joufflus dont mes parents aimaient peupler leurs étagères...

Un jour devait pourtant arriver où le « salon » devint un sujet de fierté. Ce fut lorsqu'on le dota d'un buffet, et qu'on y étala une carpette et un passage en linoléum. L'achat du buffet fut décidé en même temps que celui d'une armoire à glace et d'une commode. J'étais déjà grand. Mes parents parlaient de ces acquisitions depuis longtemps, depuis vingt-cinq ans au moins, exactement depuis le jour de leur mariage. Soudain, ils démasquaient leurs batteries. En dehors de ma mère, personne ne pensait aux prodiges d'économie que cet exploit représentait. Ce que je puis avancer comme certain, c'est le prix de ces divers meubles. L'armoire à glace et la commode se montèrent à la somme globale de deux cent dix francs. Quant au buffet, acheté à part, il coûta soixante-cinq francs.

Ma mère le désirait petit, verni, avec le corps du haut vitré. Elle en dépistait à son goût dans les catalogues. Mon père ajournait l'achat ; je crois que la seule pensée d'affronter le vendeur l'épouvantait. Il se savait, par expérience, incapable de résister aux sollicitations polies des voyageurs de passage, photographes ambulants, placeurs d'estagnons et de montres. Il disait : « Attendons

Émilienne ! Elle connaît ces affaires mieux que nous ! »

On attendit la venue d'Émilienne, dont le goût devait être souverain. Elle était dame-employée à Paris ; pour conter l'histoire de cet achat, j'ai dû faire un saut de plusieurs années en avant, et comme pour nous tous, la vie avait singulièrement marché pour ma grande sœur. C'était devenue la préférée de mon père, celle dont la douceur, l'indulgence, l'optimisme, une certaine légèreté enfin, répondaient le mieux à ses sentiments et à sa conception de la vie, celle qui lui ressemblait évidemment le plus, de cette ressemblance morale qui crée les affinités et forge les liens les plus sûrs. À cette époque, elle se rappelait à nous par des lettres à la grosse écriture penchée, en encre de couleur, écrites sur du papier parfumé, et qu'elle signait Mily...

Pendant ce temps, on cherchait une place pour le buffet dans le « salon ». On tomba d'accord pour estimer qu'il fallait que le meuble se vît tout de suite en entrant dans la pièce. Le grand panneau au bout duquel s'ouvrait la chambre de mes parents parut devoir fournir un emplacement idéal. Mon père fit remarquer que, placé de la sorte, le buffet se refléterait en partie dans la glace dont on modifierait l'inclinaison. Personne ne doutait qu'il ne se fût initié dans la fréquentation des riches. N'avait-il pas été dans sa jeunesse quelque temps précepteur de la fille d'un maître de forges ?

Enfin, Mily arriva. Elle m'embrassa le premier parce que j'arrivai dans ses bras avant tous les autres. Elle était parfumée exactement comme ses lettres ; la tiède haleine de sa fourrure me grisa et m'attrista simultanément. Puis, elle défendit sa robe des assauts tumultueux de Top — un jeune chien dont les joies avaient quelque chose d'exaspéré qui aveuglait un moment sur ce qu'elles avaient de pur —, sauta au cou de mes parents, un peu pâles, et qui recevaient les baisers sans les rendre, puis au cou d'Alice presque intimidée par sa transformation, et s'arrêta un instant, interloquée, devant Robert, réservé et calme, à peine ému, si grand et si fort déjà, qu'il la faisait hésiter sur les formes qu'elle allait donner à sa tendresse...

Ma mère, qui s'intéressait volontiers aux voyages des autres, aux récits de naufrages et de catastrophes ferroviaires, et dont l'imagination brodait ferme sur ces sujets, avait les déplacements en horreur. Elle ne quittait à peu près Sainte-Marie qu'une fois l'an, pour se rendre avec nous à Cassignan, et même cette agréable diversion à ses penchants casaniers la plongeait dans une fièvre qui ne s'estompait que lentement. Aussi, malgré qu'elle mît en doute le sang-froid de mon père devant les marchands, elle le persuada de se rendre à Perpignan à sa place... Mon père accepta, tout heureux de s'évader et de paraître indispensable ; il promit enfin de se retrancher derrière l'opinion d'Émilienne.

Ils revinrent de Perpignan le soir. Mon père se lissait la moustache et souriait ironiquement parce que ma mère le harcelait de questions.

— Elle t'expliquera, disait-il, en montrant ma sœur, occupée à se dévêtir et à se déchausser avec des rires et des grimaces de soulagement.

Et il posa, comme distraitement, sur la table, pour que chacun pût s'en offrir sans façon, quelques poignées de noisettes grillées, achetées à la dernière minute sur le quai de la gare ; il ne mettait ni grâce ni ostentation dans ses offrandes, de même qu'il affectait de déprécier les cadeaux qu'on lui faisait...

Le buffet n'arriva que trois jours après, par une voiture de livraison. Il était verni, d'un ton rouge, et veiné au pinceau. Il semblait ridiculement léger et fragile. Ses vitres chevrotaient. On ne prononça pas un mot tant que les livreurs furent dans la maison. On sentait que la moindre parole, comme la moindre brutalité, lui eût été fatale. Mais un peu de déception passait dans tous les yeux... Ce n'était évidemment pas du noyer, ni du chêne ; c'était du bon petit merisier bien raboté, sans nœud, tout coloré et chantant. Tout s'expliquait par la modicité du prix... Ma mère, les livreurs partis, resta un instant suspendue aux réflexions des uns et des autres. Peut-être évoqua-t-elle un instant les meubles anciens et massifs au milieu desquels elle était née, mais cela ne parut pas. Elle trouva le buffet très joli, et après avoir épousseté les étagères et les tiroirs, elle y rangea aussitôt sa vaisselle de Sarreguemines et son couvert en ruolz...

La cuisine était comme le cœur de la maison. On s'y rencontrait aux repas, à la veillée, et tout le long du jour, autour de la table, du feu, des nouvelles. Le soleil l'éclairait de son lever à son coucher. Elle était elle-même peuplée de soleils de cuivre et de fer-blanc, de reflets de cruches, de pots, de bols, de briques, de toile cirée. Elle était pleine d'odeurs, de bruits et de mouvement. Au centre de cette animation et de cette lumière, un peu dépeignée, un peu affaissée dans ses peignoirs de satinette ou de coton, ma mère régnait familièrement sur cet univers et s'identifiait étroitement à l'image qu'un enfant se fait d'un dieu lare.

La cuisine communiquait avec le « salon » et la chambre d'enfants. Ces trois pièces n'avaient rien de secret pour nous. Ma chambre était blanche et ensoleillée ; elle donnait sur le jardin, et très loin, sur la montagne et la mer. À la tête du grand lit, dans un cadre noir, un saint Jean-Baptiste de couleurs vives enlaçait tendrement un agneau frisé et tout blanc. Deux autres tableaux, achetés à des camelots italiens, représentaient des jeux de chats : dans l'un, tout un flot de minets s'empressait autour d'un coffret renversé d'où croulaient rubans, dentelles et bijoux ; dans l'autre, c'était d'un sachet débordant de dragées et de pralines de toutes couleurs que les chatons étaient venus à bout. Chacun de nous avait choisi son chat. Le mien était tout blanc, avec le bout du nez rose.

La chambre de mes parents était la seule pièce isolée de la maison. Les bruits de la cuisine n'y parvenaient qu'étouffés. Je m'y rendais assez souvent, à cause du placard plein de surprises et de la chapelière qui, entre deux voyages, faisait office de fourre-tout, et était comme le berceau et la tombe de toutes les illusions familiales.

Cette chambre était sévère et froide. Le soleil n'y venait qu'à la belle saison. Après cinq heures du soir, on ne s'y risquait qu'à la chandelle. C'est pour ses imperfections que mes parents l'avaient choisie ; de toutes choses, ils prenaient la moins bonne part. Les volets étaient toujours ajustés. J'y entrais subrepticement, parce que ma mère n'aimait guère qu'on vînt y mettre du désordre. Des vêtements pendaient à un porte-manteau fixé derrière la porte, et leur remuement me communiquait des frissons. Un lit ancien, une couchette de fer, une table de toilette en bois blanc, aux pieds masqués par un volant de cretonne, constituaient l'essentiel du mobilier. Les murs étaient blanchis à la chaux. Là, se penchaient au bout de leur attache de fil de fer des agrandissements de portraits de mes parents. C'étaient d'affreuses images, sans vie, sans art, sans ressemblance, et signées d'un photographe renommé. Dans l'ombre, elles vivaient tout de même assez pour impressionner. Lorsque je venais commettre quelque indiscrétion, il me semblait que leurs yeux me suivaient dans l'obscurité, et j'y discernais de la réprobation et du chagrin. Mais il suffisait d'entrouvrir les volets pour que toute sévérité s'évaporât de ces visages.

Un peu plus tard, à peu près vers l'époque où le buffet fut acheté, apparurent sur les murs les premières peintures de Clément. C'étaient des petits paysages : un Canigou trop blanc et sans volume, Sainte-Marie sous deux aspects contrastés, les Albères dans ce qu'elles ont d'austère, de noir et de secret, dans leur vraie poésie, avec un ciel vert, délavé, troublant, dramatique, tel qu'on en voit dans la bonne peinture espagnole... Hormis mon père, on ne prêtait qu'une attention polie à ces petites toiles, enlevées en plein air, sur des chevalets de fortune. Toute l'admiration des visiteurs était requise par d'immenses copies de tableaux de maîtres, tirées par Clément de cartes postales et de chromos, et traitées dans la couleur avec une juvénile liberté. Il y avait *Diane surprise au bain*, *Le Dernier Jour d'Archias*, *Le Puits mitoyen*, celui-ci plein de grâce et d'harmonie.

Le Dernier Jour d'Archias ornait le « salon ». Le centurion qui apportait les mauvaises nouvelles conquérait tout le monde par sa prestance, sa mâle énergie, sa vérité. Il s'enlevait vigoureusement sur un décor aux fastes de carton, et son message vivait positivement dans sa main tendue. Un peu comme un guide qui répète un topo, mon père ne manquait jamais de conter l'aventure de ce roi Archias, victime de son insouciance et de sa candeur, et, à notre grande surprise, elle faisait toujours sensation et provoquait des commentaires qui variaient avec la qualité des visiteurs... *Diane surprise au bain*, en raison de ses audaces, avait été reléguée dans la chambre de mes parents. Lorsque mon père poussait la porte pour le faire admirer, ma mère cachait mal son mécontentement. Le prince Actéon, transformé en cerf, gisait tristement près de son carquois, et toutes les dames de compagnie de Diane se dénudaient à qui mieux mieux, leurs seins et leurs croupes arrogamment surgis de leurs voiles, pour garder la divine chasseresse des regards indiscrets ; mais leur zèle, figé sur la toile pour l'éternité, laissait la déesse, intégralement, magnifiquement nue... Si, par malheur, un lit était encore défait, ou que le vase de nuit, qu'on repoussait parfois sous le lit après usage, montrât par inadvertance le bout de son oreille, ma mère partait en éclats et traitait mon père d'imbécile. Sur le coup, mon père acceptait en riant ces rebuffades ; il feignait de se méprendre — ou peut-être était-il de bonne foi — sur le sens de ces protestations, et je me souviens qu'une fois, devant un groupe de demoiselles gloussantes de gaieté, il dit cette chose qui me troubla :

— Tout ça parce que Diane montre son papillon !

36

Le jardin était situé derrière l'école, en plein midi. Il avait été taillé, par quelque prédécesseur de mon père, dans le grand rectangle bordé de murs de la cour de récréation. Une clôture, faite de roseaux entrecroisés et taillés en biseau, l'entourait. De la maison, on y descendait par deux marches d'ardoise qui servaient tour à tour de banc, de lavoir, de tableau.

Notre jardin avait ses hauts et ses bas, correspondant aux hauts et bas de mon père, dont ma mère réchauffait l'enthousiasme défaillant en lui faisant valoir les réussites horticoles de M. Espériquette, le facteur-receveur, ou en l'indignant, au retour du marché, avec le prix des légumes.

Mon père ne se débraillait pas facilement et accomplissait les besognes les plus vulgaires en faux col et souliers fins. C'est tout juste s'il consentait à enlever son veston pour bêcher le jardin ; lorsque l'acier déterrait un gros ver blanc, de la répulsion se peignait sur son visage ; d'un revers de la bêche, il projetait la larve sur le chemin ; c'est moi qui la tuais, de loin, à coups de pierres, et frissonnant de dégoût... Cela n'empêchait pas notre potager d'entrer, dès avril, dans une prometteuse exubérance. Il y avait le carré des pommes de terre que j'aimais voir exhumer en extraordinaires portées grouillantes, leurs petits yeux éblouis par la lumière, lorsque d'un coup profond l'acier les ramenait de leur nuit avec un cri soyeux... Il y avait le carré des tomates, dont les plants, ficelés à des tuteurs, se convulsaient et s'échevelaient comme humains au pilori... Il y avait le carré des petits pois, aux rames d'un vert frais et tendre, emmêlées comme une tignasse... Il y avait le carré des salades : laitues aux feuilles érigées et craquantes, escaroles frisées comme des trottins... Il y avait le carré des choux, d'abord repliés et denses, puis montant, s'évadant, s'effeuillant par le bas, jusqu'à devenir laids et maigres comme des adolescents... Des aulx et des oignons émergeaient en poignées de verges. Le persil foisonnait. Il y avait la végétation grimpante et anarchique, et ma considération la plus vive allait aux artichauts dressés comme des flambeaux au-dessus d'un cortège, aux choux-fleurs ronds, grenus, crémeux et fermes, aux asperges perdues dans les fines crinières de leurs verdures... Ceux-là étaient des produits de luxe que mon père entourait d'attentions et de soins, dont quelques-uns leur étaient parfois néfastes, dont les avortements étaient mis à son compte, mais dont la belle venue le remplissait d'orgueil...

Mais toute cette végétation utilitaire ne retenait vraiment mon attention que lorsque j'étais prié d'aider à l'arrosage, ou que l'on m'envoyait à la cueillette. Maman me priait d'aller chercher des tomates ou des oignons. Elle apparaissait parfois à la fenêtre et, de haut, dirigeait mes recherches ; j'avais beau m'acquitter judicieusement de ma tâche, elle disait : « Enfin, ça ira... » et me laissait rarement de la fierté. Parfois, mon père m'imposait de petites besognes, et alors mon plaisir se mitigeait d'un peu de dépit...

Il y avait des fleurs le long du mur de la maison. C'étaient des rosiers ronds, bien en chair, aux grosses roses bercées de vent, des dahlias alvéolés, tournés obstinément vers le soleil, et, à cause de leurs géométries et leurs manies, un peu bêtes… C'étaient des touffes de marguerites, écarquillées et candides, comme des yeux d'enfants, d'œillets passionnés, fidèles, généreux de leurs pourpres comme du meilleur de leur sang… Je me glissais entre deux massifs, à l'écart de l'évier qui lâchait de temps à autre son pissat bruyant et trouble. Là-dessous, je me trouvais submergé d'impressions, comme dans une église pleine de rumeurs et d'odeurs, de marmottements et d'encens. Les abeilles pullulaient ; des guêpes plongeaient dans les corolles, le corps cassé en deux, dans le mouvement gracieux du plongeur à la sortie du tremplin ; des insectes inconnus volaient, rampaient, pendulaient, trottinaient. C'était une agitation intense, un labeur forcené et obscur de coulisses qu'on ne soupçonnait pas au-dehors, sur la scène ensoleillée où les roses faisaient des grâces. C'étaient des odeurs de terreau et de sève, des odeurs terrestres et humbles, dominant l'odeur des fleurs, aérienne, futile, et soi-disant chargée de mission… Je sortais de là abasourdi… Je comprenais le drame de « la femme au tilleul ». C'était une pauvresse du village qu'une châtelaine des environs louait chaque année pour la cueillette du tilleul. Tout le jour, perdue dans le feuillage, les fleurs et le soleil, dans le ronron des abeilles et la senteur entêtante du miel, elle ressentait des malaises. Elle lâchait la branche, et tombait. Mais elle avait pris la précaution de s'attacher une corde sous les aisselles, et on la trouvait suspendue, toute saoule de parfum, de musique, de vertige et de lassitude...

À notre arrivée, il n'y avait qu'un arbre dans le jardin. C'était un abricotier malingre ; mon père l'avait entrepris comme un grand malade qu'il était. À force de soins, il en avait fait un arbre assez bien-portant, mais qui attend une occasion pour mourir. Il était taillé en forme de coupe, pimpant comme un bouquet, mais ses feuilles se crispaient et rougissaient dès le milieu du printemps. Non seulement il vivait, mais il donnait des abricots tavelés, ratatinés, souffreteux, qui lâchaient la branche d'eux-mêmes, et si sucrés, si délicieux qu'on en aurait pleuré de surprise et de gratitude.

Les treilles de chasselas étiraient leurs bras maigres le long des fenêtres de la classe. Mon père leur imposait une gymnastique hasardeuse pour qu'elles ne masquent pas la lumière ; elles donnaient du raisin précoce et blanc que les moineaux ravageaient.

Les treilles de muscat couraient le long d'un mur mitoyen qui séparait notre jardin du jardin de l'institutrice. L'école des filles était la réplique exacte de l'école des garçons, mais le jardin de l'institutrice était moins bien tenu que le nôtre ; elle réservait, en effet, tous ses soins à un potager situé sur la grand-rue. Elle s'appelait Mme Deslinières, mais sous l'impulsion de mon père, nous lui donnions son nom de jeune fille : la Gounar, au relent naturaliste et qui lui allait mieux.

La Gounar était fâchée avec mes parents. À cause de cela, son jardin prenait pour moi un caractère mystérieux. Dans un angle, il y avait un bassin semblable au nôtre, mais dont les eaux restaient croupissantes et verdâtres ; au fond, se distinguait avec peine le conduit, doté d'un robinet, qui amenait une eau miraculeusement claire dans notre bassin. J'étais fort intrigué par cette singularité ; je passais la tête par-dessus le mur pour mieux examiner ce système parcimonieux contre lequel mon père maugréait, et qu'il soupçonnait la Gounar de saboter. Puis, je m'enhardissais et sautais sur la margelle du bassin ennemi. Mon cœur battait fort. J'épiais d'un œil cru, sans complaisance, ce lieu interdit et abandonné où quelques chrysanthèmes s'ébouriffaient comme des perruches tristes, le long d'allées négligées. Des poules s'arrêtaient de picorer que je trouvais plus particulièrement stupides ; mais je m'abstenais de faire un mouvement qui pût les formaliser. Dès qu'un bruit ou qu'un mouvement animaient cette terre hostile, je regagnais précipitamment mon domaine. C'était parfois Élise, la fille de l'institutrice, qui venait jouer dans le jardin en faisant sauter ses nattes ; ce n'était parfois que le juron indigné d'un vieux coq atrabilaire et visiblement de mèche avec sa maîtresse... Parfois encore, il me semblait voir le rideau s'écarter, là-haut, à la fenêtre de la cuisine, et j'apercevais la figure satanique de la Gounar esquisser ce que j'interprétais comme une grimace et qui était peut-être un sourire...

Les plus beaux muscats se miraient dans l'eau de notre bassin. Je les tenais à l'œil. Je connaissais chaque grain de chaque grappe. Lorsque j'en jugeais un de mûr, de comestible plutôt, je le mangeais. Comme les grains qui mûrissaient les premiers étaient les plus gros et les mieux exposés de la grappe, chaque soustraction laissait un vide au fond duquel, comme un petit œil vif, le pédoncule m'accusait. Je m'ingéniais à cueillir le grain sans laisser de trace ; pour cela, je le faisais tourner entre mes doigts jusqu'à ce que l'attache cédât ; si elle résistait, je la pinçais entre mes ongles. Cela dégénérait parfois en catastrophe ; plusieurs grains arrachés tombaient dans le bassin avec un floc de caillou, et se mettaient à flotter entre deux eaux, hors de portée de mes mains. Une fois, m'obstinant à les repêcher, j'étais tombé dans le bassin. À mon père, accouru à mes cris et m'interrogeant, j'avais dit ce seul mot qui résumait tout le drame : muscat ! Durant de longs mois, on me mettait au comble de la confusion en répétant ce mot ; ma mère et Robert en usaient plus que de raison. Pour me venger, j'appelais Robert : Bertin ! Je ne sais pourquoi, Bertin était considéré par Robert comme une injure impardonnable. Alors, il usait d'un argument dont rien n'avait pu émousser l'effet. Il me disait, à voix basse, pour que personne d'autre que moi n'entendît : la poule ! Sous le coup, je m'effondrais dans la honte.

Voilà qui n'est pas gai à avouer... Tout

jeune, à cinq ans, peut-être, je m'étais un jour avisé de saisir une de nos poules, et tout étonné qu'elle ne protestât point, je lui avais introduit un bâtonnet dans le derrière, ce derrière dont on m'affirmait qu'il sortait des œufs... La malchance avait voulu que je fusse dérangé dans mon expérience et que je dusse abandonner la poule précipitamment. Je ne pensais d'ailleurs pas que cela pût avoir des suites fâcheuses, ni pour la poule, ni pour moi, lorsque, au repas du soir, ma mère, qui avait la manie de fourrer au derrière des poules ses propres doigts, osa se lamenter d'avoir mis au monde un enfant qui s'annonçait comme devant n'être qu'un vulgaire petit cochon... Cette turpitude, si j'ose appeler de ce grand mot ce souvenir freudien, a assombri bien des heures de mon enfance, et peut-être est-ce obscurément pour me la faire pardonner que je la conte...

37

Une porte mitoyenne, que j'avais toujours vue consignée, séparait les vestibules des deux logements de l'école. De notre côté, en plus de celle de la cuisine, une deuxième porte s'ouvrait sur la salle de la mairie. À de petits bruits insolites, nous devinions Mme Deslinières, dite la Gounar, aux écoutes. Elle vivait l'oreille collée au panneau, car depuis belle lurette le trou de la serrure était obstrué par des noyaux de cerise que nous y avions glissés.

Petite, boulue, toujours vêtue de noir, la Gounar était deux fois veuve. Elle avait une figure revêche, de peau épaisse, avec un bout de nez rougeaud et rond, de petits yeux fulgurants et noirs, et portait, sur le sommet de la tête, un chignon menu comme une gousse d'ail miraculeusement prélevé sur une chevelure indigente et roide... Elle marchait à pas feutrés, les chairs tressautantes, et s'en venait tricoter des heures entières sur le palier, attentive aux rumeurs qui venaient de chez nous, et plus particulièrement aux bruits de la mairie où se débattent, comme on sait, les plus importantes affaires du village. Nous la devinions là, au frottis obstiné de ses aiguilles, au remuement de ses pantoufles, à un cri de sa chaise, à quelque grommellement qu'elle laissait échapper de temps à autre, pour se soulager... Nous ne la dérangions pas trop. Même derrière une porte, elle nous faisait peur. Cependant, il nous venait parfois des accès de bravoure ; nous faisions alors jouer brutalement le bec-de-cane, ou nous cognions le bois à grands coups. Nous l'entendions se dresser, racler son mépris à pleine gorge et cracher quelque part, devant elle...

La Gounar et mes parents étaient fâchés depuis mon plus jeune âge, cela fait que je n'ai jamais eu l'occasion de l'approcher. C'était pour moi un personnage mystérieux et redoutable ; mes sœurs, qui avaient quelque temps fréquenté son école, la craignaient tout autant. Mon père nous la représentait comme une femme avaricieuse, intéressée, méchante, « capable de tout » ; les adoucissements que ma mère croyait devoir apporter à ce portrait le mettaient hors de lui. À la fin, mes parents se disputaient. Sans s'en douter, la Gounar troublait de temps à autre l'harmonie de notre foyer et était ainsi privée d'une volupté qu'elle prisait entre toutes.

Je ne suis pas sûr que le caractère de la Gounar fût si complexe ni si noir qu'on le prétendait. Elle semblait être le jouet d'une intense, d'une incurable curiosité. Une école de village est un centre d'observation de premier ordre : lorsqu'elle renferme le secrétariat de mairie, elle devient une position unique ; il ne reste plus guère qu'à s'assurer de la cordialité du curé, et pour peu qu'il soit bavard, ou simplement débonnaire, on peut entrer à sa suite au plus secret des consciences villageoises. Or, la Gounar, qui était l'amie du maire et une ouaille distinguée, avait pu mettre au point un système d'investigations et d'interprétations qui faisait merveille, puisqu'il lui donnait l'illusion de connaître chaque famille de Sainte-Marie aussi sûrement que si elle en faisait partie. Elle épiait, se renseignait, du matin au soir ; elle rognait sur son sommeil et sa quiétude pour ne rien manquer du spectacle. Qu'elle y trouvât un peu de plaisir, qu'elle en retirât un certain profit, voilà qui me semble légitime...

À notre arrivée à Sainte-Marie, La Gounar avait marqué une vive sollicitude à mes parents ; elle les avait mis en garde contre la plupart des familles honorables du village ; elle tenait liste des gens honnêtes et des malhonnêtes, des bons et des mauvais, de ceux qui « donnaient », et de ceux qui « ne donnaient pas ». Dans tous les postes où elle était passée, la Gounar prétendait avoir été gâtée par les parents de ses élèves : lapins, volailles, saucissons, légumes, et aux lendemains du certificat d'études, un cadeau collectif ; voilà qui l'avait fortifiée dans l'amour du travail et lui avait laissé le goût des récompenses... À Sainte-Marie, elle ne connaissait que des ingrats ; il fallait leur arracher son dû.

En retour, mes parents se confiaient naïvement. Les choses n'avaient pas tardé à se gâter. La première, ma mère s'était avisée du mauvais emploi que la Gounar faisait de leurs épanchements. Des voisins les boudaient ; des habitants venaient exprimer des doléances auxquelles ils ne comprenaient tout d'abord rien. On ne démasquait la Gounar qu'à la longue ; elle laissait de si légères traces que mon père n'acceptait pas de croire à sa perfidie.

Enfin, lorsque, entre le village et mes parents, la glace fut rompue, qu'on put leur parler à cœur ouvert, ils apprirent de telles laideurs qu'ils en restèrent étourdis de surprise et de chagrin. Au premier rang des contempteurs de la Gounar, était Mossen Soubirane.

— J'espérais, disait-il, avec cet ironique sourire qui spiritualisait son affreuse trogne, j'espérais que sa qualité de bigote vous édifierait tout de suite ! En tant que voisin, je n'ai rien à dire... poursuivait-il. Absolument rien... Mais en tant que curé, je vous préviens que c'est une vieille chipie !

Et il riait, Mossen Soubirane, à en écailler les plafonds...

Mon père était, de beaucoup, le plus indigné. Il se sentait dupe. Mais, en revanche, il avait trouvé un aliment à sa verve, à son besoin de polémique. Ma mère, qui avait donné l'alarme, était maintenant obligée de l'apaiser. Durant des années, j'ai assisté à des disputes dont la Gounar était l'objet. Mon père en parlait avec un mépris cinglant, parfois grossier, et ne nous conseillait aucune prudence dans nos rapports éventuels avec elle. Ma mère s'indignait de tels propos et de tels conseils. Elle était pour la correction, le savoir-vivre et la prudence. Elle désapprouvait cette fâcherie comme des plus injustifiées, alors que le restant de la famille prenait aveuglément et passionnément parti pour le père. Les mobiles de cette attitude temporisatrice nous échappaient ; ma mère nous semblait hypocrite. Petit à petit, nous avions fait d'elle une femme tracassière et souvent injuste.

Avant que mon père les eût prises comme élèves — avec l'autorisation de l'administration —, mes sœurs avaient fréquenté l'école des filles. La Gounar les appelait « mes mignonnes », comme les autres. Parmi les attributs de son métier, elle possédait un claquoir dont elle usait avec une dextérité et une ingéniosité qui enchantaient les enfants. Tout se faisait au claquoir : un roulement, c'était le rassemblement ; un coup sec, c'était le garde-à-vous ; un battement syncopé, c'était l'entrée au pas, sur des rythmes différents ; il y avait des mesures pour rien. C'était un claquoir monstrueux, une sorte de bec de pélican, noir, luisant, poli par l'usage.

Il ordonnait, grondait, sévissait, si impérieux et bavard qu'il laissait à peine à la maîtresse elle-même l'occasion de placer un mot. Un jour, il avait même servi de bénitier.

— J'ai remarqué, avait dit la Gounar, que vous ne savez pas entrer convenablement à l'église... C'est inadmissible ! Mimi Tolère, ma mignonne, va remplir le claquoir à la fontaine...

Mimi Tolère était allée remplir le claquoir et l'avait posé sur un coin du bureau. C'était la fille du maire ; son père était en guerre avec le curé ; il ne jurait que par le père Combes. En cette qualité, elle se signa la première. La Gounar fit défiler toute la classe ; de temps à autre, elle s'effondrait dans ses jupes pour montrer comment une génuflexion vaut surtout pas la grâce ; une partie de la classe exultait, une partie pleurait, car la Gounar était exigeante...

Souvent, pour tenir la politesse en haleine, elle éternuait de toutes ses forces. Aussitôt, la classe se levait dans un retentissant : « Dieu vous bénisse, Madame ! » Et elle répondait : « Merci, mes enfants ! »

Sa fille, Élise, était grande et douce. Elle parlait à mes sœurs en cachette, et parfois me souriait. Je l'imaginais malheureuse, mais c'était sûrement une idée d'enfant. Elle avait de longues nattes qui la faisaient paraître plus grande et plus maigre qu'elle ne l'était en réalité. Je la voyais souvent, le nez collé à la vitre ; ses yeux verts brillaient comme deux étoiles au fond d'une mare. Elle était beaucoup plus âgée que moi et je l'aimais secrètement, parce qu'elle n'était jamais ironique, comme certaines amies de mes sœurs. Un jour, elle me glissa un bonbon dans la main, et je me gardai d'en rien dire. Sa mère portait toujours des bonbons dans sa poche ; elle en donnait à Alice en lui recommandant de les sucer lentement, l'asseyait sur ses genoux, et lui demandait :

— Qui est venu vous voir, hier soir, ma mignonne ? Ah ! ah ! je le savais... Un petit oiseau me l'avait dit !

Elle avait, comme cela, une nuée de petits oiseaux à sa disposition.

— Qu'est-ce qu'il a dit ce Monsieur ? reprenait-elle. Et qu'a répondu ton papa ?

Alice se gardait de rien omettre. Tous nos secrets y passaient.

38

Je revois fort bien le sucrier de la maison. Il était blanc, nacré, et coiffé d'un couvercle aux arêtes biseautées. J'y dérobais de temps à autre un morceau de sucre. Je ne l'ai connu qu'à l'époque où il avait retrouvé sa destination de sucrier. Il avait longtemps servi de cassette, et même après sa déchéance, il était entouré d'une grande considération... L'argent de la maison, je l'ai toujours vu déposé dans la « jardinière du salon ». Notre fortune gisait là, au su et au vu de tous les membres de la famille ; au début du mois, il y avait un billet de cent francs, ou bien cinq louis d'or ; le niveau allait baissant de jour en jour. Si j'en crois les souvenirs de Clément, les questions d'argent préoccupaient sérieusement mes parents ; plusieurs années après notre arrivée à Sainte-Marie, ils éteignaient encore de menues dettes laissées à Olot, chez

Ferdinand l'épicier et le tailleur. À Sainte-Marie, hormis le pain qu'on ne payait que lorsque la « taille » était couverte d'encoches, tous les achats étaient réglés au comptant. Nous étions considérés, et souvent enviés ; mais n'est-ce pas la même chose ? En tout cas, je ne me souviens pas d'avoir été mortifié par une réflexion de boutiquier, comme mon misérable copain, Mathieu Ventajou, le fils du facteur auxiliaire, à qui l'épicière avait dit aigrement devant moi : « Tu diras à ta mère que je te servirai quand elle m'aura payé ce qu'elle me doit ! » Non, on ne m'a jamais parlé de la sorte. J'en suis sûr. J'en porterais encore la marque... Si j'excepte deux ou trois démarches auprès de Mossen Soubirane, et quelques pressentiments vite dissipés grâce auxquels j'ai eu par ailleurs conscience de notre pauvreté, je n'ai pour ma part point souvenance que l'argent ait posé chez nous un problème douloureux. J'avais plutôt tendance à me considérer comme un enfant privilégié, que les lamentations de sa mère — lorsqu'il fallait acheter des espadrilles neuves ; j'ai encore dans l'oreille le ton désolé de ses plaintes, et dans le cœur il me reste un peu de cette consternation mêlée de fierté que j'éprouvais à apprendre que je n'avais pas des pieds comme les autres enfants, mais des pieds en fer ! — n'émouvaient que superficiellement, ou irritaient même. Mon père était un homme important ; il recevait de l'argent de toutes parts ; il en cachait dans son bureau ; il en avait toujours les poches sonnantes. Ma mère échafaudait en secret, un secret connu des plus petits, dans l'ombre de quelque placard, comme on fait d'un château de cartes qu'un souffle peut abattre, mais c'est un château tout de même, un magot que mon imagination et ma vanité enflaient ; pas tant que cela pourtant, puisque le jour où elle se résigna à le montrer, un jour de désarroi et de douleur mais un grand jour aussi tout de même, il se trouva atteindre la prodigieuse somme de mille francs... Notre maison était la plus belle du village... Nous possédions jardin et basse-cour... On nous comblait de cadeaux... Bon an mal an, nous tuions notre « moitié » de cochon gras... Comment l'esprit d'un enfant aurait-il pu résister à ces signes ?

Peut-être parce qu'il se trouvait à notre portée, nous avions, mes frères et moi, un grand respect pour l'argent de la « jardinière ». Jusqu'à un âge assez avancé, je n'eus jamais la tentation d'y commettre le plus petit larcin, et pourtant, il ne m'en eût pas coûté davantage que de me hausser sur la pointe des pieds et de tendre la main. Cet argent faisait partie de la communauté familiale, et je le sentais vivement, sans qu'on me l'eût dit.

Malgré certaines réactions qui eussent pu le faire juger comme avare, mon père avait un profond dédain pour l'argent, le dédain d'un homme frugal, tempérant et sage. Il eût été incapable de gérer le budget familial et s'en était remis de tout temps à ma mère. Il avait confiance ; sans doute était-ce aussi défiance de lui-même. L'argent glissait de ses mains. Lorsque ma mère le mettait en présence d'un trou à combler, d'un achat important, d'un manque de fin de mois, il faisait mine de s'étonner, se récriait même, estimant que ce n'était pas son rôle de prévoir, et ses démonstrations prenaient un caractère si véhément et si injuste que ma mère décidait de ne plus s'occuper du moindre achat. Il en était alors du budget familial comme naguère de la cuisine : durant quelques jours, mon père tenait les comptes. Ma mère aiguisait doucement ses armes ; chaque dépense était pour elle une alliée. Lorsqu'elle réclamait à mon père une somme dont le montant lui paraissait excessif, elle ne manquait pas de triompher. À la fin, voyant fondre dans ses mains louis d'or et pièces d'argent, mon père s'affolait, et un beau matin se décidait à déposer le reliquat dans la « jardinière ».

— Tu trouveras « ton » argent là-bas ! disait-il.

Et ma mère avait le bon esprit et aussi la prudence de ne point triompher trop haut...

Je me souviens d'avoir dérobé un sou dans la « jardinière », de l'avoir retourné tout un jour dans ma poche, les doigts positivement brûlés par le contact, et de n'avoir recouvré de paix qu'après l'avoir remis en place. Je devais avoir sept ou huit ans. Je supputais la douleur de mes parents bien plus que leur réprobation ; j'étais fort sensible à cet aspect des reproches ; nous indignions difficilement mon père, et lorsqu'il s'y résignait, il prêtait plutôt à rire, mais son amertume et sa tristesse devant certaines de nos fautes nous bouleversaient.

Le dimanche, ma mère me donnait un sou. C'était une jolie somme à l'époque, mais qui interdisait certaines folies. Je m'ingéniais à en soutirer un autre à mon père, sans le lui demander et sans paraître exigeant. Je le trouvais d'ordinaire engagé dans une partie de cartes, au café Cruchandeu. Je m'asseyais derrière lui. Je feignais de m'intéresser au jeu. Je le tirais de temps à autre par la manche, ou je l'appelais à voix basse, mais j'avais de la peine à attirer son attention tant il était requis par les cartes. Lorsque enfin il se retournait et me regardait, je lui souriais avec le plus de tendresse que je pouvais. Il ne comprenait pas toujours du premier coup ; parfois il était très long à comprendre. C'était tantôt par manque de psychologie, tantôt parce qu'il était préoccupé. Je n'étais pas très content de lui. Je me rapprochais, je me serrais contre lui, je devenais si insistant qu'à la fin il me lançait un regard excédé et me conseillait d'aller jouer... Certaines fois, c'était un de ses partenaires, M. Alari en particulier, un facteur-receveur nouveau dans le village, un homme plein de sang-froid, de bonhomie et de finesse, qui se permettait de lui suggérer que je voudrais sans doute recevoir mon sou traditionnel. Alors, mon père partait d'un bon rire. Un sou ! Mon sou ! Vraiment, c'était cela ! Ce n'était que cela ! N'aurais-je pas dû le demander tout de suite au lieu de me livrer à cette interminable comédie ! D'autant plus que je lui donnais chaud, depuis un moment, avec mes câlineries... Il fouillait dans sa poche, ramenait de la monnaie, et choisissait un sou. Souvent, la chance voulait qu'il n'eût pas de petit sou ou qu'il se trompât et c'était un gros sou, une somme folle, qui tombait dans mon escarcelle...

Le soir, sous la lampe, il fallait éviter de faire allusion aux divertissements du jour, il fallait écarter du tapis cette question de sous, afin que ma mère ne connût pas le chiffre de mes dépenses et ne m'accusât pas de nocer... Heureusement pour moi, Robert était souvent dans le même cas, et Alice elle-même avait exercé ses séductions. J'avais des complices. Malgré cela, nous avions fort à faire, car mon père ne tenait nullement à cacher ses libéralités et n'avait jamais brillé par la discrétion...

De même qu'à Malère, mon père vendait les fournitures scolaires aux enfants de Sainte-Marie. Ceux-là le payaient en argent ; deux sous le cahier, trois sous la gomme, un sou le crayon. Cela n'empêchait pas le crédit de marcher bon train, et les barres à l'encre rouge de s'accumuler devant certains noms.

Mon père conservait les recettes dans son bureau. C'était là aussi, dans une tabatière de cuir rouge et vert qu'il avait réformée pour la remplacer par une blague en caoutchouc, qu'il déposait, pêle-mêle, les versements des mutualistes, le montant des quêtes scolaires et des études surveillées. Il fermait le bureau à clef, mais oubliait souvent la clef sur la serrure. J'y fouillais en son absence et faisais de passionnantes découvertes : craies de couleur, bâtons de cire verte et rouge, encres en poudre, ardoises et règles neuves, et les bouts de ficelle, les pointes, les écrous, les pitons, que les élèves lui apportaient. Je remettais scrupuleusement ces objets à leur place après m'en être diverti. La première fois que je prélevai un petit sou dans la tabatière, je n'eus pas conscience de mal faire ; quelque chose en moi s'était émoussé depuis mon premier larcin dans la « jardinière » ; peut-être comptai-je avec certitude sur l'indulgence de mon père ; peut-être eus-je la naïveté de croire qu'il ne s'aviserait pas d'un si petit prélèvement. Mais je comptais sans la tentation. Le vol du petit sou fut suivi d'une infinité d'autres. Et un soir, au repas, arrivant tout soucieux de faire ses comptes, mon père marqua sa surprise de ce qu'il manquât dans sa tabatière plusieurs francs, une somme qui me parut monstrueuse. Je gardai assez de présence d'esprit pour voir Robert pâlir affreusement à l'autre bout de la table, et partager amplement avec moi les affres de la peur et du remords...

À partir de ce jour, je trouvai le bureau cadenassé. Les reproches de mon père n'eurent pas d'autre illustration. Mais une redoutable habitude était prise. Je tournai souvent autour du bureau ; j'en vins à exercer des pressions sur le couvercle, à essayer de faire jouer la serrure, pris entre le désir et la peur qu'elle cédât. Aux extrémités de la tablette, les encriers d'encre rouge et noire étaient logés dans deux trous ; un jour, j'imaginai d'introduire dans l'un d'eux un fil de fer terminé par un crochet, et après de longs tâtonnements à travers les objets que contenait le bureau, je parvins à amener la tabatière à portée de mes désirs ; une série d'efforts ingénieux au cours desquels intervinrent un aimant trop faible, un nœud coulant, une règle enduite de pâte à modeler, me permit enfin d'y puiser une pièce. C'était une pièce d'argent. Je balançai longuement, puis je la gardai. Mais je ne répétai plus cet exercice trop périlleux par crainte d'un scandale...

Je ne me procurais pas seulement de l'argent avec des expédients et des ruses de cette sorte. Il y en avait que j'acquérais honnêtement, en compensation d'un travail ou d'une industrie. J'étais chargé de pourvoir à la nourriture des lapins, et, à cet effet, ma mère m'avait acheté un amour de serpette au manche blanc ; je possédais aussi un petit véhicule pour ramener mes récoltes, une caisse à savon montée sur quatre roues de bois plein, qui criaient à tue-tête autour de leurs essieux. En récompense, je vendais les peaux de lapin à mon compte...

Lorsque l'osier sauvage était arrivé à maturité, je ne manquais pas d'en faire cueillette, mêlé aux enfants du village. Nous connaissions les oseraies drues et de qualité. De grandes personnes nous concurrençaient, et parfois nous interdisaient leurs terrains de chasse, comme de grands fauves dans la jungle. Malgré cela, nous troussions d'énormes fagots sous le faix desquels nous arrivions exténués. À la maison, on pelait l'osier avant que l'écorce eût séché ; à l'aide d'un morceau de bois souple et formant tenaille, on déchiquetait le bas de la tige, puis on la retournait, et, d'un coup nerveux et soutenu, on la dépiautait de bas en haut. C'était un travail mécanique, qui commençait dans les rires et les chansons, et qui finissait dans l'écœurement, le front suant, la bouche amère, les mains crispées et saignantes de cals. Plusieurs heures d'efforts nous laissaient une bonne courbature, et un ridicule fagot de tiges pelées et humides qu'on laissait sécher, et qui diminuait encore de poids et de volume. Lorsque le vannier de Moret était annoncé, je n'osais lui apporter ma récolte, tant elle jurait à côté des « faix » de certains spécialistes du village. Ma mère ne jugeant pas convenable d'aller commercer aux yeux de tous, c'était une voisine qui se chargeait de vendre mon paquet. C'étaient parfois trente, quarante sous qui tombaient d'un coup dans ma poche !

Le rapport des vendanges était assez décevant, mais il comptait tout de même. Frédéric Bise, un petit propriétaire de la rue des Écoles, le père de mon copain Frédéric Bise, et grand ami de mes parents, qui cueillait en famille, nous attelait, Robert et moi, à un sillon. À deux, nous abattions la besogne d'un homme. Nous emportions une tranche de fromage de Hollande pour le goûter. On nous payait chichement, mais il y avait le prix de l'amitié : on gâtait mes parents avec un panier de raisins blancs. Nous nous savions condamnés à un certain dilettantisme... N'empêche qu'à la fin des vendanges, nous nous trouvions à la tête d'une petite fortune...

Nous déposions notre argent dans des tirelires. Celle de Robert était en fer-blanc, et cabossée par les pressions et les tentatives d'effraction qu'il lui faisait subir. La mienne était un petit moutardier blanc duquel émergeait une cuiller de faïence. Je comptais et recomptais mon avoir. La vanité de l'argent m'apparaissait soudain par éclairs ; mes sœurs entretenaient ce sentiment et me poussaient à des générosités. Je me sentais un peu dupe, mais je versais de l'attendrissement dans tous les cœurs ; c'étaient des instants délicieux... Robert était dépensier et je m'avisais qu'il puisait dans ma tirelire. Ma mère s'indignait et s'offrait à gérer mon argent. Elle y mettait un parfait scrupule. Mais, quelquefois, par un raisonnement auquel il n'y avait pas grand-chose à reprendre, elle parvenait à me dégoûter d'une fantaisie que je me promettais de satisfaire, pour me convaincre d'acheter une paire d'espadrilles ou de sabots... Là encore, je devais faire effort pour cacher ma déception. Et je ne pense jamais aux tirelires qu'avec le sentiment mélancolique qu'elles ne sont belles que vides...

39

Une grande nouvelle passa sur la famille aux grandes vacances de 1908 : Clément venait d'être reçu au concours des Postes et était nommé à Paris, à Paris 5, plus précisément... Son départ devenait une question de jours, d'heures peut-être, car il avait été admis en bon rang. Déjà, la fièvre s'emparait de nous. Des discussions, auxquelles venait se mêler M. Espériquette, en qualité de spécialiste postal autant que de voisin, s'engageaient sur la signification de ce chiffre 5.

— Cela doit vouloir dire : 5e arrondissement ! risquait M. Espériquette, après de longues cogitations.

Aussitôt, mon père se ralliait à cette hypothèse et recrutait dans sa mémoire tous les souvenirs de Paris qui pouvaient se rattacher au cinquième arrondissement. Sa connaissance de Paris était lointaine, incertaine, brumeuse, et cela ajoutait au mystère de ses évocations.

— Le 5e... le 5e... disait-il, c'est un bel arrondissement ! Ce ne doit pas être bien loin du Pavillon de Flore !

Ce Pavillon de Flore ! Nous en avait-il assez rebattu les oreilles ! Avec deux ou trois cathédrales et quelques hauts monuments, il représentait, que dis-je, il personnifiait tout Paris. Il avait eu le privilège de le voir flamber, et comme tel, il méritait en effet de surgir des ténèbres de son souvenir...

M. Espériquette devenait modeste. Un tremblement s'emparait de ma mère, et Clément se vouait tout entier à l'orgueil...

Quelques jours après, nous apprîmes, de Fontfrède, que Bounoure, un camarade de Clément, était nommé à Paris 85. Il n'en fallut pas moins pour dérouter tous les projets et tous les rêves échafaudés dans le cinquième.

En attendant son départ, Clément paraissait impatient ; il y avait en lui quelque chose de triomphant, de plus fort que son inquiétude. Il allait aborder Paris et, qui sait, peut-être se mesurer avec... Il passait des heures à La Clairière, d'où l'on pouvait voir circuler le train qui l'emporterait là-bas. Il me l'a confié plus tard ; il imaginait un Paris étincelant, prodigieux, fantastique, un Paris comme aucune carte postale n'en peut proposer... Il irait au spectacle. Il s'habillerait au goût du jour. Il parlerait comme M. l'Inspecteur primaire, le plus haut personnage qu'il eût approché jusqu'alors... Celui-là prononçait râteau comme gâteau ; il disait : mourrrir, comme s'il ne suffisait pas d'un r pour trépasser ; dans sa bouche, un veau devenait in voû, et on avait dû lui conseiller d'abandonner la dictée du certificat d'études, parce qu'une fois, un lopin de terre était devenu, tel au papier qu'à sa bouche : inlopedter, c'est-à-dire, dans l'esprit des candidats, une sorte de réplique à un certain lapis-lazuli qui infestait les textes de l'époque...

À son retour pourtant, il se garderait d'avoir honte de nous, j'en étais sûr ; il ne feindrait pas d'avoir oublié sa langue natale ; il n'irait surtout pas, comme certain calicot de Moret, s'aviser de demander, à sa descente du train, le chemin de notre maison... Mais il ne lui déplairait absolument pas d'entendre les paysans de Sainte-Marie lui dire : « Comme tu parles serré, maintenant ! »

De Sainte-Marie à Paris, il y a près de mille

kilomètres de voie ferrée, et des centaines de gares. Clément les savait par cœur. Sa nouvelle profession l'exigeait. Avec l'aide de précis ingénieux, il avait mis en vers la plupart des itinéraires postaux de France et des colonies. Le célèbre :

Orléans, Beaugency,
Notre-Dame-de-Cléry,
Vendôme, Vendôme...

semblait avoir inspiré cent répliques aux poètes de l'exploitation postale, et je me souviens encore de celle-ci brûlant fiévreusement les étapes d'un circuit :

Anzin, Denain, Le Cateau, Landrecies,
Aulnoye, Maubeuge, Fourmies...

À lui seul, cet exercice suffisait à me montrer à quelle gloire vertigineuse courait Clément, à quels périls, hélas, aussi...

Parfois, nous poussions ensemble jusqu'à la station du village. Là, cependant que Clément et le chef de gare, entre pairs, parlaient du monde, j'allais examiner les rails de la voie unique. Ils formaient une magnifique ligne droite de plusieurs kilomètres. Le train apparaissait à l'horizon comme un point noir, et avançait lentement, silencieusement, glissant comme le mercure des thermomètres. Je collais mon oreille au rail pour l'entendre vibrer, et l'odeur du mâchefer, du goudron, de la poussière de charbon, montant du ballast et des traverses, me paraissait être l'odeur même de la vitesse et de la puissance... Je me retirais toujours à temps pour ne pas être écrasé ; c'était ordinairement lorsque le train atteignait le dernier passage à niveau, à cinq cents mètres ; le chef de gare souriait toujours en me voyant me lever précipitamment...

Le jour du départ, toute la famille accompagna Clément à la gare. Sur le chemin, mon père riait et plaisantait ; il s'intéressait à tout ce qui ne rappelait pas la séparation. Ma mère était nerveuse ; ses yeux papillotaient sans arrêt ; cependant nous devinions que son chagrin était mitigé de joie. Pour ma part, j'étais loin d'imaginer ce que le départ de Clément représentait pour mes parents. Il emportait à peu près tout l'argent du mois, et il était convenu qu'il en renverrait une partie dès qu'il aurait perçu son premier mandat mensuel, mais il allait gagner sa vie, se suffire à lui-même, alléger la charge familiale... Pour nous, ses sœurs et ses frères, c'était un événement nu, un chagrin sans compensation. Pourtant, je gardai les yeux secs jusqu'au bout. Je me faisais des raisonnements d'homme ; je m'inclinais devant cette force qui entraînait Clément loin de nous, pour son bien, pour cet avenir mystérieux qu'on évoquait si souvent ; j'apercevais fort bien ce qu'il y avait de grave et en même temps de fort et de fatal dans cet événement ; il y avait enfin la honte des faiblesses que mon père nous avait transmise ou peut-être inculquée... Tout cela se pressait confusément dans ma petite caboche endolorie de réflexions, et refoulait, retardait mon premier sanglot.

Lorsque Clément nous eut embrassés, que je le vis, accoudé à la portière, tout souriant et très pâle, et que le train s'ébranla, à grands coups de piston de plus en plus pressés de nous l'arracher, je sentis fondre en moi toutes les leçons et tous les courages. Un gros sanglot me secoua. Clément agitait sa main. Il était loin déjà, bien perdu pour nous à ce qu'il me sembla, que cette main s'agitait encore, toute menue et toute blanche. Je la revis tout le reste du jour. Je la revois encore...

Ce voyage, je le connais dans ses détails, comme si je l'avais fait moi-même. Clément l'a conté bien des fois ; il en parla dans plusieurs lettres, ces lettres magnifiques de spontanéité, où ses enthousiasmes brisés, ses désespoirs même, prenaient la couleur de l'humour et persuadaient assez bien mes parents qu'il fallait les mettre sur le compte de l'exagération...

À Fontfrède, Bounoure, affecté à Paris 85, était monté dans son compartiment. À Perpignan, ç'avaient été dix autres surnus. Ils en avaient ramassé, comme à la pelle, à Narbonne, Castelnaudary, Carcassonne. À Toulouse, une vraie chorale avait pris le wagon d'assaut. Ces Toulousains, comme ils avaient, de prime abord, abasourdi Clément ! Ils étaient bien vêtus et arboraient d'éclatantes cravates ; ils ne s'arrêtaient de chanter que pour parler de femmes et de spectacles. Un grand, élégant et parfumé, récita des monologues. D'autres, dans un jargon jovial, évoquaient pêle-mêle leurs profs, Mathélem, la Tosca, Pinsaguel. Clément se sentait submergé ; il se faisait l'effet d'un Soudanais égaré en Sorbonne. Ah ! se disait-il, si Toulouse m'écrase de la sorte, que sera-ce Paris ?... Oui, qu'allait-on exiger de lui, dans ce Paris énorme, où les jeunes gens devaient porter plus beau encore et se confier dans une langue à peu près hermétique au paysan qu'il était ? Pas des monologues sûrement ! Mais encore ?... Il ne s'était jamais posé sérieusement cette question : « Que fait un surnu à la Poste ? » La Poste, malgré les connaissances qu'on avait exigées de lui, c'était encore M. Espériquette, le facteur... Mais le contentieux, le tri, le guichet, la comptabilité, quels monstres étaient-ce ?...

Le grand Toulousain tirait justement vanité d'être le seul de la troupe à gagner Paris-Central ; il avait fait un stage dans un bureau de Toulouse ; il connaissait l'émission, la recommandation, se chicanait avec un compatriote sur une barbare question d'O.P.R., tapait des coups sur la vitre, et demandait : « Qui sait lire au son ? »... Clément s'était instinctivement réfugié auprès de Bounoure dont le front ingrat le rassurait et le consolait un peu. Hélas ! Bounoure, Bounoure lui-même, connaissait un peu de Morse et de recommandation ; il avait tout bonnement acquis ces connaissances dans le

Petit Larousse et l'Almanach du facteur ! Un moment, Clément s'était senti abandonné, perdu...

À Cahors, en pleine nuit, un petit vieux était venu faire diversion ; il s'était installé dans un coin, face à la marche, et malgré l'aigreur des coups de vent, il avait baissé la vitre. Une salve d'éternuements suivie de protestations, d'injures même, n'avait pu fléchir le petit bonhomme qui s'était contenté de décliner sa qualité de médecin, ajoutant : « Je connais l'hygiène ! » Puis, avec un calme et une autorité qui avaient ouvert à Clément de prodigieux horizons, il avait tiré une boîte de sa vareuse, s'était minutieusement vaseliné le pourtour des yeux, de la bouche, des oreilles, et reluisant comme un phoque surgi du bain, s'était rencoigné pour dormir...

On mangeait à toute heure. Un surnu de l'Ariège avait ouvert comme un missel un large pain de campagne, et l'omelette — la douzaine y était, affirmait-il — qu'il contenait en sandwich avait éclairé le compartiment de sa phosphorescence. Des bouteilles vides roulaient sous les banquettes. Soudain, sous l'effet d'on ne sait quelle griserie, le surnu de l'Ariège s'était écrié : « Nom de

Dieu ! j' vas lui en foutre de l'air à cette charogne ! » Et avant qu'on eût pu intervenir, une bouteille saisie au col avait tournoyé vers la vitre la plus proche du médecin endormi. Le vacarme l'avait à peine fait sursauter ; il avait regardé la vitre largement étoilée et s'était replongé dans le sommeil. À partir de ce moment, Clément avait eu peur. Chaque bouteille vidée crevait une vitre. Les courants d'air sifflaient de toutes parts ; ils arrivaient en coups de poing et faisaient voltiger les cravates. Le docteur s'éveilla une fois seulement pour remonter sur sa nuque son plaid qui tombait...

À Brive, le train s'arrêta dans une brouillasse glaciale ; au buffet, il n'y avait pas de boisson chaude ; Clément ne s'était pas risqué à y suivre ses camarades. C'est en jurant, en insultant l'Auvergne, ses gares, ses buffets, et à tout hasard ses médecins de campagne, que les plus hardis rattrapèrent le train en marche. La portière resta un instant ouverte ; elle oscilla, et, dans une courbe, comme le train prenait de la vitesse, se tint à angle droit comme un sauteur à la perche ; dans la courbe opposée, sur un déhanchement du wagon, elle se ferma avec une telle violence que le docteur se réveilla en sursaut.

— Que se passe-t-il ? demanda-t-il, effaré.

— On déraille ! laissa tomber Clément.

Il faisait froid. La jactance était tombée. Un grand rougeaud faisait les cent pas dans le couloir et faisait crisser sous ses souliers le verre brisé. Ceux qui possédaient un manteau s'étaient pelotonnés dedans. On ronflait, on sacrait, on se récurait la gorge, on crachait. Clément pensait à Sainte-Marie...

À Limoges, le médecin s'éveilla tout à fait, plia son plaid, regarda l'heure et descendit.

— Où qu'est son fourbi qu'on lui foute par la fenêtre ! suggéra le surnu de l'Ariège.

Mais le docteur s'éloignait, les mains aux poches...

Sur le quai, s'avançait un grand, gros et fort citoyen. On le héla.

— Par ici, l'ami ! C'est pas complet !

Le grand, gros et fort citoyen en appela un deuxième qui palpait des fermetures. Celui-là était carré de tout, de tête, d'épaules, de mâchoires, ses yeux mêmes, taillés en lucarne, étaient carrés.

— Ça doit être le frère du grand ! dit Clément. Il a reçu le marteau-pilon sur la bouillotte !

Ce Clément ! On le regardait d'un autre œil depuis quelques heures !

On s'écarta devant les deux voyageurs comme devant un couple de bœufs. C'étaient deux Limousins, lourds et placides. Ils souriaient à toute cette jeunesse.

— On va continuer ses études ? demanda le plus grand.

— Nous, on rentre à Châteauroux ! dit le petit.

— On aura juste le temps de casser la croûte ! reprit le grand en se frottant les mains, deux battoirs épais comme des jambonneaux.

Ils déballèrent leurs victuailles. Casse-croûte authentique de gens de la terre dont l'appétit n'a rien d'artificiel : un pain de quatre livres, des sardines, deux litres de rouge ; pas de gobelet, ni de serviette ; pas même un journal. Cependant que le petit taillait deux tranches dans le milieu du pain rond, le grand ouvrait la boîte de conserve, une de ces boîtes pesantes comme un pavé d'où on s'attend que surgissent des pieds truffés ou une botte d'asperges, et où on ne trouve que des sardines ! Les deux hommes les étalèrent sur leur pain, comme du beurre, les arrosèrent d'huile, et se mirent à manger sans avidité, mais avec force et décision. En plein bois, au lever du jour, ce bel appétit eût pu avoir quelque chose de touchant, mais là, à deux heures du matin, dans cette atmosphère empuantie et rance, il rendit Clément à peu près malade ; il ne pouvait détacher ses yeux de ce repas de mammouths. Le grand ouvrait la bouche comme chez le laryngologiste, poussait dedans de gros morceaux taillés en cube, et refermait la mâchoire comme un piège, en retirant vivement ses doigts ; le petit mangeait aussi en force, mais les yeux fixés sur son pain, son couteau, ses chaussures, comme s'il eût craint que quelque chose de lui s'échappât, et l'huile mettait des lueurs sur tout ce qu'il touchait. Lorsque ce fut fini, le grand tailla deux nouvelles tranches de pain, et le petit tira de sa poche une boîte semblable à la première…

Vierzon ! Le petit jour larmoyait aux carreaux restants. Le ciel était livide. Après deux heures d'un mauvais sommeil, Clément grelottait. Bounoure l'emmena au buffet. Il n'avait jamais vu de buffet ; il imaginait un long meuble devant lequel on se presse ; il tomba au milieu d'une salle bien plus grande que celle du Grand Café de Moret. Des glaces lui renvoyaient son image ; il ne reconnut pas tout de suite son visage défait. Il pensa à nouveau à Sainte-Marie, à tous ceux qui l'avaient vu partir, la tête haute, le poing fermé sur sa valise de carton. Autant que les événements les plus marquants du voyage, ce buffet le ramena au sentiment de son insignifiance.

Maintenant, la campagne défilait, morne et mouillée ; des bois, des marécages, des champs sans horizons, aussi impersonnels que des hommes sans tête, des flaques, des mares... Les Aubrais... L'air était toujours aussi froid et aussi fade, la campagne étalée à plat ventre dans ses brouillards et ses fanges... À Étampes, le wagon s'était animé ; on s'étirait, on mouillait des serviettes, on refaisait des nœuds de cravate. La fatigue avait creusé et avili les visages. Clément ressentait de l'angoisse ; il était tourné vers Paris de toutes ses fibres et il tremblait.

Le train semblait foncer plus vite. Il crevait les gares comme le clown crève le cerceau de papier. Une surprenante diversité de jardins, de villas, de bourgs aérés, de bosquets, de cours d'eau, de parcs, d'étangs, défilait, montait, s'affaissait, tournoyait. La Seine, large et tranquille, parut et s'évanouit comme un paisible sourire. Juvisy... On se faufilait sans rien heurter, mais il semblait que le convoi donnait de l'épaule de tous côtés et ricochait dans les lointains... Paris ! Clément avait empoigné sa valise ; il la tenait serrée, comme une main secourable. Paris ! Ah ! ce n'était plus le moment de faire le fanfaron !

Pauvre cher Clément ! Dans sa vie, il n'avait pas vu grand-chose : son village, qui de loin a un certain cachet, et de près est un sale petit village ; la sous-préfecture ; Perpignan, ses platanes, son square, sa Loge de Mer... Il attendait un grand coup, un immense éblouissement de ce Paris tentaculaire... Et voilà, il ne ressentait rien de grandiose, ni d'émouvant, ni d'inquiétant même. Cazenave l'accrochait au passage ; c'était un ami de papa ; c'était le pays en chapeau mou, la moustache de traviole, l'accent intact du terroir. Depuis une heure, sans Cazenave qui l'attendait, Clément se fût cru perdu... Mais maintenant ! Derrière Cazenave, c'est Paris qu'il guettait. C'était ça, Paris ? Cette humidité grise, ces murs floconneux, ce pavé gluant, ce ciel sans ciel, ces gens pressés qui ne se voyaient pas, ces cochers impassibles et tristes, ces rosses qui tournaient mollement autour d'un refuge, ces perspectives fuligineuses et châtrées, ces fleuves bitumeux, sans élan, dont la rumeur elle-même n'avait pas un sursaut ? Ah ! le petit paysan du Vallespir se sentait déçu jusqu'aux moelles et il éprouvait en même temps une espèce de sécurité.

Ils entrèrent dans un fiacre. Cazenave cria : « Rue du Jour ! » Le cocher fouetta son cheval et s'en fut du mauvais côté. « Mais ce n'est pas par là ! » cria Cazenave. Le cocher avait compris : Rue du Four... Ils débouchèrent sur le Louvre et Clément eut à peine un coup d'œil poli. Rue de Rivoli... Cette rue qui fulgurait comme un sabre dans les évocations de papa ! Les Halles... Clément comprenait par tous ses pores ; il avait lu *Le Ventre de Paris* ; c'était beaucoup plus repoussant que les pires dépotoirs de Sainte-Marie ! L'église Saint-Eustache et la rue de Turbigo... La rue du Jour ! Ô ironie !

Ce matin-là, 17 septembre 1908, Clément touchait à la notion exacte du mot : sinistre... Le fiacre s'arrêta pour laisser passer un véhicule chargé de cochonnaille livide et flasque. Des rez-de-chaussée ténébreux, sortaient de froides bouffées de pourriture : relents de bistrots, d'étals, de tabac mouillé, de chou, de marée... Rue du Jour ! Rue du dernier Jour, alors !… C'était là qu'il allait vivre ! Il était donc fichu !

— Voilà ton hôtel ! dit Cazenave.

Une porte étroite, une vraie fissure ; un escalier éclairé par un bec de gaz emmitouflé de bruine. Ils montèrent d'abord sur un tapis, les pas étouffés, comme à la cambriole ; puis, sur des marches roides et nues. Un tournant brusque. Une fausse marche. Cazenave tournait une clé dans les ténèbres. Enfin, un peu de lumière !

Cazenave s'était affalé sur une chaise et regardait Clément avec un sourire. Il était neuf heures du matin. À Sainte-Marie, à ce moment du jour, on s'abritait les yeux de la main avant de braver la lumière… Clément posa sa valise. Sainte-Marie venait de lui sauter à la gorge et le tenait. Nous étions tous là, les siens, pullulants, les yeux pleins des reflets de la tendresse. Une larme monta à ses yeux…

— Qu'as-tu, voyons ! dit Cazenave…

40

En dehors de la salle de classe, qui était un champ d'explorations et de manœuvres ouvert à toutes les surprises et à tous les vents, il y avait deux lieux de la maison où j'aimais m'isoler : c'étaient la salle du secrétariat de mairie et la chambre de mes parents. C'étaient mes greniers...

Dans la chambre de mes parents, j'y venais, tout petit, pour me fourrer dans le lit, au chaud, à côté de mon père ; il me contait des histoires à ma taille, mais souvent il préférait rêvasser, couché sur le dos, et je prenais le parti d'en faire autant, ce qui me plongeait dans un somme supplémentaire ; je jouais avec lui ; il avait la peau douce et blanche et se montrait moins brutal que Clément ; il reboutonnait sa chemise où je fourrageais ; il soufflait, protestait, mais je le sentais plus vulnérable et plus désarmé que dans la journée, et au ton qu'il prenait, je savais quand sa patience allait finir... Je lui posais des questions auxquelles il répondait évasivement, ou qui l'égayaient si puissamment qu'il en perdait le souffle ; parfois, il appelait ma mère et me les faisait répéter. J'étais très fier de leur gaieté.

C'est là que je venais réciter mon compliment du nouvel an, en chemise, les pieds nus sur le carreau, tout grelottant de froid. Lorsque ma mémoire était défaillante, mon père me soufflait ; quant à ma mère, il lui tardait que je fusse au bout de ma récitation pour me saisir et me réchauffer contre elle. Une année, j'avais confondu deux textes, et j'en avais débité un, du vieux Pasteur, qui commençait ainsi :

Ô mon père, ô ma mère, ô mes chers disparus !

que mes parents avaient écouté sans sourciller...

J'aimais aussi y venir dans la journée, pour explorer le placard. Derrière la penderie, je savais les cannes, tout un faisceau d'alpenstocks, de sticks et de gourdins, taillés dans le houx de Malère, vernis et marbrés au chalumeau, dont certains dépassaient la taille d'un homme... Il y avait la canne de voyage à bout corné. Il y avait surtout la fameuse canne à épée que mon père avait achetée lorsqu'il était instituteur à Toulouges, et avec laquelle il s'était promis d'embrocher le premier larron qui le mettrait en demeure de choisir entre l'abandon de sa bourse ou l'abandon de sa vie... Je tirais l'épée de son fourreau ; elle résistait ; elle était semée de taches de rouille qui me faisaient battre le cœur, comme la rouille du vieux boulet du musée scolaire. Mon père m'avait assuré qu'il n'avait passé cette lame à travers le corps de personne, mais j'en doutais un peu, pour mon plaisir autant que pour son honneur...

Mais plus encore que les cannes, c'était la chapelière qui m'attirait. C'était une malle bombée, à compartiments, et tapissée de papier à fleurs. Tous mes frères et sœurs l'avaient explorée dans leur enfance ; tous lui avaient arraché ou confié des secrets. C'était là qu'à Malère, Clément cachait le produit de ses maraudes et de ses larcins ; une fois, ma mère y avait découvert un saucisson à demi mangé, et Clément, pressé d'avouer, avait trouvé l'explication suivante : « J'avais pris le plus petit ! Je croyais que, celui-là, vous ne l'aviez pas compté ! »… C'était là que Robert enterrait ses blouses aux accrocs trop criards. C'était là qu'Émilienne et Alice venaient puiser leurs chiffons et leurs fournitures ; toutes les perles d'une robe de soie de ma mère y étaient passées ; elle avait une telle tournure, cette robe, avec son triple volant, que mes sœurs avaient pensé que quelques pendeloques de plus ou de moins n'y paraîtraient pas ; elles avaient coupé là-dedans des motifs entiers, des parures, des pendentifs, des bracelets, des franges, jusqu'à ce que toutes leurs amies eussent été pourvues… Mais ma mère les avait sérieusement dégoûtées de donner des perles aux cochons…

Je tombais sur des lots appauvris, mais ce n'étaient pas les trouvailles qui manquaient. Dans le compartiment du fond, se trouvaient tous les diplômes, médailles et distinctions honorifiques de mon père, ainsi que les décorations du « padri », à plat, en rouleau, en écrin ; une prodigieuse assemblée de boutons, de boucles, d'ardillons, échappés aux déchirures de leurs bourses de reps ; des albums, des boîtes à chaussures remplies de photos et de cartes postales ; des chapelets, deux ou trois missels éclopés ; des pièces de monnaie étrangère ; du menu linge de couleur que je chiffonnais sans émotion, jusqu'au jour où je m'avisai qu'un petit tablier inconnu, tout brodé et tout rose, faisait monter des larmes aux yeux de ma mère... Tout ce spectacle se découvrait mal, dans la demi-obscurité du placard ; de plus, il fallait en jouir en silence pour ne pas donner l'éveil à ma mère que j'entendais vaquer aux travaux du ménage, derrière la cloison...

Dans la salle de la mairie, je me sentais beaucoup plus libre. Mon père était indulgent ; il était aussi fort préoccupé par son travail, et je pouvais me livrer impunément à ma passion de la découverte. Malgré son prodigieux fouillis, l'armoire aux archives me décourageait ; la seule chose qui m'y retenait était la pâte à polycopier, avec son aspect de confiture aux fruits ; j'en goûtais en cachette, et chaque fois j'étais désillusionné. Le grand coffre où étaient rangés les écharpes du maire et de l'adjoint, les harnachements des porte-drapeaux et bannières, des aiguillettes, des épaulettes, des cordons de cérémonie, deux ou trois allégories mutualistes en cuivre jaune, m'attirait autant que le tiroir de la grande table des délibérations. Là, gisaient des cachets de la commune, des bâtons de cire, des porte-plume aux manches de verre et d'ébonite, des règles d'ébène aux coins de cuivre, des pains à cacheter, des boîtes de plumes flamand, sergent-major, baïonnette, gauloise, une provision de sable d'or avec lequel on séchait les pages calligraphiées de l'état civil, toute la fantaisie et le luxe dont mon père aimait entourer ses travaux de plume. Je n'explorais ce tiroir qu'en son absence ; de même je ne me faufilais dans l'habitacle aux drapeaux et bannières que si la salle était déserte. On tenait ces enseignes muselées dans des housses de toile verte, mais en dénouant quelques cordons, on pouvait tâter leurs velours et leurs dorures. De temps à autre, j'arrachais un filet à leur frange ; en l'étirant, il se déroulait et formait trois longs fils d'or que, par précaution, j'allais perdre loin de la maison. Petit à petit, ces soustractions créaient des vides qu'Édouard Bise, l'appariteur, considérait d'un œil stupéfait. Enfin, dans je ne sais quelle circonstance, il y eut une scène entre mon père et lui. Mon père ne nous transmettait jamais les reproches qu'on lui faisait sur notre compte ; nous étions mis en éveil par ses bouderies, ses soudaines tristesses, ou par une de ces confidences faites à la tablée, au repas, et qui commençaient de la sorte : « J'ai dû me disputer avec cet imbécile d'un tel... » Il nous touchait par ricochet. Mais il nous touchait en plein cœur...

Le soir, au coin du feu, il me prenait parfois un grand élan de confiance et de tendresse, et je me laissais aller à des aveux, au milieu des larmes. Ma griserie gagnait Robert qui avait la conscience toujours plus ou moins chargée des mêmes fautes. On nous consolait. Cela finissait dans des rires. C'étaient des instants délicieux...

L'indulgence de mon père s'exerçait de cent façons. Elle était la pièce maîtresse de son caractère. Ses colères et ses abattements détonnaient dans notre existence. En toutes circonstances, sa première préoccupation était de nous couvrir, de nous justifier. Il ne faisait pas une distinction entre nos fautes futiles ou nos manquements graves ; il se méfiait des définitions arbitraires, des indignations, des témoignages, des hommes ; son scepticisme lui faisait une cuirasse ; il résistait au premier choc ; puis il contre-attaquait... Que de surprises, que de désillusions il avait provoquées de la sorte, dans sa vie ! Il était passé pour un mauvais éducateur, pour un père inconscient, pour un orgueilleux, et cela n'avait fait que le fortifier dans ses convictions et ses attitudes. Il ne nous faisait pas sentir sa réprobation par des discours, ni par des menaces ni par des abjurations, mais nous la ressentions à travers les mutismes, les douloureux silences qui suivaient certaines de nos aventures ; à ces moments, nous avions une exacte notion de sa force et de sa bienfaisante influence ; sa peine nous amendait plus sûrement, plus profondément, que tous les conseils et que toutes les sévérités du monde. On ne nous a jamais appris à implorer un pardon, à nous agenouiller, à nous humilier dans l'apparence. Cependant, c'est vers lui qu'à tout âge nous sommes venus chercher la rémission de nos fautes et retrouver notre pureté.

Je devrai revenir souvent sur cet aspect de son caractère, plus particulièrement aux moments émouvants de ma vie. Je veux marquer comment, dans mon enfance, j'y étais sensible. Je confiais à mon père tous mes soucis. Je lui avouais mes fautes. Il arrangeait toutes les situations. Lorsque j'avais déchiré ma blouse, c'est à lui que je montrais d'abord l'accroc ; il passait un peu de réprobation dans son regard, il feignait de se désintéresser de mon aventure, puis s'en allait plaider à la cuisine. Un jour, je déchirai si affreusement ma blouse neuve qu'il n'eut pas le courage d'affronter ma mère. Il mit Émilienne dans la confidence, nous enferma dans la salle de la mairie, et ma grande sœur passa une partie de l'après-midi à réparer honorablement le désastre. Durant plusieurs semaines, je parvins à cacher l'accident à ma mère ; le reste de la famille était dans le secret et me facilitait la tâche ; je m'étais créé une véritable obsession ; enfin, un soir qu'on me priait de chanter, je montai, comme de coutume, sur une chaise, et je découvris innocemment l'accroc à ma mère ; elle en resta un instant interdite ; mon père riait aux éclats, ce qui était sa manière d'attirer les courroux ; mais ma mère était trop étonnée pour songer à se mettre en colère et je ressentis un des plus beaux soulagements de ma vie...

Non content de nous pardonner les ravages que nous exercions dans son bureau, ses tiroirs, son potager, son poulailler, il se heurtait à ma mère, aux voisins, aux gens du village, outrés par quelqu'une de nos frasques. Clément et Robert lui avaient valu maintes scènes et fâcheries ; dans les villages, les divertissements de l'adolescence prennent souvent des formes stupides ; Clément et Robert avaient largement sacrifié à ces coutumes ; naturellement, on les jugeait plus sévèrement que les autres garçons de Sainte-Marie, et on les mêlait parfois aux affaires dont ils étaient innocents ; mon père s'en prévalait pour les blanchir en toutes circonstances. Une fois, Robert et des camarades avaient eu l'idée saugrenue de lancer dans la descente dite « d'arrache-pets », à cause des efforts qu'il fallait faire pour la monter, un demi-muid rempli d'eau. Après une course vertigineuse, dont ils devinaient les épisodes dans la nuit, l'énorme projectile était allé s'écraser contre un mur. Le propriétaire était venu pousser les hauts cris dans la nuit de notre escalier. Aussitôt, mon père l'avait prié de se montrer moins grossier ; poussant ferme son avantage sur l'homme interloqué, il lui avait conseillé de ne point porter des accusations à la légère. « Mon fils est couché depuis deux heures ! avait-il poursuivi. À moins qu'il n'ait le don d'ubiquité... » Robert écoutait le dialogue de son lit où il venait de se glisser. Lorsque mon père reparut dans la cuisine, il ne prononça pas un mot ; il était pâle et nerveux. Nous tremblions tous plus ou moins. Le sacrifice qu'il venait de faire était si douloureux que ma mère elle-même n'osa rien dire. Quant à Robert, il eût certainement préféré un éclat...

Mon père se rasait en chantonnant. Une glace ronde, accrochée à un clou trop bas, l'obligeait à se baisser en écartant les genoux ; cela le rendait plus petit encore. Il se rapprochait de moi. Il s'arrêtait de chantonner lorsque de gros flocons de savon lui cabossaient la figure ; il affûtait un rasoir, en éprouvait le fil, maugréait, faisait à nouveau mousser à grands coups du blaireau, qui clappait comme un pinceau de peintre en bâtiment. Il ouvrait largement le rasoir, se campait, et d'un coup large dégageait sa joue droite crispée et toute gauchie. Lorsqu'il s'attaquait aux commissures des lèvres, il grimaçait et louchait, et cela me faisait bien rire. Il reprenait deux ou trois fois la pointe du menton avec une expression de souffrance et d'agacement. Lorsqu'il avait fini, il avait un mouvement d'humeur contre ses rasoirs. Il parlait d'en changer, de les jeter aux ordures, d'en acheter un bon, supérieur ; cette prétention datait de bien avant ma naissance, paraît-il.

J'avais quelquefois éprouvé la vertu de ces rasoirs « qui ne coupaient pas », sur du papier ou du bois, et j'avais trouvé au contraire qu'ils coupaient merveilleusement, bien mieux que mon couteau de poche, même lorsque mon père venait de l'aiguiser et me le rendait en disant : « Fais attention, il coupe comme un rasoir ! » Je trouvais extravagante l'intention de les jeter et décidai un jour de prévenir un geste aussi inconsidéré. C'était un dimanche. Papa était parti à Moret et ne devait rentrer qu'au déjeuner. Je pris les trois rasoirs dans le tiroir de la tablette de nuit et me mis en quête d'un objet agréable à couper. Ce fut la porte de notre voisin Cardon ; c'était une porte neuve, mais la chatière me parut manquer d'ampleur et de fini. Je commençai à fignoler l'ouverture. Comme ils coupaient bien, ces rasoirs ! Ils coupaient si bien qu'un peu d'inquiétude se mêlait à ma félicité. La prise me manquait parfois pour soulever les copeaux un peu gros ; la lame tournait trop largement dans le manche ; pour arriver à mes fins, je fis levier et je l'ébréchai tout du long. Je saisis le deuxième rasoir ; celui-là fit du bon travail ; quelques ébréchures lui donnèrent un mordant remarquable ; pourtant, au moment le plus passionnant, le manche céda et les morceaux s'ouvrirent dans ma main, comme un éventail déplumé.

Ce fut le père Cardon en personne qui mit fin aux exploits du dernier rasoir. C'était un brave homme, patient et doux. Il avait fait la campagne de 70, et j'étais une des rares personnes qui s'intéressât encore à ses récits. Sa fille aînée me mignotait lorsque je lui apportais un billet de Clément ; c'était une fille superbe, ainsi que j'en pouvais juger lorsqu'elle se sanglait dans son long corset dont elle fixait un lacet à l'espagnolette. J'étais un intime de la maison. Pourtant, le père Cardon essaya de me calotter. À cela, je pris conscience de la gravité de ma faute et je m'enfuis. Ma famille défila devant la chatière ; des voisins vinrent jeter un peu d'huile sur le feu ; ma mère me menaça de loin avec aigreur. Je ressentis alors une de ces peurs d'enfant auxquelles on ne cherche qu'une issue dramatique : la fugue en plein bois, au pays de la faim et des loups, la noyade dans un gouffre dont on a entendu parler... J'allai me blottir dans un fourré, sur le chemin de la gare, et c'est là que mon père, au retour de

Moret, me trouva, grelottant d'effroi... Je lui contai mon malheur. Il portait un chapeau de paille. Ses yeux gris-vert papillotaient à cause du grand soleil de midi. Je reverrai toujours le sourire moqueur et tendre par lequel il me délivra...

41

Les éveils les plus sûrs, les émotions les plus pures, c'était dans la campagne, aux champs, aux bois, au bord des eaux, que je les ressentais. De ma plus tendre enfance à mes seize ans, il ne fut pas de promenade, de partie de pêche ou de chasse, de recherche de champignons, de salades ou d'escargots qui se fît sans moi. Rarement un père eut un compagnon plus fidèle et plus conciliant...

Il faisait au moins deux promenades par jour, l'une le soir, ordinairement en famille, l'autre, entre la classe du matin et celle de l'après-midi, au lieu-dit la Maillole. C'était un pan de colline boisée et barbue, un coin de sauvagerie ensoleillé, abrité des vents, méprisé, à quatre pas du village. Mon père s'asseyait sur une grosse pierre, au bas d'une ravine, et il lisait *La Dépêche de Toulouse*. J'emportais un livre d'images ou des billes, mais je les abandonnais aussitôt pour m'intéresser à la vie d'une métairie voisine, aux gestes mystérieux de quelque femme rôdant aux abords du village, au sort de quelque nuage démâté par les vents. Puis je m'aventurais dans le bois. La moindre faille dans l'argile rouge, une assemblée de fourrés noirs, arrêtaient mes pas. J'appelais : « Papa ! » Et de sa voix de tête, sans cesser de lire, mon père répondait : « Oui ! » Nous gardions le contact.

Au printemps, mon père gagnait l'ombre légère des chênes-lièges. Des huppes passaient entre les branches ; la bruyère et la fougère s'éveillaient ; l'euphorbe roulait des yeux noirs, et le lierre étouffait les jeunes pousses. Des vignes tournaient autour de nous ; à l'orée, de vieux oliviers grimaçants, éventrés, las de la vie, jetaient encore dans le soleil les tendres feux de leur feuillage. Je les aimais, ces vieillards crucifiés... Je posais à leur sujet toutes sortes de questions. Je ressentais une prodigieuse ignorance devant la diversité végétale, minérale, animale qui nous entourait. Les cris d'oiseaux me lançaient dans des aventures et des rêveries ; il y en avait qui sifflaient, deux ou trois fois seulement, si près de nous, si clairement, qu'ils avaient l'air de nous interpeller ; parfois, c'était une mère qui piaillait : on devinait son magnifique entêtement à intéresser ses petits, quelque part, dans un nid ; de graves intonations s'arrêtaient soudain, comme un pas de promeneur rêvant dans une allée ; d'autres fois, on eût dit qu'une porte grinçait ; ou bien, un chant liquide et mesuré d'oiseau faisait penser à un égouttis de pluie dans une citerne. Lorsque le vent passait, il y avait comme un affolement dans cette allégresse. Devant les forces de la nature, les arbres et les oiseaux se troublaient comme moi-même, et je retenais un frisson.

En hiver, ce coin s'ensauvageait encore ; le désarroi de la nature s'y révélait plus fort qu'ailleurs, à des odeurs et des nudités farouches. Un mimosa incendiait quelque temps la corne d'une vigne, puis il s'éteignait lentement. Les chênes-lièges, emmitouflés jusqu'au cou dans leurs écorces, laissaient tomber leurs élytres. Les ronces et les fougères, surgies de la pourriture en festons et en dentelles, y retournaient mélancoliquement. Tous les arbres souffraient et imploraient, leurs moignons et leurs plaies à nu. La chute des feuilles tramait de toutes parts son réseau de pleurs ; la feuille de châtaignier tombait comme un glaive ; celle du platane n'avait de repos qu'en atteignant l'eau du canal ; celle qui tombait avec le plus de noblesse était incontestablement la feuille des grands chênes. Elle chutait de haut, après une résistance désespérée d'oiseau englué, s'arrêtait aux rugosités des branches, y palpitait un instant, et ne prenait son vol que lorsqù'un large souffle l'en arrachait, dans une rumeur de cathédrale…

Après la classe du matin, nous allions, à la saison, à la recherche des asperges ou des salades sauvages. Les asperges pullulaient dans les « brûlés » et on en rapportait des bottes. On cueillait la doucette à l'orée des jardins, le cresson et le céleri dans les rouilles des sources vives, la chicorée sauvage dans les prés vitriolés par les premiers froids. Nous emportions un vieux panier, un vieux couteau à lame aiguë dont nous usions à tour de rôle. Dans les terres molles, se mussaient des chicorées aux feuilles timides, mais d'un dessin et d'une couleur si personnels que leur découverte me faisait battre le cœur ; leurs tiges étaient profondément enfouies et il fallait creuser profondément pour les retirer intactes. « Attends ! attends ! laisse-moi faire, tu l'abîmerais ! » criait mon père. Lorsqu'il tenait dans ses doigts le faisceau blanc et tendre, il éprouvait une joie d'enfant.

Les jeudis d'automne étaient consacrés à la cueillette des champignons. Ils poussaient après les pluies et les soleillées mélancoliques d'octobre. De nombreuses équipes les recherchaient. C'était une lutte de vitesse à laquelle mon père répugnait parfois. Nous nous rabattions sur les bolets de prairie : agarics et mousserons aux pâleurs mauves, oreilles-de-chardon groupées autour de leur mère comme une famille nombreuse, vesses-de-chien immaculées ; sur les bolets des chemins et des fourrés : girolles coiffées comme des mousquetaires, charbonniers cabossés, oreilles-d'âne remplies des rosées et des sons de la campagne, coulemelles... Cependant, lorsque nous préméditions une vraie partie, nous nous levions avant le jour et gagnions les terroirs électifs aussi vite que les plus matineux de nos concurrents. C'était sur les versants ombreux de Barraguer et de Puig-Singlar, sous les retombées du feuillage, dans l'humus pourrissant des fourrés, que nous faisions nos plus belles trouvailles : cèpes musculeux, noirs et fauves, oronges de cuivre rouge épanouies à craquer, ou bien émergeant de leurs œufs blancs comme des poussins de feu. On en découvrait des bataillons entiers, l'un dénonçant l'autre, comme une sentinelle mal inspirée livre ceux sur qui elle est chargée de veiller. Nos paniers et nos filets pleins, nous déjeunions près d'une source. Nous dominions la plaine, barrée au lointain par la mer. Des montagnes éblouies de soleil, et comme allégées de leur mystère et de leur puissance, nous encerclaient. Mon père aimait à s'orienter. Il me nommait tous les villages éparpillés dans le lointain, puis il situait ceux que nous n'apercevions pas, me promenait en pensée dans la vallée voisine, plus loin encore, dans des contrées étrangères. Il y avait cependant un horizon vers lequel il se tournait avec plus d'obstination : celui de son pays natal. Il désignait, d'un doigt tremblant d'émotion, la cime chauve de Bugarrach dont le nom barbare s'accolait au nom céleste de l'Agly, la rivière de son enfance. Il s'était détaché de bien des choses, mais point de cela, de même qu'il ne s'était jamais absolument fait à la langue catalane et exprimait en langue d'oc les subtilités de la langue et du cœur...

La rivière nous attirait moins ; c'était plus particulièrement le domaine de Clément et de Robert ; le nôtre, c'était la montagne, le bois, les larges plats sabrés de talus, de ruisselets et de frondaisons, dont les langueurs comme les violences réagissaient sur nous comme des baumes.

Nous aimions bien le Pas-du-Bœuf. C'était une allée de platanes immenses, en pleins champs, à deux kilomètres du village. Un torrent, descendu des rauques hauteurs de Saint-Luc, venait y mourir dans les sables et les galets. Nous y venions le jeudi, en été. On tuait prodigieusement le temps. Après avoir lu, adossé à un tronc d'arbre, son chapeau de paille posé sur le gazon, mon père rêvassait longuement ; il lissait sa moustache grisonnante, ses sourcils arqués et touffus où se manifestait d'abord son mécontentement lorsque je le dérangeais. Lorsque j'avais épuisé les surprises des vergers d'alentour, ou qu'un effroi plus fort que les autres me rabattait près de lui, il me regardait si profondément que j'en tressaillais. Je le surprenais visiblement dans un monde de pensées graves et tristes ; à la première réaction de ses sourcils, je me devinais importun, mais cela s'estompait vite et faisait place à une sorte de gratitude. Alors, je pouvais parler, l'interroger sans risques sur la fleurette, l'insecte, l'oiseau, le monde, la vie. Il savait tout. Il me comblait. Sa source coulait en moi, nourrissante, rafraîchissante, exaltée. J'étais peu à peu pénétré de la minutie et de la grandeur, de la certitude, de la connaissance du monde ; la poésie de la terre entrait à flots par tous mes pores, emplissait mon cœur de murmures, en débordait comme l'eau d'une vasque. Il mettait à ma portée le ciel que parfois, couché sur le dos, je peuplais de ces scotomes qu'on ne peut retenir dans le champ visuel qu'au prix d'une douloureuse fixité et qui vont se perdre dans le néant des horizons sublunaires. Il m'expliquait le vent et la pluie, le froid et le chaud, les étoiles, la forêt, les fleurs et les fruits. Toute la nature était étalée devant nous, comme un grand livre où on lisait, lui, avec une assurance mitigée à point d'humilité et de doute, moi, bégayant, mais possédé d'un orgueil, d'une passion, d'une certitude infinis...

La nature, cette source, ce creuset, ce

tremplin, je ne l'ai sans doute jamais contemplée, aimée, et peut-être comprise qu'à travers ces impressions d'enfance. Tout ce que je puis ressentir et louer de ses vertus et de ses charmes n'atteint point à la pureté ni à la force de ces élans primitifs et enfantins qui me dressaient, me tendaient vers elle, dans ces heures calmes et pures, où rien, venant de l'heure, du temps, de l'histoire, ne pouvait pervertir la plénitude et la candeur de mes sentiments... J'ai confronté des milliers de fois les peintures les plus grandioses et les plus pures, les musiques les plus secrètes, les chants les plus profonds, les cris les plus authentiques des grands musiciens, peintres ou poètes, avec la vision fragile et neuve de mes huit ans, et les plus beaux chevaucheurs du rythme, les illusionnistes les plus prodigieux, les évocateurs les plus ensorcelants, le génie lui-même, m'ont apparu, malgré tout, à la fin de tout, tout humbles, tout effacés dans leur gloire, chaque fois qu'à leur nature j'ai dressé en réplique la mienne, la symphonie inexprimable et inexprimée de mon enfance : le mulot qui trotte dans son ombre fragile, le brin d'herbe qui ploie sous l'essor de la coccinelle, la mante religieuse qui court à ses chirurgies, le lucane qui fonce, l'hirondelle qui engrange l'azur, la pie qui égaye ses rires, le bélier solitaire et pensif, le bœuf posé comme un presse-papiers de bronze sur la prairie que feuillettent les vents... La goutte de rosée qui tremble, le ruisselet qui fuit, l'eau lourde du grand canal qui se déhanche aux tournants, l'eau des flaques dont les rivages frissonnent, l'eau des mares trouée d'emporte-pièce de soleil, l'eau des marécages refermée sur les pas et l'âme des troupeaux enlisés... Le buisson qui grelotte, l'aubépine qui fredonne, le pêcher en fleurs qui sourit, le peuplier qui délire sous la brise, le chêne qui s'évade en force de ses nœuds, le bosquet dont les troncs marqués tournent en rond comme les damnés d'une géhenne, le bois bouchant l'horizon de sa masse puissante et tranquille... Les sentiers et les routes, les murs de pierre sèche, les grands remblais, les margelles, les toits moussus, les ponceaux et les aqueducs, l'entrée d'un tunnel, un village éparpillé dans la lumière comme un jeu d'enfant sur le carreau, la ligne de la mer dense et bleue, la colline évaporée dans le soleil levant, la falaise d'ocre plantée au lointain de l'éteule comme un monument du fond des âges, la montagne surgie des nuages comme un monstre écailleux des eaux d'un rapide, le ciel qui clignote, vibre, galope, au milieu de ses crinières et de ses croupes révoltées, puis s'apaise, s'alanguit, se peuple de pâmoisons et de sourires, le ciel qui s'allume, flambe, puis éteint ses torches, se fane, et accueille la nuit en tremblant... Un rail qui luit, un oiseau qui pleure, une vache qui mugit, les vents qui crèvent leurs écluses, le vent chargé de pluie, le vent chargé de sel, le vent chargé de douleurs, le vent chargé de morsures et de farandoles... Le bourgeon qui naît, la meule qui rayonne, les sourires de Pâques, les flammes de la Saint-Jean, la faux de juillet, la griserie des pampres, la page blanche des Noëls, la pudeur des aurores et la passion des crépuscules... Et au cœur de ces douceurs et de ces délires, au cœur de ces détresses et de ces orgies, né d'elles et y retournant, dérisoire et immense, l'homme, l'homme sur le chemin, l'homme au labour, l'homme à l'œillard, l'homme penché, cassé, écartelé, crucifié, dans le rite éternel du labeur, l'homme calme et endolori, l'homme trépignant et dansant, l'homme diabolique et vivant, l'homme essentiel, l'homme glorieux enfin, surgi tout souillé de ses fanges et s'envolant au moindre geste de ses bras...

C'était au Pas-du-Bœuf que, certains soirs, nous attendait Mossen Soubirane. Sous les platanes, la nuit était noire. Cham, son chien, un épagneul d'assez forte taille, venait au-devant de nous en aboyant avec mollesse, rompait son élan sur ses quatre pattes à la fois, et s'en retournait comme un fou annoncer notre arrivée à son maître.

— Cheut ! cheut ! faisait le curé.

Il arrivait à son tour, la canne au poing, majestueux et tranquille. On ne se faisait nulle politesse. La promenade, un interminable va-et-vient sous les arbres, commençait. Le clair de lune argentait les prés. La nuit était pleine de clameurs de grenouilles. Des bruits d'eau et de feuillage ajoutaient à la fraîcheur du soir. Malgré la présence des deux hommes, le réconfort de leurs voix, j'avais un peu peur. Des ombres bougées dans les fossés, des buissons gesticulants, une bête dérangée dans sa chasse nocturne, me glaçaient par moments le cœur. Oui, auprès de ces deux hommes dont rien ne me semblait pouvoir balancer l'autorité et la puissance, mais que je sentais perdus dans leurs soucis et leurs croisades, auprès de ce chien qui ne pensait qu'à sa joie, il arrivait que je me sentisse seul, et tout frissonnant. Je serrais la main de mon père ; il se dégageait parfois pour appuyer une démonstration d'un geste vif ; je la saisissais à nouveau comme on s'agrippe à une épave. Alors, il me disait, sur un ton presque irrité : « Allons, reste tranquille ! » Et je me trouvais soudain rasséréné.

Parfois, un propriétaire ou un valet tardif nous croisaient. Il y avait un silence. On se dévisageait dans l'obscurité. On ne voyait que le blanc des yeux. Il sortait parfois un mot de ces visages sombres. Quand le pas s'était éloigné, mon père disait : « C'est un tel ! »

Mossen Soubirane et mon père parlaient sans arrêt. Je ne prêtais attention à leur dialogue que lorsqu'un nom familier était prononcé. Parfois, le curé baissait la voix, et j'étais flatté d'entendre mon père lui assurer que « je ne répétais rien ». Il était souvent question des gens et des événements du village ; une certaine âpreté, un ton de polémique altéraient les voix ; à ces moments-là, je faisais corps avec eux ; j'épousais leur cause ; je me laissais parfois aller à une réflexion qui les interloquait ; et Mossen Soubirane hochait la tête, d'un air de dire : « Voyez-moi ce petit ! »

Ils étaient ordinairement graves, mais cela ne les empêchait pas de rire, de temps à autre, à grands éclats, Mossen Soubirane plus fort que mon père ; et tout le sang montait à son visage, qu'aux clairières la lune faisait violet comme certains bolets vénéneux. Ils ne s'occupaient guère de moi, sauf lorsque j'intervenais dans leur discussion, ou lorsque je soupirais très fort pour manifester ma lassitude ou mon ennui. « Oui, oui, on va rentrer ! » faisait mon père, sans perdre le fil de son discours. Souvent leur passion était telle, qu'ils tremblaient de tous leurs membres, en scandant les mots, et tout ricanants. Ou bien, plantés face à face, l'un immense et funèbre, l'autre trapu et noué, il semblait qu'ils voulussent se mesurer ; le curé levait alors un de ses longs bras, abattait lentement, cérémonieusement, sa main sur l'épaule de mon père dans un grand geste de chevalerie. Et la promenade recommençait...

Ainsi, des années durant, aux heures de liberté, mon père m'entraîna dans tous les cheminements de la campagne. Nous étions deux compagnons si inséparables, si pénétrés l'un de l'autre, que rien, ni le destin qui nous grignotait d'année en année, ni la mort, à laquelle je commençais à penser, vers treize ans, et que dans mes purs désespoirs je me jurais de partager avec le premier de mes parents qui mourrait, rien dis-je ne semblait devoir nous dissocier...

C'est ainsi qu'en marchant, en devisant, en rêvant, inlassablement confronté avec les petitesses et les grandeurs de la nature et de la vie, j'ai senti se former et s'élargir ma conception du monde. C'est ainsi que j'ai connu mon père qui renfermait le monde, un monde à lui, parfois décevant et mesquin, parfois exaltant et large, le monde comme il va, le monde comme il est... Là, il me parlait avec abandon. Il exagérait, sans que je fusse dupe, sa peine et son bonheur. Ses confidences me flattaient. Certains jours, il jugeait avec beaucoup d'injustice jusqu'à ceux qu'il aimait, ma mère elle-même, mais comme ses raisonnements me dépassaient, ils ne faisaient pas en moi de ravage. Il me donnait le goût de l'observation et de la critique. Cet indulgent allait au fond des caractères comme au fond d'un abcès, avec des formules flambantes et incisives comme des scalpels. Mais ce n'était jamais perversion ni méchanceté. Il semblait surtout satisfait d'avoir frappé juste, d'avoir échafaudé un brillant réquisitoire. Lorsqu'il était allé trop loin, je le devinais agité de scrupules, et il démolissait par quelque côté son laborieux édifice. À enlaidir les autres, il sentait qu'il s'enlaidissait aussi.

Les gens du village qu'on rencontrait dans la campagne, ceux mêmes que nous aimions et qui nous aimaient, semblaient troublés par notre passage. C'étaient timidité, méfiance, des sentiments plus complexes que je découvrais petit à petit, et qui me faisaient redouter l'homme le plus simple. Les Marginèdes, riches fermiers, nous traitaient avec familiarité, et j'y sentais la marque de la vanité. L'humilité des Ventajou me laissait un malaise, comme un malentendu. M. Sinotte, aux oreilles vastes comme des cymbales, et sourd comme un pot, Aloujes dit Flap-Flap, la Gounar gonflée de rancune, le Didot, bleu de crasse sous sa blouse à plis, c'étaient l'avarice, la perfidie, la cruauté, l'hypocrisie en personne. Les péchés capitaux et tous les vices de la terre prenaient pour moi un aspect, un visage, un comportement précis. Je m'en fusse servi comme d'un étalon, d'un gabarit, d'un standard. Les glorieux tarés de l'histoire et de la littérature eurent longtemps pour moi des répliques dans le village. Le temps et la réflexion ne devaient effriter ces certitudes que lentement…

J'ai gardé un souvenir du premier lâchage, de la première trahison qui devait rompre l'accord et l'harmonie de ces promenades.

C'était dans la deuxième année de la guerre. Je venais d'avoir quinze ans. J'étais le seul enfant resté auprès de mes parents ; les autres étaient au front ou à leur poste de fonctionnaires. Ma mère avait à peu près renoncé aux promenades, mais mon père s'y attachait plus fort que jamais. En route, il me parlait de la guerre ; elle avait largement éclaboussé de sang notre malheureux village. J'étais bien jeune pour apprécier ses propos, mais il me semble me rappeler que son patriotisme commençait à s'émousser. Son exaltation du début était tombée ; il avait le courage d'évoquer les morts ; il mettait la pitié avant la gloire, la vie de ses élèves et de ses enfants au-dessus de la patrie. Cela, il l'exprimait prudemment, mais point assez pour ne pas me troubler et m'inciter à abandonner tel long poème où la gloire de nos drapeaux le disputait à la haine des aigles impériales... Le retour se faisait par la station du chemin de fer, où Castéran, le chef de gare, son dernier train expédié, guettait notre passage. Castéran nous faisait un bout de conduite, récitait des vers de sa fabrication que je trouvais fort émouvants, car les pleurs y tenaient une grande place, s'exaltait, et finissait par faire du défaitisme si pressant, si cru, que mon père jugeait charitable de lui conseiller un peu de prudence... Tout cela m'émouvait moins qu'on pourrait le supposer. Castéran m'ennuyait à la longue, et dès qu'il nous quittait, je menaçais mon père de ne plus venir promener avec lui... À cette époque, je commençais à être travaillé par la puberté. Auprès de jeunes filles de mon âge, j'éprouvais des émois infiniment moins candides que certaines pures passions de mon enfance que je me promets d'évoquer. J'avais embrassé des filles, au cours de ces jeux de l'adolescence qui comportent plus de brutalité que de tendresse, et laissent les sens haletants, comme hésitants entre le désir et la haine. Je ne savais pas ce qu'était la possession ; je ne devais l'apprendre que bien plus tard ; je feignais d'y tendre, d'en connaître les formes, les récompenses et les risques, et j'en avais une peur bleue, comme d'une aventure restée à l'état de velléité et de rêve. Une timidité que je dissimulais sous des mots lestes, des gestes audacieux de garçon averti des choses de l'amour, m'arrêtait au seuil du mystère comme au bord d'un remous... J'aimais, à en rêver, à en souffrir, à m'en tordre dans des crises de jalousie, une jeune fille de mon âge, une brune précoce et qui passait pour perverse, alors, sans doute, que ses hardiesses n'étaient qu'une curiosité un peu poussée et jamais assouvie. Elle se nommait Mariette. Elle avait beaucoup d'admirateurs, des paysannots aux poignets prématurément velus et aux intentions sans fard, qu'elle décourageait avec des gifles et d'aigres paroles. Elle avait fini par circonscrire son choix à Frédéric Bise, le fils des Bise riches, ardent comme un coq, éperonné de soleillades et de vin pur, et qui conduisait seul un attelage de deux chevaux, à Jean Tolère, le fils de l'ancien maire, un grand dadais en uniforme de l'institution de Saint-Louis-de-Gonzague, exerçant sur les familles le double attrait d'un verbe sonore et de grandes espérances, à moi enfin, que ma qualité de fils de maître d'école, ma réputation plus ou moins usurpée de savoir, et des prétentions fort risquées à l'élégance, faisaient trancher sur le lot... C'était mon premier amour d'adolescence. Je triomphai de mes rivaux, sans doute parce que je me montrai le plus assidu auprès de Mariette, et peut-être le plus sincère. J'allais la voir à domicile, je veux dire devant sa maison, au vu et au su de tout le village, et me sauvais dès que sa mère ou son grand-père — un vieux terrible et jaloux comme un taon — apparaissaient. Elle essuyait maintes claques, mais cela passe pour entêter l'amour. Dans le jour, on échangeait des propos innocents, mais cela ne m'empêchait pas de me sentir parfois étranglé par l'émotion. La pleine lumière ne nous valait rien. En dehors de ses grands yeux caressants, le visage de Mariette était loin de la perfection, en tout cas de l'idée que je m'en faisais : elle avait un nez un peu gros pour sa figure, la lèvre mince, et il s'y révélait des petites négligences de toilette desquelles mon regard ne pouvait se détacher. Je pensais alors avec détresse à tel bouton qui profanait mon front, à l'intégrité suspecte de mon linge, aux irréparables lacunes qu'un garçon à la mince garde-robe peut présenter. Mais le soir, dans la rue gorgée d'ombre, tous ces obstacles s'évanouissaient. Mariette venait en blouse noire. Sa peau avait un éclat surprenant. Ses yeux avaient l'immensité du ciel. J'osais lui parler d'amour, saisir ses mains, l'entraîner loin des clartés que des lampes déversaient dans la rue. Nous avions trouvé un refuge sûr, tout près de chez elle, le sombre renfoncement d'une porte cochère. Une odeur de gros vin flottait sur le seuil ; on entendait au loin un cheval remâcher les souvenirs de sa journée et donner du sabot. Cela nous enveloppait de sécurité et de tendresse. Je me hasardais alors à des folies, dont les pires étaient de l'embrasser, de dégrafer sa blouse à peine gonflée, de la plaquer contre moi de mains éperdues et sensibles. Je crois qu'elle prenait un vif plaisir à ces luttes qui nous essoufflaient, qu'elle s'attachait à moi, et de cela je juge par son ardeur, sa gravité, les serments que je lui arrachais cent fois en une heure. Je crois même que je ne parlais que pour lui faire jurer fidélité et l'accabler de promesses infiniment sincères...

Ce fut pour Mariette que je cessai d'être fidèle à mon père ; ce fut pour elle que je me décidai à ne plus le suivre dans cette promenade du soir qu'il aimait tant. Je le revois, la première fois où je le laissai partir seul. Tout le jour, j'avais pensé à cette rupture ; je m'étais cent fois répété les mots que je prononcerais ; au fur et à mesure que l'heure approchait, je sentais mon courage fondre ; je n'étais pas encore sûr que j'opterais pour Mariette... J'accompagnai mon père jusqu'au bout du village. Il ne se doutait de rien. Au fond de la rue, là où la route s'affaisse pour entrer dans les champs, au bord extrême du crépuscule, je m'arrêtai. Tous les mots que j'avais appris me manquèrent. Je ne sais quelle excuse je donnai, ni si mon père y crut. Je me souviens seulement qu'un léger étonnement se peignit sur son visage, et qu'il haussa les épaules ; il avait une manière expressive de hausser les épaules ; il leur faisait dire ce qu'il voulait. Cette fois, je crus comprendre qu'il me méprisait. Je fis quelques pas vers le village, puis je me retournai pour le regarder. Il s'éloignait dans la nuit commençante, d'un pas infiniment las d'homme trahi...

42

Au souvenir de nos promenades est intimement lié celui de maintes maraudes. Lorsque, aux soirs d'été, notre famille formait un cortège au milieu des champs, nous, les garçons, suivant une tradition venue des ancêtres et prestigieusement maintenue par Clément, nous visitions les vergers du chemin. Nous ne maraudions pas exactement, nous avions l'autorisation tacite de faire quelques emprunts. Mes sœurs ne faisaient naturellement pas preuve de beaucoup d'initiative et se contentaient de nous admirer, mais Clément, Robert, moi enfin, fûmes de tout temps très informés des beaux arbres, des beaux fruits, des enclos soignés. Les exploits de Clément étaient devenus légendaires, et comme tels, embellis. Robert marchait sur ses traces, mais avec cette particularité qu'il gardait une grande distinction en toute circonstance. C'était un maraudeur audacieux, mais fort collet monté, une sorte de gentleman de la rapine. N'avait-il pas cueilli, un soir, à dix pas du propriétaire qui bêchait son jardin, les six plus belles poires d'un espalier ? Il avait franchi cinquante mètres à genoux, cinquante autres à plat ventre avant d'atteindre la ligne des crassane. Là, si près du propriétaire qu'il entendait son souffle, il avait palpé les poires une à une, sans hâte, s'immobilisant, le bras en l'air, lorsque l'homme levait la tête, tirant les fruits avec un mouvement de rotation du poignet qui les détachait sans ébranler le feuillage. Il avait regagné le chemin à reculons, puis, brusquement, il s'était redressé à l'alignement d'un gros platane, avait marché droit sur nous comme un promeneur qui vient de s'attarder un instant. Sur son visage flottaient une gaieté, une ironie qu'il fallait deviner. Mon père n'était pas content ; il devait se faire l'effet d'un chef de famille romani envoyant ses enfants au chapardage. On le forçait à prendre une poire et il y mordait à belles dents. Lorsque ma mère était présente, elle nous intimidait ; elle s'en prenait à mon père, à notre éducation. À la fin, mon père la traitait de bourrique, et la promenade finissait tristement.

J'avais pleinement hérité de ces dispositions et m'ingéniais moi aussi à corser de coquetteries les plus humbles larcins. C'est au Pas-du-Bœuf que j'exerçais le mieux mes talents. L'alentour était peuplé d'arbres fruitiers que j'épiais longuement, derrière leurs rideaux de roseaux et de haies vives. Il y avait presque toujours un travailleur dans ces pièces de terre ; c'étaient des paysans connus pour leur rapacité ou la dureté de leur cœur ; ils tenaient à leurs fruits comme à la prunelle de leurs yeux, et certains passaient pour les numéroter. Je trouvais une grande volupté à dérober les pêches et les poires qu'ils couvaient si égoïstement. Je n'étais pas dépourvu de vanité ; j'aimais avoir un témoin dont j'entendais forcer l'admiration. Je rôdais un moment autour de mon père, assis sous l'ombrage, et lorsque je le devinais bien disposé, je lui disais :

— Papa ! Je vais faire « l'Indien »... Regarde-moi !

Il fronçait le sourcil et faisait non de la tête, de la main, de tout le corps, irréductible.

— Regarde bien ! répétais-je.

Je me jetais à plat ventre, comme dans Fenimore Cooper, et rampais dans les roseaux. Parfois, il se levait, si manifestement furieux que je retournais auprès de lui pour l'apaiser. Il se rasseyait. Je l'étourdissais d'explications : il n'y avait rien à craindre, j'étais sûr de mon agilité, de ma prestesse. Mais il me faisait valoir tous les ennuis que cela représentait pour lui, le maître d'école. Jamais il n'invoquait une raison morale, par exemple que c'était mal de voler. Je spéculais sur son indulgence de toutes mes forces. Et partant pour une nouvelle exploration, je l'appelais à nouveau. Parfois, il m'abandonnait à mon caprice, ou bien il haussait les épaules, fâché, mais vaincu. Il me regardait à la dérobée. Alors, j'enjolivais mes reptations silencieuses de fantaisies qui lui arrachaient un sourire. Je devinais qu'il me condamnait de son exclamation favorite :

— Animal d'animal !

De la sorte, il m'était arrivé d'égaler les plus belles réussites de Robert, de frustrer par exemple M. Sinotte de ses primeurs. J'attendais que cet homme hargneux, redouté et très sourd, tournât le dos, le sillon filant entre ses jambes maigres ; j'épiais d'un œil tendu et cruel les mouvements obstinés de son outil. Les pêchers étaient à quelques pas de moi, en plein découvert ; je repérais les branches basses, les fruits offerts. Je franchissais d'un galop souple quelques mètres de terre molle où mes pas s'enfonçaient. Les pêches tombaient dans ma blouse, et j'en cueillais plus que je n'avais décidé de le faire. Si M. Sinotte s'était redressé pour s'éponger le front, j'étais pincé. Quels battements de cœur j'éprouvais à cette minute ! En quatre bonds allègres, je rejoignais la roseraie. De loin, je hélais mon père. Il avait repris son journal, mais je sentais que sa pensée me suivait, qu'il attendait une imprécation de M. Sinotte, qu'il s'apprêtait peut-être à me défendre... J'arrivais près de lui. Je déposais sur le gazon des pêches veloutées, cotonneuses, meurtries dans la fuite. Il me traitait de fou et tout en lui me désapprouvait sincèrement. Je reprenais mes jeux. Parfois, j'avais la surprise de le voir manger un des fruits que je lui avais apportés. Il mangeait du bout des dents, un peu dédaigneux du fruit, de la manière dont je l'avais acquis, de lui-même, mais toutes ces réprobations ne me dissimulaient pas la manière d'hommage un peu tardif qu'il me rendait...

43

Durant toute la belle saison, après le repas du soir, la famille Grégoire, au grand complet, tête nue, vêtue d'alpaga, de cretonne et de satinette, s'en allait vers le mas Palau. On traversait la grand-rue, on saluait les voisins assis devant leurs portes, on gagnait la campagne d'où arrivaient de grands coups d'air chargés de l'odeur des foins, et on s'étonnait invariablement d'être les seuls à quitter un village aussi hautement torride et puant qu'une jungle. C'était une habitude que vingt années ne devaient à peu près jamais rompre, sauf que, parfois, mon père proposait de ne pas pousser jusqu'au mas Palau et nous faisait gagner la route nationale, pas le Pas-du-Bœuf ; ces soirs-là, nous savions que notre père avait envie de protester contre une forme de tyrannie, et nous lui emboîtions le pas en silence et tout transis de respect. Mes sœurs osaient parfois manifester leur mécontentement ; elles invoquaient des promesses qu'elles avaient faites aux demoiselles du mas Palau ; ma mère les soutenait adroitement. Et pris entre son goût de l'indépendance et le sentiment des convenances, mon père finissait souvent par céder. Nous retournions sur nos pas. L'attrait du mas Palau n'était pas assez fort pour me passionner, mais j'étais tout de même content d'y venir.

Le mas Palau se trouvait à deux kilomètres de Sainte-Marie, au milieu d'un domaine de quelque soixante hectares de prairies, de vignes et de vergers. Le fermier se nommait Joseph Marginèdes. Il était venu dans la région en même temps que mes parents, emmenant dans son sillage sa femme, douze enfants, un couple de bœufs, un cheval, une charrette, une charrue. Il avait pris en main un domaine négligé, de rendement médiocre, avec de pauvres moyens. Sept de ses douze enfants avaient moins de dix ans. Par un surcroît de disgrâce, les plus grands étaient des filles ; un seul garçon d'une quinzaine d'années s'était glissé entre elles. Il avait paru à tout le monde que c'était une famille bien déshéritée. Pourtant, le vieux Marginèdes avait considéré la situation avec hauteur. Il avait tout d'abord fait planter de la vigne sur une bonne moitié de la propriété, avait attelé tous les siens à la tâche et, par un prodige de volonté et d'ingéniosité, était parvenu à tenir. Ç'avaient été des années faméliques, héroïques, dont tout le monde au village, hormis les Marginèdes, semblait-il, avait gardé le souvenir. À cette époque, Antonin, l'aîné des garçons, et ses sœurs, passaient aux champs des journées de douze heures ; en dehors des labours, les demoiselles Marginèdes étaient attelées aux plus rudes travaux ; elles avaient alors de quinze à vingt ans ; on les rencontrait tout le long du jour penchées sur leurs bêches, agitant des fourches et des râteaux, perchées sur des meules, endiablées et ardentes ; sitôt rentrées au mas, elles prenaient à peine le temps de troquer leurs chapeaux de paille contre des mouchoirs de couleur et leurs tabliers de travail contre un plus coquet, et s'occupaient de la basse-cour, du ménage, de la traite, de la distribution du lait. Le père ne leur disait à peu près jamais un mot aimable ; quant à la mère, la vieille Espérance, elle semblait avoir estimé, une fois pour toutes, qu'elle avait assez fait en mettant douze enfants au monde ; affalée de chaise en banc, elle geignait ; c'était tout ce qu'elle savait faire ; ses innombrables gésines lui avaient laissé une grande lassitude et le goût des soupirs et des jérémiades qui passent pour alléger la douleur d'enfantement. En quelques années, le domaine s'était trouvé transformé ; la vigne commençait à produire ; la richesse entrait au mas par portes et fenêtres. Des garçons avaient grandi ; des filles s'étaient mariées et avaient quitté la maison. Maintenant, dix ans après l'arrivée des Marginèdes, le mas était en pleine prospérité ; l'écurie comptait quatre gros chevaux de trait et deux mulets, l'étable vingt vaches et quatre couples de bœufs ; la bergerie, la porcherie, le poulailler et les clapiers regorgeaient de monde. Il y avait deux valets de ferme, un pâtre, deux gardeurs de moutons et de porcs ; un granger et sa famille vivaient dans l'orbe de cette opulence. C'est sous ce jour glorieux que j'ai connu les Marginèdes, mais j'étais trop jeune pour en être impressionné. Je sentais pourtant qu'ils n'étaient pas aimés parce qu'ils avaient trop complètement réussi et en tiraient de l'orgueil. Les habitants de Sainte-Marie, qui les avaient pris en pitié naguère, les haïssaient comme on ne hait que les parvenus. Cependant, les Marginèdes en obligeaient un certain nombre. Ils donnaient du travail à quelques-uns, au labourage, à la moisson, aux vendanges. Ils avaient organisé un système de parcelles à mi-fruit, dans d'immenses prairies transformées en jardins ; une partie du village s'accommodait de ce système où se reconnaissaient la force et l'aisance des puissants.

Le vieux Marginèdes était obèse, de santé délicate, et marchait en s'appuyant sur une canne. Il souffrait du cœur. Ses petits yeux blessés ne voyaient pas plus loin que le bout de son minuscule nez rougi de veinules à vif. Malgré ces incommodités, il exerçait une autorité irrésistible sur tous ceux qui l'approchaient. Il ne savait pas être familier ; il ne semblait aimer personne, les enfants moins que les grands. Il ne m'adressait guère la parole que pour m'écarter d'un lieu où je pouvais gêner le travail de la ferme, d'autres fois pour éprouver ma sagacité d'écolier et en tirer un profit personnel. Je ne le redoutais pas comme les autres enfants du village, ni comme ses propres fils ; son ignorance me rassurait ; il se faisait une gloire d'être parvenu au rang où il se trouvait sans savoir lire ni écrire, mais je percevais son humilité et même son humiliation à tout instant devant le pauvre petit garçon que j'étais, et je commençais, grâce à lui, à entrevoir le sens de la vraie gloire. De temps à autre, il entreprenait un voyage en France, parfois même à l'étranger, pour garnir son étable ou son écurie. Il avait poussé jusqu'en Bretagne et jusqu'en Suisse. Le monde était pour lui un pays de vaches et de chevaux. Sous prétexte de le former, il emmenait un de ses fils, mais chacun savait que c'était pour l'aider à se retrouver dans les gares et les villes, ainsi que pour parapher les marchés. Il en ramenait des troupeaux de bretonnes blanches et noires, des normandes aux ampleurs et aux douceurs de nourrices, des suisses aux teints de crème et de rose, un couple de charolais pesants à en faire craquer les bascules publiques. Au retour, il feignait la modestie, contait des impressions où l'étonnement persistait. Une fois, en Suisse, après avoir longuement inspecté la vitrine d'un horloger, il avait fixé son choix sur une grosse montre qu'on prétendait lui faire payer cinquante francs, presque le prix d'une vache, à l'époque... Il avait préféré se rabattre sur une plus petite, si petite même qu'il en avait demandé le prix de la sorte :

— Et ce « monstrill », combien me le vendrez-vous ?

Ah ! six mois après, il n'en revenait pas encore ! On lui avait demandé du « monstrill » une somme énorme, quelque chose comme cinq cents francs... Il avait failli en tomber à la renverse !

Nous étions accueillis avec beaucoup de sympathie. Nous venions passer les longues soirées d'été devant le mas, sur l'aire, au milieu des travaux suspendus. Nous voyions croître les meules et décroître les gerbières, et apprenions par le menu tous les succès et tous les déboires agricoles et familiaux de la journée. J'avais longtemps imaginé plus solides et plus émouvants qu'ils ne l'étaient en réalité les liens qui unissaient ma famille aux Marginèdes. Encore qu'assez nuancée, la condescendance du fermier irritait mon père ; on en parlait, et parfois on en riait en famille ; ma mère feignait de ne point nous comprendre et estimait que nous voyions du mal partout ; elle admettait pourtant la restriction mentale et nous ne nous en privions pas. Cela fait que, malgré leur gentillesse, nous éprouvions vis-à-vis des Marginèdes une sorte de méfiance et de dédain instinctifs. Jamais l'un de nous — les garçons surtout — n'éprouva le sentiment qu'un Marginèdes pût être son égal, ou pût l'impressionner, fût-ce passagèrement, par un privilège. L'ostentation du vieux Marginèdes, singée par toute la famille, ne mordait plus sur les gens d'apparence humble que nous étions. Lorsque le fermier jonglait avec des mille pour finir par confier à l'un de nous la lecture du journal ou la rédaction d'une lettre, nous avions conscience de sa pauvreté.

Lorsque nous arrivions au mas Palau, nous trouvions le vieux Marginèdes assis sur un banc de bois, devant l'aire. Le repas du soir était terminé ; dans la maison, les femmes étaient tout occupées de leurs vaisselles et de leurs rangements ; on entendait la vieille Espérance donner des ordres d'une voix geignarde ; parfois, une des jeunes filles chantait. Malgré l'heure tardive, il y avait encore de l'animation dans la cour et les étables. Le vieux Marginèdes retenait mon père auprès de lui, cependant que le reste de la famille s'égaillait au gré des affinités. Je restais souvent près des deux hommes et me mêlais à leur conversation ; les exclamations de surprise du fermier prenaient parfois la couleur de l'indignation ; il n'aimait pas les enfants et le leur faisait sentir ; il me suggérait rudement d'aller rejoindre son plus jeune fils, mais je me serrais contre mon père qui riait très fort et me défendait avec bonhomie. Le vieux Marginèdes appelait mon père : Seigneur Grégoire. Il anoblissait volontiers ses familiers. À la longue, cette formule solennelle passait inaperçue. Les deux hommes devisaient de choses et autres. Le fermier se faisait conter les journaux, les potins du village. Mon père l'entretenait des travaux des champs. Chacun puisait chez l'autre ce qui l'intéressait ; chacun se détachait de ce qui le préoccupait. J'ai gardé le sentiment qu'à ce jeu, mon père était le moins fort. Ces conversations de ton paisible étaient pour le vieux Marginèdes des dérivatifs, des toniques ; il leur donnait volontiers un tour spéculatif, mais avec infiniment de rouerie et de finesse. Lorsqu'il était soucieux de la tournure d'une affaire, ou qu'un événement le mettait dans l'embarras, il entreprenait mon père par le biais et en tirait tout ce qui lui semblait profitable : conseil, hypothèse ou lettre, en s'ingéniant à ne laisser à mon père aucun bénéfice, fût-il moral. D'obligeant, mon père n'était pas loin de se trouver obligé. Lorsque le vieux Marginèdes entendait lui faire plaisir, il se gardait d'y donner la forme ou même le sens d'un remerciement ; la délicatesse n'y était pour rien ; je crois plutôt qu'il aimait que ses aumônes fussent prisées comme des largesses ; mais il se heurtait à un homme dont la douceur l'illusionnait et dont le cœur fort lui résistait intensément ; il éprouvait la surprise et même le ressentiment du laboureur qui rencontre le roc sous une terre molle. C'étaient de vrais drames que je ne devine que maintenant. Ces deux hommes, dont l'un était tout pour moi, et l'autre une puissance intimidante et un peu méprisée, se pénétraient sans s'aimer. Le vieux paysan, méritoire, vaniteux et dur, le chef d'exploitation sans faiblesse, sentait sa force, sa souveraineté incontestée, lentement minées, par ce contact quotidien qui lui montrait mon père, tout pauvre et tout sage, animé de bonnes intentions, infiniment heureux, jamais effleuré par le moindre sentiment de jalousie ou d'envie, et pour tout dire doué d'un désintéressement si rare et si noble qu'il en devenait à la longue irritant et injurieux. Il devait beaucoup à mon père : l'éducation de ses garçons, d'heureuses interventions dans ses affaires, mais il lui devait une chose infiniment plus précieuse que tout cela, une présence amicale et franche, une chaleur de sentiments jamais démentie et jamais pervertie par la plus minuscule arrière-pensée, et il se sentait impuissant à récompenser ces mérites par des mérites identiques, qui sont le privilège, l'aristocratie de certains hommes. Mon père avait un vif sentiment de sa propreté morale, de sa pureté. Avec le vieux Marginèdes, il ne se sentait pas payé comme il l'eût voulu, comme il l'eût mérité...

Lorsque la conversation des deux hommes m'ennuyait, j'allais retrouver Robert, la plupart du temps en contemplation devant les chevaux, ou s'ingéniant à aiguiller un jeu de cache-cache du côté du verger ; ou bien, le bruit de la maison m'attirait, et j'y trouvais mes sœurs au milieu des jeunes filles du mas, parlant et riant haut, et aidant de tout leur cœur à quelque ultime besogne ménagère ; ma mère, timidement assise sur une chaise, l'œil inquiet, ébauchait avec la vieille Espérance des conversations que celle-ci coupait d'interruptions brusques, de commandements, de soupirs... À la fin, les deux familles se réunissaient dans la cour de la ferme ou près de l'aire. Émilienne chantait.

On l'écoutait avec ravissement. Dans la nuit, deux yeux vacillaient, une tête s'inclinait lourdement. À l'écart, le vieux Marginèdes et mon père retenaient leur souffle. C'était toujours la voix du fermier qui rompait le charme de ces heures mélancoliques.

— Demain, il y a matines ! disait-elle.

Aussitôt, comme des bœufs qu'on dérange de leur sieste, les grands garçons se dressaient, souhaitaient le bonsoir, rentraient d'un pas traînant. Les jeunes filles nous embrassaient. Nous étions loin sur le chemin que nous entendions encore leurs chuchotements, et parfois, arrivés à l'entrée de Sainte-Marie, nous écoutions la voix de la Louve, l'énorme chienne de garde du mas, ébranlant le silence de la nuit...

À l'époque de mes huit ans, il ne restait au mas Palau que trois grandes jeunes filles, de quinze à vingt ans. La plus jeune, Maria, était grande pour son âge ; elle avait un corps élancé et souple, des yeux noirs et vifs, tantôt brûlants et tantôt doux, et elle serrait sa lourde chevelure sur la nuque dans un catogan savant. C'était celle que mes sœurs aimaient le mieux. Adrienne avait dix-huit ans ; elle était menue et dense comme une mûre, avec des yeux doux, un sourire un peu bête ; elle avait pris chez les sœurs des manières discrètes que le rude travail du mas ne parvenait pas à effacer. L'aînée n'était ni jolie, ni belle ; elle s'appelait Françoise, mais on la nommait Çaze, d'un diminutif qui la rangeait parmi les vieilles gens. À vingt ans, elle s'habillait et se comportait en effet comme une vieille fille qui n'attend rien de nouveau de la vie ; le mariage et le départ de ses sœurs aînées l'avaient placée à la tête de la descendance ; cela, et une vraie modestie, en faisaient une personne grave, un peu écrasée, résignée et douce. Plus que la vieille Espérance, elle était la maman de tous, et tout le monde subissait plus ou moins son ascendant ; la mère authentique n'était là que pour donner des ordres, geindre, rappeler les duretés du passé ; c'était Çaze qui dirigeait tout ; c'était sur elle que retombaient les mécontentements ; mais elle était d'une humeur égale, aimait tout le monde, n'attendait rien en retour, et ployée sous le poids de ses sacrifices, paraissait très heureuse, elle aussi...

Émilienne, avec ses langueurs et ses raffinements, en imposait un peu aux demoiselles Marginèdes, même à Adrienne qui savait toutes les prières et le savoir-vivre. Maria raffolait d'elle qui la conseillait pour ses toilettes et sa coiffure, lui parlait librement des jeunes gens qui les lorgnaient, et ne lui faisait jamais sentir sa supériorité de brevetée. On la choyait ; on la faisait chanter des romances ; on l'emmenait dans une des nombreuses chambres du mas pour parler amour et chiffons, pour se moquer, rire, rêver... À cette époque, Alice était encore à l'âge ingrat ; vive et garçonnière, elle eût aimé se dégager de la tutelle des demoiselles Marginèdes qui la forçaient à rester en leur compagnie ; elle s'ingéniait à se rendre insupportable par ses questions, ses reparties, les menaces de chantage qu'elle faisait peser sur les confidences. Adrienne se montrait plus particulièrement choquée par l'éducation de ma sœur. « Il ne faut pas dire ça ! » gémissait-elle à tout instant ; elle corrigeait pieusement le vocabulaire d'Alice, la suppliait par exemple de remplacer l'équivalent de « foutu », en catalan, par « fichu », ce qui faisait bien rire mon père. Adrienne était donc pour Alice, et par contrecoup pour nous tous, « celle qui faisait la morale ». Cela la discréditait un peu, sauf aux yeux de ma mère qui prisait fort la tenue et la politesse…

Plus tard, promue au rang de jeune fille, Alice devait conquérir une place immense dans le cœur des demoiselles et de la maison. Elle avait appris à ne point rire de l'amour, à s'apitoyer sur les déboires sentimentaux. Adrienne vivait, en effet, d'une fête à l'autre, du souvenir d'une danse ou d'un bouquet offerts par Honoré Fondeville, un bellâtre aux yeux de congre expirant que personne au mas Palau ne pouvait sentir ; on poussait la charité jusqu'à la laisser soupirer sans protester, et lorsqu'une larme s'échappait silencieusement de ses yeux, on lui posait la main sur l'épaule et on lui faisait une petite moue pleine de reproche et d'affection…

Pour Çaze, il n'était question que de l'amour des autres ; elle fuyait les jeunes hommes ; elle ne dansait jamais ; mais elle s'enfiévrait pour l'avenir de ses sœurs. Elle savait que Maria ferait un magnifique mariage bien avant qu'elle eût opté pour un amoureux ; elle savait qu'Adrienne s'envolerait du mas aussi sûrement que les sœurs aînées. D'avance, elle s'effaçait sans douleur…

Aux grandes vacances, certains soirs, mes sœurs obtenaient de « rester dormir » au mas Palau. Cela me laissait prodigieusement rêveur ; je crois que cette marque d'intimité flattait tous les membres de ma famille. Les garçons se couchaient les premiers ; ils gagnaient leur « cambuse » par un escalier de bois ; ils ne faisaient pas trop de bruit ; ils étaient tous plus ou moins exténués par le travail du jour ; il y avait quelque chose de douloureux dans le coucher de cette jeunesse sans gaieté et lasse à mourir... Les demoiselles et mes sœurs gagnaient avec des rires étouffés et des chuchotements une enfilade d'alcôves blanchies à la chaux, confortables, meublées de grands lits et de grandes armoires. Des rideaux de cretonne isolaient ces pièces d'un couloir plein de nuit, où la vieille Espérance passait la dernière pour aller rejoindre, dans la chambre du fond, son époux ronflant. Adrienne prenait Alice dans son lit ; en chemise, elle s'agenouillait, donnait le signal de la prière et ne supportait pas la moindre distraction. Après cela, le rideau de cretonne bougeait, et Maria, que la jeunesse et la joie démangeaient, arrivait furtivement de sa chambre. On entendait Çaze gronder à travers la cloison. Maria dansait sur le carreau rouge, roucoulait comme Honoré Fondeville, contait une anecdote toute fraîche, celle de la Mariette qui s'était purgée avec un bol d'eau de lessive. Adrienne n'osait pas se fâcher tout haut, et ses yeux pleins de reproche l'étaient aussi d'étonnement et d'admiration pour ce corps précoce et dru dont les rondeurs bondissaient sous la chemise. Enfin, Çaze paraissait, contractée, mécontente, plus laide encore que dans le jour, et elle mettait fin aux singeries...

Au matin, le vieux Marginèdes ébranlait le couloir de son pas pesant. Sa grosse voix éveillait la maisonnée. Elle appelait chacun par son nom, dans l'ordre, dans une litanie pompeuse :

— Françoise ! Adrienne ! Maria ! debout !

On l'entendait s'éloigner, ouvrir des portes, s'arrêter devant le quartier des garçons, les appeler de sa voix de régisseur. Le soleil n'avait pas encore paru. Il n'y avait que la vieille Espérance et les tout-petits qui fussent autorisés à dormir encore un peu. Tous les autres connaissaient le travail qui les attendait. Dans la cuisine, le vieux répétait ses ordres aux valets, aux filles et aux garçons. Tout le monde baissait les yeux. La fatalité du travail recommençait…

À l'époque des vendanges, les demoiselles Marginèdes prenaient des teintes d'aramon ; c'était le moment de l'année où elles étaient le plus jolies ; c'était aussi le temps où elles se sentaient le plus libres et le plus audacieuses. Cependant, comme le vieux Marginèdes ne plaisantait pas sur le chapitre de la tenue, il préposait un vieux domestique à leur garde. Une année, un garçon de la « colla » s'étant permis de faire un « gall » à Maria (le « gall » est un simulacre assez leste et assez brutal de l'amour des poules et des coqs), le père avait fait appeler les trois sœurs, et, sans leur donner d'explication, il les avait giflées à tour de rôle, de toutes ses forces, puis les avait envoyées se coucher. Çaze, l'innocente Çaze, s'était montrée la plus indignée ; dans un sursaut de révolte, elle avait failli quitter le toit paternel ; elle était restée sans parole un long mois… Je me souviens encore du long, de l'interminable sourire de pitié par lequel mon père choisit de commenter cette aventure…

Les jours de lessive, les trois sœurs abandonnaient les travaux des champs. C'étaient pour elles des journées de fête. Lorsque le linge était sec, elles l'empilaient en montagne sur la grande table de la cuisine, et les travaux de l'aiguille commençaient. Tout était passé en revue, vêtements de labeur et du dimanche, linges blancs et de couleur. À Çaze étaient dévolus les rapiéçages et les reprises ; les autres s'occupaient de la lingerie qu'elles marquaient au point de croix, ou brodaient, lorsque le père laissait durer le plaisir.

Le dimanche, elles ne manquaient jamais d'assister à la messe. Elles arrivaient à Sainte-Marie dans un break. Dans leurs atours de fête, sous leurs robes de tissus trop luxueux et de couleurs trop tendres, elles étaient un peu ridicules ; dans leur toilette de cent sous, mes sœurs montraient infiniment plus de grâce. En passant, on tentait d'arracher un compliment, voire un mot aimable à mon père. Je le retrouvais, seul, hochant la tête, et condamnant d'un rire sarcastique tant de vanité déplacée...

L'aîné des garçons venait de rentrer du service militaire. Le hasard l'avait fait incorporer en Afrique. À le voir, on sentait qu'il venait de loin. C'était un grand gars, maigre, brûlé de soleil, taciturne ; le regard de ses yeux rapprochés et étroits, ourlés de cils blonds, convergeait vers un nez de rapace. Il était assez mal vu de ses parents ; tout jeune, il avait été mis chez les frères, mais il n'en était pas sorti édifié comme sa sœur Adrienne. Du régiment, il n'écrivait à peu près jamais. C'était la forte tête de la famille ; il entretenait sa réputation à force de silences, et c'était parfois impressionnant. En réalité, il n'y avait guère entre le père Marginèdes et le fils que des malentendus. Antonin estimait, je crois, qu'il n'occupait pas au mas, et peut-être dans le monde, la place qui lui revenait. À quelque moment, dans la vie, son père avait dû le briser, et on sentait qu'il ne guérirait jamais de cette blessure, soit qu'il fût intimement fier, soit qu'il fût intimement faible. Au mas, il travaillait de toutes ses forces ; une fois gardé des reproches de ce côté, il s'ingéniait à se rendre désagréable, à prendre des revanches. C'est ainsi qu'on ne le voyait paraître en famille qu'aux heures des repas, et qu'il y montrait un visage sévère que rien ne pouvait dérider. Son père feignait de ne pas le voir ; il donnait des ordres en regardant quelque autre de ses fils ; ils semblaient entretenir des relations par personne interposée, comme les princes régnants. Le reste de la famille tenait sa respiration et redoutait un éclat qui ne venait jamais, qui ne devait jamais venir... Nous, les Grégoire, nous admirions fort Antonin ; il n'y avait guère que mon père qui ne l'appréciât pas à son juste mérite ; nous mettions cette réserve sur le compte d'un esprit de contradiction que mon père et ma mère se renvoyaient depuis vingt ans comme une balle...

Après le repas du soir, Antonin s'enfermait dans le réduit qui lui servait de chambre et de cabinet de travail. Il avait construit cet habitacle de ses propres mains, de manière à s'isoler de tous, de ses frères en particulier, avec lesquels il se divertissait rarement. J'étais entré quelquefois dans cette pièce que les sœurs Marginèdes faisaient parfois visiter, en cachette, avec des commentaires nuancés à la fois de gloire et de consternation. C'était comme une immense cellule aux cloisons de planche, meublée d'une table, d'une chaise à siège mobile, d'étagères et de casiers de bois blanc. Des livres, des revues, des journaux, peuplaient les murs, la table et certains coins du parquet ; toute cette paperasse avait trait à des inventions, des expériences, du bricolage. Il y avait des traités agricoles, *Je sais tout*, *La Science et la Vie*, des almanachs des champs, des gazettes paysannes, toute une vulgarisation extrêmement intimidante. Parfois, une épure traînait sur la table ; on se penchait dessus, le souffle retenu. Çaze tournait vers l'assemblée des yeux agrandis ; on était secoué d'un frisson, et on se retirait en silence, oppressés, comme lorsqu'on a été à deux doigts d'un sacrilège…

J'aurais voulu marquer mon estime et mon affection à Antonin. Malheureusement, cela n'était pas facile, car on faisait froncer les sourcils de la famille Marginèdes lorsqu'on effleurait le sujet, et aussi parce que Antonin n'était pas très liant. Pourtant, il me semblait qu'il éprouvait pour son plus jeune frère et pour moi un sentiment qui ressemblait à de la sympathie, et il nous était arrivé de pouvoir entrer dans sa chambre, en sa présence, sans qu'il nous mangeât… C'était le soir, après le repas. Il travaillait à la lumière d'une lampe à pétrole. Cette clarté venait émouvoir les murs de la cuisine par le vasistas mitoyen, et toute la famille savait qu'Antonin poursuivait ses chimères. Lorsque nous entrions, son petit frère et moi, il nous souriait, nous attirait à lui, nous tapotait la nuque sans mot dire, ou bien, s'il parlait, il se contentait de répéter avec beaucoup de douceur : « Petits démons ! Petits démons ! » Je le trouvais formidable. Sa main sèche et puissante était crispée sur les pages d'un livre ouvert. Aux murs, étaient épinglés des dessins géométriques, des coupes de moteurs, de pistons. Notre étonnement lui faisait visiblement plaisir, mais il ne savait que nous dire. C'était nous qui nous enhardissions ; la grosse loupe, le compas, le rapporteur, nous impressionnaient ; il nous les laissait toucher. Parfois même, il se replongeait dans sa lecture. Nous ne parlions qu'à voix basse. Enfin, écrasés par le silence et le mystère du lieu, nous finissions par nous lasser, et nous quittions Antonin avec tant de respect qu'il ne nous voyait pas sortir...

Des études et des longues cogitations d'Antonin, il sortait parfois quelque chose d'utile à l'exploitation du domaine : un moulin à palettes, un treuil à vendanges, une pompe à volant. Le vieux Marginèdes manquait rarement de les faire admirer aux visiteurs. Mais, au dédain qu'Antonin manifestait à l'égard de ces créations méritoires, on devinait qu'il avait en tête d'autres projets. Cette illusion et cette menace devaient durer des années, jusqu'au mariage d'Antonin, une union aussi pratique et raisonnable que la pompe à volant. Je crois pourtant que ce fut la meilleure de ses trouvailles, car elle devait le guérir de toutes les autres...

Les autres frères Marginèdes s'échelonnaient de deux en deux ans, sauf le dernier, Émile, venu par surprise, et cependant bien accueilli, car il complétait la douzaine et ne paraissait pas vouloir faire beaucoup d'embarras dans la vie...

À bien des signes, et d'abord à cause de l'ironie qu'il me manifestait lorsque je l'interrogeais, j'avais deviné que Pierre, le second des garçons, était amoureux d'Alice. Cela venait de loin, il paraît, de leur dixième année à tous deux, du jour où le gardeur de porcs les avait abrités sous les plis de son manteau et avait décrété qu'ils feraient un joli couple. Alice était bien restée cinq ou six ans encore sans prendre conscience du moindre émoi, mais lorsqu'elle s'en avisa, il y avait beau temps qu'autour d'elle tout le monde était prévenu. Et cela aurait pu se terminer par un mariage si les circonstances n'en avaient décidé autrement, si les divergences n'étaient venues sournoisement se glisser entre les deux jeunes gens, si Alice, au moment pathétique où on s'engage, n'eût effectué un recul où il y avait plus de remords que de fierté, plus de compassion que de dédain, mais un recul angoissé comme on ne peut en marquer que devant un immense péril...

Pierre était un assez beau garçon, blond, bien découplé, le visage agréable. Il avait une propension à la moquerie, à l'ironie même, mais elles prenaient une forme systématique et à la longue irritante. À quinze ans, on n'est pas de prime abord sensible à de telles nuances, et sans doute Alice éprouva-t-elle alors un sentiment amical et quasi fraternel pour ce garçon qui partageait ses jeux. Mais cependant qu'au mas tous les Marginèdes s'appliquaient à créer autour de cette naissante idylle une atmosphère de complicité, chez les Grégoire, il n'en était jamais question, et hormis Émilienne, personne sans doute n'y attachait d'importance. Je crois que, durant cinq années, le roman des deux jeunes gens piétina tristement, mais que, cependant que l'esprit du garçon et celui de sa famille spéculaient hardiment sur un dénouement inévitable, Alice sentait peu à peu s'éclairer l'impasse où elle était candidement entrée et cherchait douloureusement à en sortir. Elle était fort jolie, vive, roulée comme une pomme, et très courtisée ; mais, de condition modeste, sans situation, sachant comme nous tous qu'elle aurait à gagner sa vie par son travail, s'habituant comme nous tous, par orgueil autant que par nécessité, à ne compter que sur soi, elle était mal préparée à un mariage où l'amour n'eût pas prédominé. Tous les mérites, toutes les supériorités même de Pierre Marginèdes, elle les admettait, mais elle ne se sentait pas conquise ; elle n'était pas terrienne, elle n'était pas faite pour une existence dont les rudesses et les trivialités lui étaient offertes tous les jours en spectacle ; les rentrées triomphales du foin, de la moisson, de la vendange, restaient pour elle de magnifiques tableaux ; elle n'était sensible qu'au spectacle et n'avait sans doute jamais pensé à ce que cela représentait de gros sous. C'était cependant cette question qu'on agitait perpétuellement au mas Palau et dans tous les mas du monde…

La vieille Espérance cessait parfois de

gémir pour faire des projets. L'entrée d'Alice dans la famille lui paraissait chose faite ; elle s'en ouvrait de temps à autre à ma mère, sur un ton dont la condescendance lui échappait. Ma mère, qui se souvenait d'avoir éprouvé une véritable délivrance à passer de la vie d'un mas à une vie rude certes, mais aux servitudes aérées d'émois et d'évasions, se gardait de se réjouir trop tôt ou trop haut, et se contentait de répéter : « Ils sont bien jeunes ! Qui sait ce que l'avenir leur réserve ! » Et, en effet, Pierre n'avait pas encore fait son service militaire, et Alice préparait ses brevets...

De son côté, le vieux Marginèdes s'était attaché à Alice comme à la mieux aimée de ses filles. Lui qui terrorisait ses enfants, ou du moins ne savait pas leur inspirer confiance, se trouvait tout désarmé devant elle. Il aimait sa compagnie. Ses espiègleries le faisaient rire aux éclats. Il supportait ses remarques les plus impertinentes. C'était elle qu'il chargeait de lui lire *L'Indépendant*, mais seulement la page des annonces ; elle se plaçait devant la fenêtre, debout, le dos au jour, et lui s'asseyait sur une chaise basse qui faisait ressortir son énorme ventre sur ses cuisses grêles. Il était aussi attentif, aussi grave que si elle lui eût déchiffré quelque texte sacré. Ses yeux blessés, presque opaques, papillotaient dans la lumière. Lorsque Alice avait fini de lire, le vieux se faisait répéter le texte d'une annonce concernant l'affenage, le charroi, l'arrivage de chevaux de la maison Mulès. Il semblait qu'il éprouvât un grand plaisir à la retenir auprès de lui le plus longtemps qu'il pouvait. Autour de ce rite quotidien, se propageait une atmosphère de silence et de complicité, comme si tout le monde eût compris que se tramait là un pacte de confiance et de sympathie que rien ne pourrait rompre...

Enfin, Pierre était parti au régiment. Je devais avoir une dizaine d'années lorsque l'événement se produisit. Je me souviens que le fils Marginèdes vint saluer mes parents la veille de son départ. Lorsqu'il quitta la maison, il était tard ; la cage de l'escalier était noire. La nuit, on accompagnait les visiteurs sur le palier, la lampe au poing ; on restait là, la flamme filant et gloussant aux courants d'air, jusqu'à ce que le visiteur tâtonnant eût trouvé à manœuvrer la cadaule et criait : « Ça y est ! Merci ! Bonsoir ! » Cette fois, ce fut Alice qui tint la lampe. J'avais suivi. Je vis Pierre Marginèdes s'enfoncer dans la cage de l'escalier, lever son visage, et envoyer à ma sœur, du bout des doigts, un baiser. Ce fut pour moi un spectacle si inattendu et en même temps si grotesque, une révélation que je réprouvai si intimement que j'en ressentis comme un malaise...

Pauvre Alice ! Pauvre Pierre ! Combien durent être douloureuses les heures de lent arrachement qui suivirent ! Ma sœur se découvrait liée, plus encore que par d'innocentes promesses, par un réseau de prévenances ; elle se rebellait et n'était pas comprise ; on ne voyait que scrupule et pudeur là où il y avait refus. La première lettre que Pierre lui écrivit du régiment la plongea dans une affreuse tristesse. Ce ne fut pas tant son ignorance qui la bouleversa qu'une certaine pauvreté de sentiments, une manière cavalière d'hypothéquer l'avenir, une assurance, une certitude malsonnantes qui dépassaient de beaucoup les propos que, présent, il avait pu tenir... Oui, tant que Pierre s'était borné à être présent, à se taire, à ne se risquer en tout cas qu'avec timidité, Alice avait su et pu le supporter. Mais cette subite révélation de l'homme tel qu'il était ! Ce danger qui prenait corps ! Cette ombre qui bougeait, parlait, précisait des vœux restés obscurs, s'aiguisait, tout cela dressa Alice impérieusement. Comment reculer ? Comment se dégager ? Comment rompre l'enchantement où étaient plongés les Marginèdes ? Ce qu'elle redoutait le plus, c'était de paraître fière ou méprisante. Elle était sans dot, sans situation, sans espérance ; elle était une petite fille pauvre, et cependant elle se savait une force prodigieuse devant ce garçon et cette famille qu'elle n'avait su décevoir à temps. Elle était tout refus, des pieds à la tête, et elle avait une peine affreuse. Elle se confessa. Mon père n'aimait pas les confessions ; elles heurtaient en lui une pudeur toujours en éveil. C'était un fils, un petit-fils de paysans, mais les paysans parvenus le dégoûtaient : leurs millions ne lui cachaient par leur cautèle, leur vanité, leurs petitesses ; il les connaissait bien : vantards et fracassants, ou finauds et faussement humbles, tous préoccupés d'entasser, d'engrosser, de prospérer ; il savait qu'il existait une aristocratie paysanne, sage, désintéressée, virgilienne, celle qui « souhaitant un domaine le voulait le moins grand possible », suffisant à assurer le pain et le vin, mais il la savait attaquée, rongée, pervertie, dissoute, par l'ambiance, l'alliance, le jeu des forces mauvaises ; il recherchait la sagesse, le désintéressement partout ; des projets de sa fille, il ne voulait ni ne pouvait se mêler ; les mariages, c'était l'affaire des mariables ; s'il disait son mot, ce serait sans doute un mot sarcastique, déroutant, quelque condamnation ; il préférait hausser les épaules ; c'était sa philosophie des grands jours... Alice avait choisi de se tourner vers sa mère.

Ma mère n'avait cessé de soupirer, de remuer au fond d'elle des sentiments contradictoires ; le bonheur de ses enfants la préoccupait, mais il semblait parfois que, dans la vie, elle le subordonnât aux convenances et à l'intérêt ; il suffisait de quelques larmes pour la transfigurer, comme un métal pur dont on frotte la rouille. Devant le désespoir de sa fille, elle s'était prononcée ; elle s'était prononcée pour sa fille. Elle aussi, la femme pauvre, acharnée à nouer les deux bouts, s'était découverte tout d'un coup. Par tous ses actes, par toutes les réactions de son existence, elle semblait différente de mon père ; et voilà qu'on la découvrait toute proche, toute semblable, avec peut-être plus de crânerie, plus de mérite et de noblesse que lui. Ce fut elle qui consola Alice et lui infusa la certitude qu'elle ne commettrait rien de laid ni de déshonorant en se récusant…

Lorsque le retour de Pierre fut proche, une atmosphère de drame pesa sur la maison. Depuis longtemps, Pierre sentait qu'Alice lui échappait ; chacune des lettres de ma sœur contenait une bribe d'explication douloureuse ; certains mots éveillaient de la surprise dans son esprit. Mais il n'avait pas tout de suite compris. Alice s'était montrée trop charitable. Pierre était sûr que son retour arrangerait les choses ; il comptait sur la puissance des siens ; il comptait aussi sur la faiblesse des Grégoire. Mon père, il l'avait eu comme maître d'école ; alors il l'intimidait ; mais depuis il croyait avoir pris sa revanche ; il croyait avoir renversé les rôles ; il lui suffisait d'évoquer ses hochements de tête admiratifs lorsqu'on dressait devant lui le bilan d'une saison… Il n'y avait guère qu'Alice qui lui en imposât ; d'un mot, elle pouvait tout illuminer ; d'un mot, elle pouvait aussi faire vaciller et crouler tout un monde de rêves ; il ne savait plus au juste quel mot elle prononcerait…

Ce fut ma mère qui se chargea de porter le coup. Elle écouta parler la vieille Espérance ; ses rides s'étaient accentuées ; sa mâchoire inférieure dansait comme une mâchoire de rongeur, et à ces signes, n'importe quel Grégoire eût su à quoi s'en tenir... Aussi, quelle stupéfaction à ses premiers mots ! Elle avait dit quelque chose comme : « Écoutez, madame Marginèdes, ces enfants sont encore bien jeunes... », une chose souvent entendue et incomprise, mais cette fois dite sur un ton si angoissé, si déterminé aussi, qu'il était impossible de ne point comprendre... Elle avait ajouté d'autres paroles chargées de regret et de consolation. La vieille Espérance avait crié. Les filles de la maison s'étaient approchées. À elles toutes, elles avaient assiégé ma mère. Elles l'avaient assiégée comme des guerriers l'eussent fait d'une vieille place forte aux trois quarts démantelée et dont il eût semblé que la résistance était aux abois. Mais la vieille place forte avait résisté...

Des autres frères et sœurs Marginèdes, je garde un souvenir moins précis, peut-être seulement moins ému. Jacques avait l'âge de Robert ; il était bon et ne prêtait guère à la curiosité. Fortuné, qui venait immédiatement après lui dans la lignée familiale, était d'un type beaucoup plus relevé. Tout jeune, il avait déjà une large figure au menton arrogant, comme en ont les tribuns et les hommes forts en affaires. Il aimait m'étonner, m'écraser de sa supériorité. C'était surtout au mas, sur ses terres, qu'il se montrait le moins charitable. Il se vengeait de certaines humiliations scolaires. Il me ramenait à de la modestie et je dois avouer qu'il y parvenait assez bien. Il me montrait son jardin d'un geste large de ses bras, et m'interdisait d'y entrer ; il m'entraînait à l'écurie et m'écartait des chevaux ; il interrogeait le pâtre ou les valets, s'ingéniait à leur faire prononcer des chiffres destinés à m'impressionner, ou bien il me laissait m'enferrer dans une estimation ou un pronostic agricole qui déchaînait l'hilarité. À Sainte-Marie, les jours d'école, il crânait moins. Néanmoins, il gardait un certain prestige en offrant les fruits de son verger ; dès son arrivée il était très entouré, mais on l'abandonnait dès que ses mains étaient vides. Il m'écartait ostensiblement de ces partages qu'il réservait à de plus forts et de plus malins ; j'en concevais du dépit et dès notre entrée en classe, je lui faisais payer cher ses dédains en le ridiculisant en grammaire ou en histoire. Alors, je le voyais avec volupté oublier tous ses avantages physiques et sa munificence de possédant ; il ployait sous mes coups comme un gros boxeur essoufflé devant un adversaire entraîné et agile. Il me haïssait de toutes ses forces. Plus que jamais, ses pommes rouges me passaient sous le nez. Mais il m'apprenait la fierté...

Émile, le dernier rejeton mâle de la famille, avait un an de moins que moi. Il était frêle et doux comme une petite fille, et d'une grande timidité. Il se tortillait comme un ver et rougissait à la moindre question. Lorsque nous arrivions au mas, il se cachait pour échapper à toute épreuve. Sa famille le chérissait et le parait de vertus imaginaires. Avec moi, il se risquait davantage, mais il ne répondait à ma sympathie qu'après un moment, peut-être parce qu'il ne la découvrait pas aussi pure qu'il l'eût aimée, peut-être parce qu'il la sentait mitigée d'un peu de compassion. Au plus fort de notre intimité, il gardait vis-à-vis de moi un peu réserve, de défiance même. Il ne prenait du courage que pour me détourner d'un projet qu'il jugeait dangereux ou simplement déraisonnable. Tous les Marginèdes savaient m'écarter du jardin où je faisais des dégâts, mais ils y mettaient plus ou moins de formes. Émile était le seul qui ne prît pas de gants pour m'en interdire l'entrée. Il se campait devant la porte, et prenait une attitude si résolue, une mine si farouche, que je n'étais pas loin d'en avoir peur...

Je n'avais jamais ressenti pour aucun des Marginèdes une véritable affection, et mon père semblait encourager ces dispositions d'esprit et de cœur. À mesure que les années passaient, il devenait, en leur présence, de plus en plus réticent, de moins en moins aimable ; il espaçait ses visites ; il dédaignait ouvertement leurs présents. Un jour qu'il se sentait en veine de prodigalité, le vieux Marginèdes avait décrété que la ligne de pêchers qui jalonnait la vigne du Cannet nous appartenait. C'étaient des arbres perdus dans l'immensité du domaine, loin du mas, des vergers, des jardins, mais si proches de la route nationale qu'ils étaient devenus, qu'on le voulût ou non, les arbres de tout le monde. En nous les léguant, le vieux Marginèdes avait implicitement entendu que nous en disputions la récolte aux maraudeurs de passage. Mon père n'avait jamais pu se résoudre à les considérer comme siens, et lorsque nous passions devant, au cours de nos promenades, il nous retenait d'y faire des cueillettes qui eussent ressemblé à une récolte... Je compris qu'une révolution complète s'était faite en lui le jour où il m'interdit de toucher à « nos pêchers » du Cannet. Il ne me donna pas de longues explications. Il se contenta de me dire : « Ils ne sont plus à nous ! »

Petit à petit, tacitement, nous nous détachions des Marginèdes, mon père et moi. Mes sœurs continuaient à les fréquenter et peut-être à les aimer. Nous deux, nous formions un bloc muet et hostile. Nous rompions secrètement avec des habitudes qui n'avaient pu créer de vrais liens. Les Marginèdes en manifestaient de l'étonnement, et mon père commençait à leur paraître bien original. Ils essayaient de se rattraper ; ils se rattrapaient lourdement. Père et moi, un peu sarcastiques, échappions à leurs appeaux avec des légèretés d'oiseaux. Nos promenades tournaient autour du mas et ne s'y posaient jamais. Quelque chose de diabolique animait les deux êtres d'apparence simple que nous représentions. Parfois, des hauteurs de Can-Naou, de Puig-Singlar ou du Barraguer, de l'un des hauts pitons ceinturant la vallée, nous laissions nos regards vaguer avec tendresse sur l'immensité des champs et des bois. Nos cœurs flottaient comme des algues. Nos sentiments allaient à la dérive, dans cet état de rêve et de demi-inconscience que favorise la fatigue jointe à une sécurité extrême. Mais lorsque l'un de nous portait les yeux sur le mas Palau, il subissait un choc intime, comme en peut provoquer la brusque apparition d'un ennemi. Il y avait entre nous une rapide et silencieuse communion. Nous restions quelques instants tendus avant de pouvoir retrouver notre abandon et notre bonheur...

44

Ainsi qu'il l'avait promis, Clément renvoya d'un seul coup l'argent que lui avaient prêté mes parents à son départ pour Paris. Cependant, là-bas, rue du Jour, durant de longues semaines, mon frère s'ingéniait à vivre avec un litre de lait et une livre de pain par jour. En décembre, il avait acheté une paire de souliers à douze francs, car le pavé de Paris était, à son dire, plus meurtrier que les coursières de nos montagnes. Plus tard, il avait acheté un pardessus, des gants beurre frais, et il s'était fait photographier chez Mitget. Il avait dû se remettre au régime du pain et du lait. Cela l'affinait. Il avait maigri. Il était pâle. C'était maintenant un citadin tout à fait impressionnant, et je redoutais le contact qu'il me faudrait avoir avec lui le jour où il débarquerait en congé.

Comme mon père, il n'aimait pas écrire

pour donner des nouvelles brèves et se mettre en règle avec les convenances. Ses lettres étaient longues, d'une écriture alerte et ferme. On les sentait écrites avec plaisir et pour faire plaisir. C'étaient des pages vivantes, évocatrices, parcourues d'un inlassable humour, semées de sarcasmes, de violences, de plaidoyers. À les lire, il semblait que Clément était devant nous, au retour de l'école de Moret, d'un spectacle. Nous étions en contact avec les milieux où il vivait et souffrait, et il avait beau travestir sa détresse, nous la devinions toujours.

Mon père feignait de ne point le prendre au sérieux ; il s'attachait à l'aspect optimiste des confidences ; il ne retenait de ces lettres que ce qui le faisait exulter ou rire. Il interrompait sa lecture pour pouffer, ou dire : « Il est épatant ! »... Il m'a fallu avancer en âge pour voir en Clément autre chose qu'un satirique, illustrant certaines de ses satires par des coups de tête. Mon père tirait vanité de ses frasques. « Il leur en fait voir de dures ! » disait-il. Ce n'étaient pas les ombres de la révocation, de la cassation, ou de Biribi, qui pouvaient lui en imposer. Cela, c'était le sombre royaume de ma mère. Je doute que les réponses de mon père continssent le moindre conseil. Il savait Clément incapable d'une malhonnêteté. Qu'importait le reste ? Se heurter à des chefs ? Lui, le père, n'avait-il pas donné l'exemple sa vie durant ? Se moquer, ironiser parfois férocement ? N'était-ce point la marque familiale ? Oui, il avait confiance. Un homme véritable se rétablissait toujours...

— Qu'est-ce qu'il dit ? demandait plusieurs fois ma mère, cependant que père lisait d'abord la lettre pour lui, le mégot au coin de la lèvre, et le retirant de temps à autre pour pouvoir rire à son aise... Ces éclats de gaieté ne la rassuraient qu'à demi. Ces lettres, elle les relisait lentement, en secret, lorsque les grandes personnes de la famille étaient sorties de la maison, et si j'en juge par l'expression de son visage à ces moments-là, elle devait trouver des accents désespérés à ces histoires de guichets, de paperasses et de copains qui divertissaient si fort les autres.

— Ce qu'il dit ? Il est épatant ! répondait parfois père pour la faire patienter. Quel écrivain il ferait, cet animal d'animal !

C'étaient, en effet, d'admirables choses que les portraits de Clément, les charges contre le métier, les chefs, le public, ce Paris tonnant et frivole qui battait comme une vague aux portes des Recettes et des Centraux... La Poste, c'était l'usine à papier : il débordait de partout, des salles de tri, des paliers, des couloirs, des marches d'escalier, et jusque des cheminées brûlantes du chauffage ; il arrivait en sacs, en paquets, en hottées, en corbeilles, à coups de chariots et de bennes, et venait s'accumuler aux carrefours de répartition, devant les tables d'ouverture, au milieu du fourmillement des blouses, du linge douteux, des képis fatigués, des savates molles... Le travail prenait des airs de ruée, de curée. Au tri, debout devant quarante cases, Clément récitait : « La Lozère : à Clermont... Les Vosges : à Avricourt... », classait en haut, en bas, à droite, à gauche, dans une gymnastique affolante de la mémoire, des yeux, des bras, des jambes, du torse. Alentour, cent collègues répétaient des gestes identiques. Parfois, une interrogation de travailleur en panne dominait le tumulte des récitations : « La Chapelaude ? » Et un chœur répondait : « À Montluçon ! » Lorsque l'amnésique récidivait : « Et Cartignies ? », c'était comme une houle indignée : « À Erquelines ! » Un hourvari de désespoir et de réprobation comme on n'en entend que dans les asiles…

On faisait la connaissance des « sénateurs ». Le commis principal Lagriffe, à qui on demandait du renfort, disait : « Je n'ai pas de trieur sous la main. J' vas vous chercher un “ sénateur ”… » Le sénateur s'amenait. C'était Poitevin. C'était Bélitre. C'étaient des vieux, des rondouillards aux haleines de vin cuit, aux tics de névropathes. C'étaient les débris, les demi-fous, les mutilés cérébraux, les paralytiques partiels de la grande boîte, tous ceux dont l'administration ne pouvait se débarrasser légalement, mais dont elle guettait d'un œil cruel la première faute grave, parfois le premier meurtre, pour s'en libérer au profit de l'hospice ou du cabanon. Ils s'amenaient avec leurs manies, leurs folies douces, leurs gommes et leurs lèpres, et le travail était le dernier de leurs soucis… Ils entretenaient Clément de liqueurs, de poules sûres, de morgues et de meurtres. L'un se déchaussait en philosophant sur les oignons et sur les cors, l'autre donnait confidentiellement une recette de suicide propre et aimable, tout ce qu'il y avait de plus épatant, un troisième se piquait sans pudeur sa cuisse blême et cadavéreuse de sédentaire... C'était en bavant, en reniflant, en crachotant, secoués de rires mystérieux et misérables, ravagés de quintes, crispés, ossifiés, liquéfiés et puants, qu'ils triaient leur petit lot... Certains évoquaient les jours fastes de leur jeunesse, à l'époque où ils pratiquaient la « timbale ». La « timbale », c'était une espèce de taylorisation du tri, un concours de frénésie et de vitesse, grâce auquel on se faisait parfois une réputation de phénomène, et, avec beaucoup de chance, une centaine de francs de supplément par an... Clément commençait à comprendre... Le « timbalisme », c'était un fléau aussi terrible que la syphilis ; cela commençait dans la griserie et cela finissait dans l'abjection. Les « sénateurs » l'évoquaient comme le planteur qui se meurt du paludisme évoque la colonie, comme le vénérien au bout de son rouleau évoque l'amour...

Et l'arrivée des paquebots ! Car il arrivait des paquebots en plein Paris, du Japon, de Rio, de Tromsø, d'Égypte, via Bordeaux, Marseille ou Le Havre... C'étaient des bennes chargées de sacs plombés, un himalaya de courriers qu'il fallait décharger, transborder, distribuer par étages, par services. Cela portait toutes les odeurs, hormis celles qu'on prête parfois à l'exotisme. C'était lourd, encombrant et sale. Les manipulants se mouvaient dans un brouillard de poussière et de charbon ; ils ne se reconnaissaient bientôt plus qu'à la couleur de leurs yeux, qu'au son de leur voix. Et Clément évoquait pour nous, dans un grand cri chargé de sarcasme, la chance des gars du quinzième qui recevaient à grands sacs, dans leur bureau-laboratoire, des fioles de crachats, d'urines et d'excréments coloniaux destinés aux analyses...

Il y avait aussi les « canons ». Dans le bureau de Clément, ils étaient quatre. Ces « canons », c'étaient des hommes, comme les « sénateurs », comme les timbalistes, comme les tireurs, comme les boulistes, comme les californiens... Le « canon » rassemblait tous les rebuts intraduisibles ou indéchiffrables, et remettait dans le droit chemin des lettres mal parties, détournées de leur destination, aux adresses clopinantes ou hiéroglyphiques. Tout ce que la naïveté, l'ignorance, le hasard, l'étourderie, la folie, pouvaient inspirer à un envoyeur, le « canon » le dépistait, le corrigeait, le lançait à nouveau dans la circulation postale, aussi sûrement qu'un révulsif chasse le caillot du sang... Tous ces « canons » étaient fiers de leur spécialité, de leur terrible déformation professionnelle qui en faisait des hommes aussi infréquentables qu'un homme à deux têtes...

Les « californiens » prenaient leur service à cinq heures du matin. Ceux-là jonglaient avec des millions. Ils manipulaient l'or, le diamant, la perle fine, avec des mains encore moites d'insomnie, la bouche pâteuse, et de leurs yeux bouffis ne filtrait pas la moindre lueur de concupiscence. C'étaient de pauvres hères, chargés de famille, ou joueurs, ou accablés de maladies onéreuses ; des exigences de famille, ou leurs vices, ou leur état de santé, les forçaient à opter pour ce service rémunérateur. Ils avaient une besogne commune, et les défaillances des uns compliquaient le travail des autres. Ils en étaient pourtant tous à jouer la défaillance. Chacun poursuivait des projets sordides, spéculait sur des terrains glissants, jouait des toquards, collectionnait ; chacun rêvait d'une fortune subite, d'une retraite heureuse, d'une délivrance. Et presque tous étaient voués à une mort prématurée, à une vieillesse misérable, à la déchéance. Chaque matin, des liasses de billets de banque, des lingots, leur arrivaient par millions ; de boîtes brisées s'échappaient de l'or en bille, de l'or en barre, de l'or en pièces. Ils « reconstituaient » au demi-gramme... Une fois, un californien du huitième rayon, un avaricieux notoire, avait découvert dans une corbeille de rebuts, dans une sorte de poubelle postale, une botte de billets de banque ! Quelle panique dans son cœur, et puis, lorsqu'il avait crié, dans tous les cœurs californiens ! Ils étaient accourus, le père-lapin, le pneumothorax, Micromégas-dans-un-fauteuil, tous ceux du huitième rayon, l'œil agrandi d'angoisse, la tripe sens dessus dessous, et ils n'avaient eu de repos que lorsque les trois cents billets de mille étaient passés de leurs mains tremblantes dans d'autres mains tremblantes... C'étaient ces peurs, ces sueurs froides du petit matin, qu'on entendait parfois célébrer sous le nom de probité et de conscience professionnelle...

Il y avait les chefs, les copains, les « numéros », que Clément nous peignait comme il le faisait autrefois des maîtres et des camarades du cours complémentaire de Moret. Des portraits vingt fois brossés et auxquels, lorsqu'il venait en vacances, il ajoutait quelque touche nouvelle. C'est un livre entier qu'il me faudrait pour leur restituer leur couleur, leur saveur, leur vie profonde. Tels quels, ils vivent dans mon souvenir, dans des lettres, dans des écrits. Je les revois, je les retrouve, tous ces hommes que Clément observait de son œil ému, de son œil féroce, de son œil de rapace aux ailes rognées.

Bergère était commis principal. Il était petit et chauve. Une vraie boule d'ivoire fouineuse et carambolante. Il jouait l'effet, le recul, la bande, et dans sa frénésie, sautait hors des cadres. Il était le premier arrivé, le dernier sorti. Il savait tout. Il connaissait les articles mêmes de l'Instruction générale. Il aimait le maquis et s'y traquait. Il essayait d'y entraîner les autres, pour la joie de les initier, pour la volupté de les perdre. Lorsque des commis se délassaient entre deux rafales de travail, il leur apportait un tome de l'I.G., un gros. « Tenez ! leur disait-il, apprenez quelque chose ! » On ne l'avait jamais vu ni rire, ni sourire, ni rêver. Il monologuait : « Je n'ai pas le temps... Je n'ai pas le temps... » Il avait un sablier à la place du cœur. Il faisait son travail, et plus que son travail, le travail du collègue qui le relevait, le travail du Receveur, le contrôle des opérations, toutes choses qui ne lui incombaient nullement. Mais il aimait ça. Il mijotait dans la joie du travail. Il n'avait qu'un drame quotidien : les deux minutes qu'il lui fallait perdre pour aller pisser. Il appréhendait l'envie dès huit heures. Il tenait bon parfois jusqu'à midi. On devinait ses luttes à cet air d'héroïsme, mitigé de terreur, qu'affectent les enfants qu'on conjure de retenir un lavement. À ce terrible jeu, il avait gagné de l'avancement, des paupières gonflées d'eau que d'aucuns disaient alcaline, tout un épanchement mystérieux de ses trop-pleins...

Labarthe était lui aussi commis principal ; ça se sentait au premier coup d'œil. C'était un vieux beau à la crinière blanche, lustrée et rejetée en arrière. Il était grand, svelte, de teint coloré, et arborait une denture magnifique. Le langage aussi fleuri que la pommette, il s'avérait aussi redoutable imbécile qu'incurable paresseux. On ne peut tout avoir. Clément s'en amusait sans charité. Il avait inventé de lui répéter un propos de femme, au guichet. Il avait même inventé la femme. « C'est vrai, monsieur Grégoire ! susurrait le beau Labarthe, elle a dit ça de moi ? Vous êtes bien sûr de ne pas avoir mal entendu ? » Et de réclamer le signalement de la femme qui l'avait trouvé irrésistiblement séduisant. Alors, rosi de plaisir, il ajustait son chapeau sur sa tempe d'argent, enfilait ses gants, et sortait... La scène pouvait se répéter plusieurs fois par mois sans qu'il se décourageât. Lorsqu'il retournait de ses chasses, bredouille et jamais penaud, il disait confidentiellement à Clément : « La prochaine fois, monsieur Grégoire, prévenez-moi plus tôt, voulez-vous ? »

Parmi les copains, il y avait Gondard, un « arts-et-métiers » à la peau huileuse, qui mangeait une livre de pain par plat, contredisait tout et faisait la preuve mathématique sur le coin de la table. Il y avait Lartenne, un Ardennois au regard dur, aux mâchoires serrées comme un étau, et avec cette figure, bon comme le pain ; celui-là aimait tendrement Clément, et lorsqu'un désaccord venait entre eux, il le regardait fixement, d'yeux de meurtrier, et il disait ces mots où fondait toute sa rancune : « Quelle sale tête de cochon tu as ! »... Il y avait Barboutau. C'était un Ariégeois à l'accent de vitrier ; il faisait des haltères chaque matin, exhibait des pectoraux comme des valises et des biceps à ne pouvoir enfiler sa veste. Comme il ne rêvait que plaies et bosses, il était redouté de tous les hommes de la boîte. Il avait une maîtresse, une blonde toute frêle, qui venait passer les dimanches avec lui. Il en rêvait le restant de la semaine. C'était un miracle qu'il s'en servît sans la briser. Mais il suffisait de les observer pour comprendre. Devant elle, il pliait et fondait misérablement...

Il y avait surtout Chauvet, vingt-cinq ans, admis à deux ans de mathématiques spéciales à Chaptal, en vue de passer la deuxième section de l'École supérieure des P.T.T., et qui, désarçonnant la gloire, avait décidé de « tout laisser tomber » et était rentré dans le rang pour avoir plus de liberté. Celui-là rattrapait les heures de sommeil qu'il avait perdues à bosser. Il y mettait de la haine. Il dormait les dents serrées. Il avait à tel point éduqué sa faculté de dormir qu'il ne savait plus se réveiller. Il mettait un réveil dans un plateau semé de vieux clous, mais ce vacarme était parfois impuissant à le tirer du néant. Alors, il avait imaginé une sonnerie électrique avec sa pile qu'il reliait par une ficelle à un plot et au remontoir du réveil. Le réveil sonnait d'abord et le remontoir, enroulant la ficelle, tirait sur le plot qui actionnait la sonnerie électrique. Chauvet était plus fier de cette trouvaille que du plus beau succès de ses concours. Quelquefois, le réveil montait lui aussi le long de la ficelle, et lorsqu'il touchait le plot, retombait avec fracas dans le plateau aux ferrailles ; ces jours-là, Chauvet se réveillait un peu plus tôt. Tout pour lui était devenu prétexte à rigolade. Il se levait en rugissant et se couchait en chantant. Avec sa mémoire, son intelligence, ses merveilleuses facultés d'adaptation, il s'acquittait de son travail en jouant. Il avait fait de Clément son ami. Ils avaient ensemble parcouru tout Paris et ses banlieues. Pauvres tous les deux, diversement émus par les spectacles de la rue, du bureau et de la vie, ils se retrouvaient toujours pour chasser la vanité et chercher la gloire en eux-mêmes...

Il y avait les « numéros » : Jacquot, Dollis, la Boule, d'autres...

Dollis, à ses heures perdues, était choriste à l'Opéra. Tout le long du jour, devant ses cases, la gorge lui démangeait. Il fredonnait ses rôles, mais ne pouvait exploser sans s'attirer les remontrances des chefs. Alors, il avait décidé de répéter, de cultiver quelques notes rares dans les cabinets d'aisances. Une fois enfermé là, les vasistas clos pour que les habitants de la rue Étienne-Marcel ne fussent pas alarmés par ses cris insolites, il lançait ses claironnants anathèmes. Il n'avait cure ni des concurrences qui s'exerçaient à côté, ni du bruit des chasses d'eau, ni des claquements de portes. Des amateurs de bel canto se rassemblaient dans le couloir. C'était souvent un chef qui venait clore cet intermède par des menaces à bout portant, que Dollis acceptait avec résignation, avec une nuance de commisération aussi...

Raboule était gardien de bureau, et, en ville, il était concierge. Il passait d'un hôtel particulier de baron authentique à l'Hôtel des Postes. Il trouvait cela fort naturel. Il apportait dans le second les éblouissements qu'il éprouvait dans le premier, car ses maîtres étaient absents de Paris une bonne partie de l'année et l'immeuble lui appartenait en entier. Il avait acquis un vocabulaire, une contenance, et enfin une mentalité de richard, et quoiqu'il ne fût chargé que d'aérer et épousseter un luxe dont il lui était interdit de jouir autrement, la vanité le poussait à des privautés, des imprudences de tout acabit. C'est ainsi qu'il exhibait, sous le nez ahuri de ses collègues de bureau, des bibelots, des oignons d'or, des sculptures anciennes, de la vaisselle rare, et une fois un délicieux petit paysage dont il attribuait, si j'ose dire, la paternité à sa fille, et qui était tout simplement signé : Daubigny !... À fréquenter la ronde-bosse, à fricoter dans les bureaux et les bibliothèques de ses patrons, Raboule s'était grisé, et il s'était mis en tête de s'instruire, d'abord pour épater les copains, ensuite pour en imposer. En un rien de temps, il s'était fait une tête encyclopédique. Tour à tour historien, graphologue, grammairien, numismate, critique d'art, astrologue, méthodologiste, il savait des choses à en confondre un spécialiste. C'était tout ensemble Bouvard et Pécuchet. Mais il amorçait les discussions et se gardait de suivre quiconque sur son terrain. Il se réservait jusqu'au choix des armes. Il fuyait comme une peste ceux qui lui posaient des colles ou leur répondait avec un jour de retard... Cette manie avait failli lui coûter cher. Ne s'était-il pas avisé de se soigner un léger malaise d'estomac avec les ressources de traités médicaux les plus savants ? Régimes, lavages, sondages, tout un magnifique empirisme combattu par d'éminents morticoles, que, par chance, il avait interprétés à rebours, l'avaient pourtant mis à plat. Il avait été pour de bon malade et avait dû se confier à un humble médecin de quartier. Celui-là était par bonheur un homme sans prétention. Il lui conseilla de manger comme tout le monde et lui sauva la vie…

Jacquot était le facteur-chef de la boîte ; il avait sous ses ordres une quinzaine de petits facteurs chargés de la distribution des télégrammes, et il étendait son autorité aux boulistes lorsqu'il pouvait en pincer un dans son service, en ville, et même dans l'escalier. C'était un Normand, mais un Normand sot, un Normand de Sotteville précisément. Son épouse était auxiliaire dans le même bureau ; elle était aussi maigre et laide qu'il était gras et beau. Entre les mains de cette Déjanire, Jacquot filait doux ; c'était son valet de chambre, son cuisinier, son porte-coton, et jamais, assurait-on, son amant. Elle passait du bureau à son lit où elle recevait quinze heures durant toutes les marques de la servilité, de la sollicitude et de l'adoration qu'un homme est capable de mobiliser, en retour de quoi, elle l'engueulait, le fouaillait, l'apeurait, allant jusqu'à lui refuser, non point seulement sa couche — ce qui eût semblé à beaucoup un privilège inespéré —, mais même un peu de gratitude, un brin d'estime, une de ces fades concessions qui créent tant bien que mal l'équilibre conjugal et que, de l'extérieur, on baptise harmonie... Eh bien, ce chien couchant, ce refoulé de la volupté et de l'honneur, ce Jacquot enfin, avait des revanches éclatantes ; et il les prenait tout naturellement au bureau sur le quarteron d'enfants confiés à son autorité. Plus ils étaient désarmés et jeunes, et plus il les détestait. Il en faisait trembler et pleurer à longueur de journée. Son bureau était une vraie salle de dressage. Mais c'était le fauve qui domptait. Une sacoche mal fermée, un écusson écorné, une dépêche mal pliée, et il n'en fallait pas davantage pour déchaîner Jacquot. Il tenait liste des sanctions, des suspensions, des déplacements, des renvois qu'il avait provoqués, pour l'exemple. Son équipe vivait dans la terreur, avec les visages, les réflexes et les âmes d'un pénitencier.

La Boule avait échappé à Jacquot parce que c'était un débrouillard, parce qu'il se sentait de l'avenir. C'était un fils des faubourgs, il savait juste lire et écrire, mais parlait admirablement la langue verte. Il avait quinze ans. C'était un homme. Il avait échappé à la sujétion de Jacquot ; il ne le rencontrait plus que dans les couloirs et feignait de ne point le reconnaître. Son métier était une vraie gageure. Il était à la fois groom, cycliste, mécanicien, contrôleur, accordeur, bouliste enfin... On l'appelait aux machines, aux guichets, aux claviers, aux mandroux, au contrôle, à la direction. Il roulait, boulait, distinguait, tranchait, contrôlait vraiment. Sonné ici, appelé là, sommé ailleurs, il happait des feuillets aux destinations si complexes qu'un génie s'y serait perdu, les séparait, les triait, et des claviers au contrôle, dans une étourdissante navette, désarmait la centaine d'yeux soupçonneux ou hostiles qui attendaient sa première gaffe... Comme je l'aimais, cette Boule que personne, hormis Clément, Chauvet et quelque rare commis, n'avait le temps ou l'humeur de soulager et de défendre ! Chaque année, j'en demandais des nouvelles ; il me semblait qu'il devait rester toujours bouliste et qu'on se montrerait toute la vie injuste envers lui... Aussi, est-ce avec un mélange de surprise et de désillusion que je devais le voir grandir et presque se libérer. Les motifs de ma mélancolie, c'était Clément qui les donnait. La Boule devait cesser de rester la Boule, vers sa vingtième année, exactement le jour où il devint auxiliaire. Il s'appelait Monsieur je ne sais plus comment, mais je sais que c'était devenu un Monsieur très pointilleux, très maniéré — il ne parlait plus la langue verte —, et très exigeant pour les boulistes... Il devait renier d'un coup son passé, son faubourg, son argot, ses haines... Car il avait fini par fraterniser avec Jacquot...

Ainsi, en même temps que de sa rude vie, Clément faisait l'apprentissage du milieu postal. Sauf quelque lumineuse exception, c'était un milieu tatillon, timoré, servile, sournois, jaloux, bête, lâche, comme tous les milieux administratifs, que dis-je, comme tous les milieux sociaux. Il avait vite fait de comprendre qu'il était un minuscule rouage d'une machine monstrueuse et qu'il ne serait jamais question de s'arrêter, ou de tourner à l'envers, ou même de tourner plus vite, qu'il aurait alors affaire à des rouages de plus en plus gros, de plus en plus impitoyables, à mesure qu'ils approchaient de la direction. Il avait aussi conscience de l'immense complicité de ce mécanisme au service de la boutique, de l'usine, et donc de l'argent, et donc de la sottise, de l'intrigue et de la haine. Être surnu ou commis, c'était aussi clair que d'être soldat. On servait, on combattait, on mourait pour la chose publique, pour l'intérêt, la jouissance, l'impunité d'une féodalité à dénomination démocratique. Clément en voulait à ceux qui se refusaient même à penser à leur condition, les uns par peur, les autres par veulerie, et qui lui rétorquaient : « Ça t' passera ! »

Eh bien ! ça ne devait jamais lui passer, ce goût de la critique et de l'indépendance. Mais il le gardait plus secret. Il le galvaudait moins. Il en faisait une consolation. Il en faisait aussi une armure. Il s'y tenait comme à la seule manière de vivre honnêtement. Cela supposait un dédain préalable des conceptions et des devoirs qualifiés de sacrés ; cela supposait un effort incessant de critique pour rendre à ces conceptions et à ces devoirs leur sens exact ; cela supposait inévitablement le mépris de l'argent, des honneurs, du clinquant, une sorte de refus de parvenir... Parvenir, même sans intrigue ni bassesse, par sa ténacité et son mérite, c'est bien, c'est rare aussi. C'est un excellent sujet d'éloge funèbre... Mais, même cette manière-là déflorait la conception que Clément se faisait d'un homme propre et libre. À chaque échelon gravi, l'homme qui acceptait de parvenir dominait et piétinait d'autres hommes. À chaque échelon gravi, il sentait son labeur allégé du labeur des autres. Le jour où il était sacré grand commis ou grand chef, il ne restait à peu près en lui plus rien d'un homme ; ce n'était plus qu'une tête ; ce n'était plus qu'un masque...

Voilà ce qui remuait, ce qui remue encore, j'en suis sûr, dans le cœur de Clément, à l'âge où il ne savait rien et savait tout, à l'âge où il était écrasé et où il restait vivace, à l'âge où, dans le chaos et la pestilence, il savait qu'on ne peut rien contre l'âme, contre la pureté...

45

Cette révolte, on la sentait monter dans chaque lettre, comme un orage. Mon père déguisait sa nervosité sous des sourires, cependant que ma mère prévoyait des malheurs. Cela tournait en disputes, rapides comme l'éclair, car mon père y mettait tout de suite fin en sortant.

Ma mère prétendait n'avoir jamais donné à ses enfants que de sages avis. Elle se montrait en effet prudente en tout, ne donnait jamais une directive ferme, n'apercevait enfin que l'ombre et point la lumière des choses. Ses conseils avaient toujours quelque chose de négatif, au moins de réticent, qui domptait l'élan, rabattait la flamme. La situation de son mari lui semblait la plus sûre et la plus belle dont on pût rêver ; elle vivait toujours dans ce sentiment honorable que son mariage l'avait gâtée, élevée. Elle ne souhaitait pas mieux pour ses enfants. Elle redoutait pour eux le contact de la ville et des étrangers, l'influence des livres et des partis. Elle aimait la sécurité à tout prix. On voit ce qui la séparait de la vraie sagesse... Aussi, imputait-elle commodément aux autres, et singulièrement à mon père, tout échec, toute désillusion, tout déboire qui venaient obscurcir le bonheur familial. Elle lui reprochait de ne pas s'être montré assez avisé ni assez ferme ; elle assurait avoir tout prévu, tout prédit, alors qu'elle ne se récriait que devant de fâcheux résultats. Elle ne préconisait jamais de remède, ma pauvre maman, ou alors elle le proposait trop tard. Toute sa vie, elle nous avait donné l'exemple d'un dévouement sans faille, d'une probité maladive, d'une honnêteté farouche, et elle croyait naïvement que l'éducation allait au-delà, qu'elle s'inculquait avec des mots, des règles écrites, des singeries...

Mon père se défendait mollement. Le problème de notre éducation ne l'avait jamais profondément inquiété. Il nous laissait libres. Il ne lâchait un conseil qu'à toute extrémité. Il comptait aveuglément sur nous. Il ne se dissimulait pas, je pense, que cette méthode n'allait pas sans dangers, mais il en acceptait la responsabilité d'un cœur léger, avec une sorte de fatalisme.

À cause de ces dispositions d'esprit, chaque lettre de Clément déchaînait de petits drames. Mon père lâchait une injure, réclamait son chapeau à l'un de nous, s'en coiffait dans un geste de colère et de défi, quitte à en corriger les cabossures dans l'escalier, et il allait dissiper sa mauvaise humeur à travers champs. Je le suivais quelquefois. Dès qu'on était sorti du village, il commençait à s'épancher. Ses griefs me touchaient peu, mais je me sentais assez fier d'être pris pour confident. Il disait : « Ta mère est une Demonte ! Elle a l'esprit des Demonte ! L'esprit de contradiction ! L'esprit du démon ! » Il escrimait des index pour me montrer comment les Demonte s'opposaient, se tisonnaient, se lardaient. Il avait des expirations bruyantes comme des coups de vent. Je ne pipais mot. Il ne me demandait pas davantage que de l'écouter. À certains moments, même, il me semblait qu'il ne parlait pas pour moi... Tout le jour, de la rancune traînait dans son regard. Ma mère boudait aussi, mais elle se gardait de reprendre le débat. Elle ne poussait pas plus loin sa générosité. C'était presque toujours mon père qui renouait...

Cependant, à Paris, laminé par ses midi à huit, las de peser des boîtes chargées, de coller des timbres et de suivre obligatoirement un cours de tri, Clément refusait de s'adapter. Parmi ces besognes fastidieuses, le tri lui répugnait plus particulièrement. Il s'était mis en tête de se faire révoquer plutôt que de l'apprendre. Ce n'était pas encore la révolte, le cas que guettait quelque chef haineux, mais c'était un commencement. Une guerre larvée s'engageait entre Clément, ses chefs, le règlement, le métier. Deux années durant, il allait être prié de répondre à une enquête par semaine. Les blâmes pleuvaient. Il avait passé devant un conseil de discipline. Il avait été frappé d'un retard dans l'avancement. Enfin, un chef chevronné dans la vacherie lui avait proposé de signer un aveu ainsi libellé : « Je soussigné, Clément Grégoire, déclare être incapable d'apprendre le tri... » Il avait eu un recul comme devant un suicide. Il n'avait pas signé. Il avait passé « leur » cours de tri, puis d'autres... Et c'étaient tout de même des victoires sur la perfidie...

Il était passé au télégraphe. Cela lui plaisait parce que cela allait vite. Il faut dix ans pour faire un hughiste. Il avait appris le Hughes, seul, en quelques mois. Il échappait à des chefs qui le guettaient comme une proie, mais il tombait sur d'autres qu'il indisposait en quelques jours, rien que par sa manière de les écouter, de discuter leurs ordres. Son dossier allait gonflant...

À dix-neuf ans, au moment où on s'y attendait le moins, il nous annonça son mariage avec une jeune fille de son âge, une amie d'enfance, douce et jolie, et exilée comme lui à Paris. Le ménage s'installa au 51 de la rue des Martyrs. Cet événement fut bientôt suivi de la naissance d'une petite fille... Quelque temps, il parut que Clément se rangeait. Sur sa demande, il fut nommé au bureau de la Bourse du Commerce que, de loin, nous imaginions tranquille comme une recette de campagne. Il y avait là un receveur sans couleur, un commis principal paralytique, huit vieux collègues cassés et toussotants. C'était en 1909, l'année de la grève des postiers. Clemenceau était président du Conseil, et Symian, ministre des Postes. C'était l'époque où les refrains de colère émouvaient encore les hommes. On chantait dans les cours et les halls des centraux :

Caval'toi, Symian,
Cavale-toi !
T'as la gueule mal faite,
Sal'bête ! Sal'bête !

Clemenceau tournait en rond. Le sang de Narbonne, de Carmaux et de Villeneuve-Saint-Georges, était à peine caillé. « Le Tigre » reniflait du côté des postiers. Mais nous étions loin d'imaginer que sa griffe irait s'abattre aussi sur le paisible bureau de la Bourse du Commerce. Là, l'ordre de grève n'avait dérangé aucune habitude. Clément fut seul à le suivre. Il fut révoqué.

À Sainte-Marie, la nouvelle fit comme un gros remous. Le village jugeait d'autant plus sévèrement mon frère qu'il attendait un deuxième enfant. Il y avait aussi un peu d'indignation contre mes parents. Le sentiment qui prédominait était que les fonctionnaires étaient vraiment insatiables, et que l'exemple n'était pas encore assez dur... Ma mère était partagée entre le chagrin et la honte. Elle restait enfermée dans la maison, et attendait qu'une parole cordiale, le réconfort d'un voisin, vinssent rassurer sa conscience et la délivrer... Quant à mon père, il s'était guindé à en faire craquer les coutures de son veston, et il affectait un grand calme. Cela ne l'empêchait pas de cingler, d'un mot hautain et vif, les voisins trop curieux ou trop apitoyés. Il n'attendait, il n'espérait de secours de personne. Il aimait l'adversité. Il aimait ce qui grandit.

Dès la première heure, il avait empoigné sa plume, sa plume la mieux trempée et la plus belle, comme on choisit une épée avant un combat. Et il avait écrit à Clément une longue lettre, ardente, affectueuse, vengeresse, toute flambante d'éclairs, de coups de pointe et de parades. Elle finissait à peu près sur ces mots :

« Du courage, mes enfants ! Nous vous attendons. La maison est assez grande pour tous... Et laissez dire Symian... Laissez faire Clemenceau... Ils passeront, les misérables, et notre cœur vous reste ! »

Et il l'avait close du paraphe des grands jours...

Aubin Imprimeur
LIGUGÉ, POITIERS

Achevé d'imprimer en juin 1993
pour le compte de France Loisirs
123, bd de Grenelle, 75015 Paris
N° d'édition 22463 / N° d'impression L 43028
Dépôt légal, juin 1993

Imprimé en France